一起游戏人间

吞秘密的人

Someone who hides secrets

郑星◎著

中国致公出版社·北京　知音动漫

目录

CONTENTS

知音动漫图书 · 漫客小说绘出品

楔子

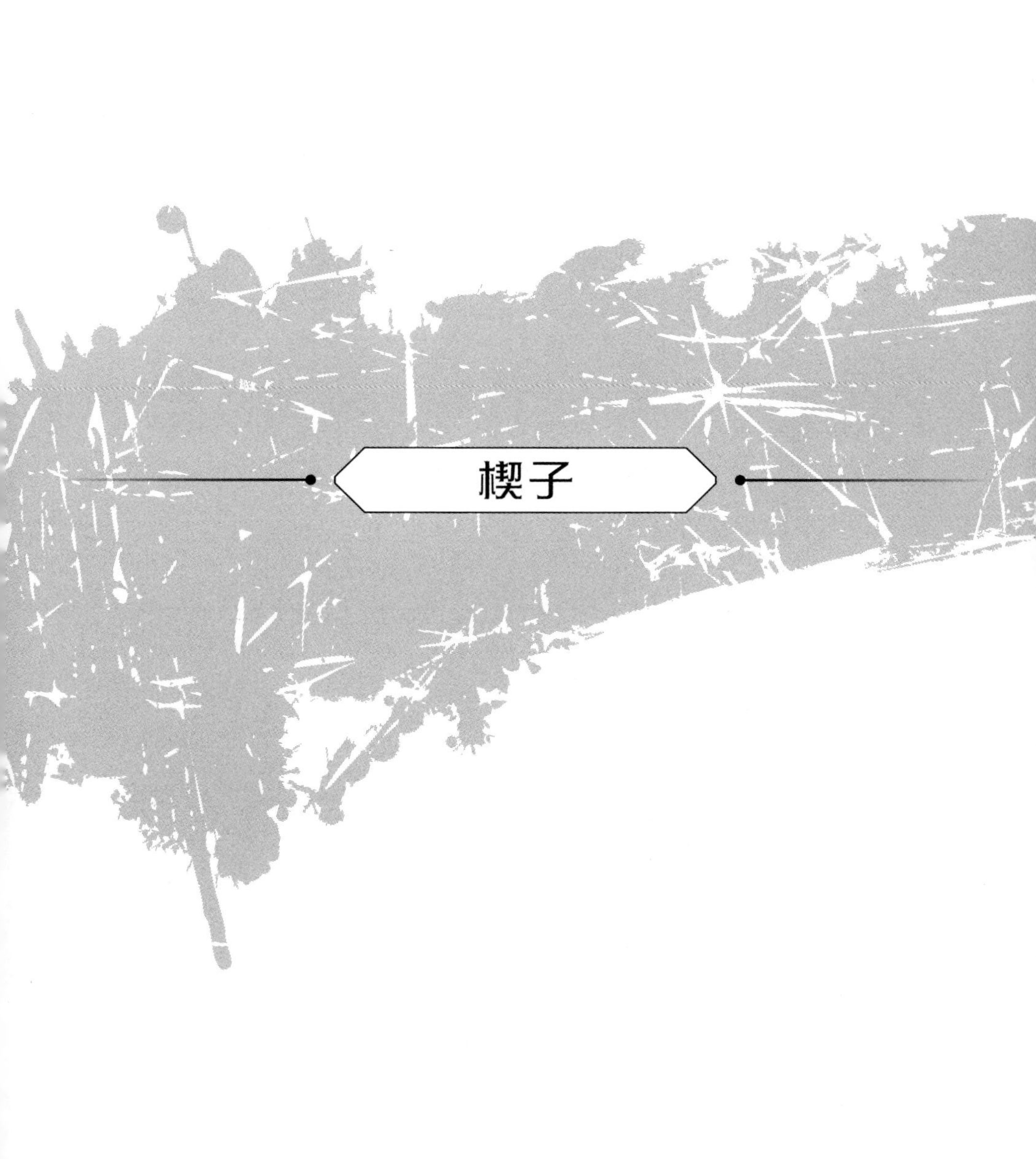

那天早上，我决定跟朋友去找偶像的尸体。

我现在仍能记起第一次见到偶像的场景，他在荧屏里，抱着吉他弹唱。舞台上烟雾缭绕，也挡不住他的锋芒。那场景如同混沌初开的天地闪出一道光，然后我听到自己的心发出尖叫。

从此之后，年纪尚小的我每天靠网络收集偶像的资讯。那些官方的公式照、粉丝的返图成为一张张壁纸，被我的手机收藏。它们成为我寡淡青春里唯一的糖分。

我想要见到偶像。

萌生这个想法，是很顺理成章的事。

我已经忘记是什么时候的事了，但这几年我一直在为这件事做准备。我的家庭并不富裕，父母每个月给我的零花钱不多，但我还是竭尽全力省下一点儿攒起来，为的就是那一张去见偶像的机票和一晚不必让我露宿街头的酒店房间。

我也听从偶像的嘱咐努力长大，为的就是以更好的姿态站在他的面前。虽然他可能对我不过是匆匆一瞥，但那必定是我最值得铭记的瞬间！为此，我每天坚持锻炼减肥，寻遍了各种治疗脸上痘痘的方法。我相信，我一定可以在现实生活里见到他。这难道不也是顺理成章的事吗？

可是这一天，我的计划被打乱了——偶像的死讯出现在了网络上。

那必定是谣言，是恶作剧的玩笑，不是吗？

我愤怒地流泪，疯狂地在粉丝群里输入“不可能”三个字。

可那官方的通告岂会作假？我不愿相信又如何？偶像就是死了，死得毫无征兆，死得莫名其妙，也死得迷雾丛生。

我伤心欲绝，又心有不甘。这时，我想到了在粉丝群里认识的一位姐姐。尽管我们从未见过面，但这不妨碍她成为我追星路上最好的朋友。我想我也是她追星路上最好的朋友吧。因为这也是顺理成章的事啊！

所以，在听闻偶像死讯的那天早上，我给她打去了电话。我在电话里痛哭流涕，问姐姐这到底是为什么。为什么我还没有见到偶像，他就不在了？

谁料，听到我的哭诉，姐姐却冷静地说：“我们还有机会。你现在立刻订票去海野村，我们在那里会合。”

海野村，就是偶像离奇死掉的地方，也是偶像尸体停放的地方。

听完姐姐的话，我不禁惊讶地问：“啊？什么？”

姐姐有些恼怒，道：“你怕见到死人？”

我不知道该如何作答。

姐姐却冷冷地说：“那可是我们爱了这么多年的人啊！你怎么会怕他？！你要是不来，就别再给我打电话了！”

那一刻，我慌了。

我突然发现，自己除了喜欢偶像，还依赖这个比我大两岁的姐姐。原来，追星追的不仅仅是明星，还有一份风雨同舟的情感寄托。

就在我慌神之际，姐姐似乎要挂断电话之时，我心里出现了一个声音：你的人生已经失去了偶像，还要失去一个朋友吗？

于是我开了口：“我来。姐姐，你等等我。”

因为偶像死得离奇，警方肯定不会让我们见偶像的最后一面，所以我决定跟姐姐去找他的尸体，完成我们的一期一会。

当我意识到这是一件很疯狂的事时，已经晚了。

就像我也是在很久之后才意识到，一直陪伴我、总是第一时间给我分享偶像讯息的姐姐，其实是个疯子，但为时已晚。

那时，我已经成为这个牵涉到死亡的故事的一部分。

而这一切，始于一个本该平静的傍晚……

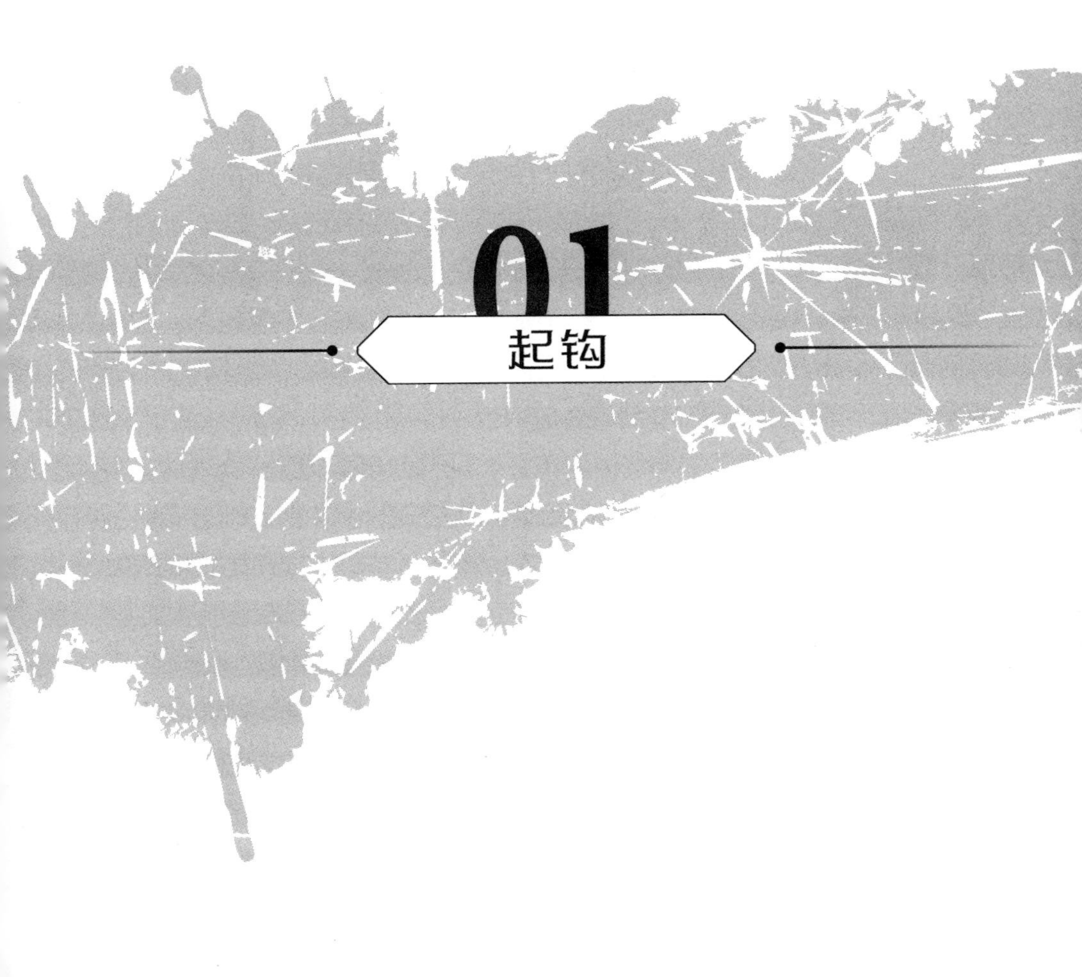

01 起钩

11 月 5 日，傍晚时分，海野村。

一枚鱼钩被丢进海里，长长的鱼线在风和浪的裹挟下晃了晃，等待一个被收回的契机。

刘全金坐在海岸上，将鱼竿架在身边，百无聊赖地掏出了手机。

刘全金曾经觉得钓鱼是件陶冶情操的事，可以消磨时间，也可以静心凝神。但自从他让女儿给他下载了某短视频 APP，这份安宁便被打破了。等待鱼儿上钩的过程中，他总会忍不住打开软件。今天也是如此。

他一打开短视频 APP，屏幕上就跳出他感兴趣的越剧选段，再往下划，是老妇人在用方言唱骂着自己的老公。刘全金觉得有趣，不自觉地扯着嘴角笑，末了还要双击屏幕送上爱心。

他觉得这个软件真是神奇，比他老婆还能吃准他的喜好，将他拿捏得死死的。不过今天系统好像出了一些问题，给他推了一个年轻男明星的视频。他对这种年轻人喜欢的明星不感兴趣，但基于系统为什么会推荐这个给他的好奇，他还是耐着性子看了一会儿。

推给他的是一个唱跳视频。在巨大的欢呼声中，男明星陆秋从舞台下一跃而起，出现在舞台之上。追光随即聚焦到他的身上，将他照亮，让他如同夜海上的星星那般闪耀。接着镜头推近到他的脸上，他那被精心修饰过的五官堪称震撼地映在屏幕上。

“的确是一个英俊小伙。”刘全金感慨着。

下一秒，他就听到了熟悉的音乐，那是他刷视频时，曾在别的作品里听到过的背景音乐。

“原来这首歌是这个人唱的啊。”刘全金想，“怪不得会突然给我推这个视频。”

他瞄到屏幕右边的爱心，爱心下方写着点赞数：102.1 万。

居然这么红？刘全金有些诧异，他之前完全没刷到过这个年轻人。原来在自己的关注之外，是完全不同的世界吗？

他无法理解似的用力将播到一半的视频划走，接下去的一个视频，又是他爱的老妇人唱骂视频。刘全金原本困惑的脸上又出现了笑容。

这时，鱼竿动了动。

鱼儿上钩了！刘全金赶紧把手机塞回口袋，一把抓住鱼竿，开始收线。

海面之下的鱼往底下沉了沉，但最终还是敌不过钩子和鱼线，被拽出了海面。

刘全金仰着头，迎着夕阳，打量那悬在半空的鱼。下一秒，他生起气来。因为他钓到的不是一条鱼，而是一只鞋子。

“有没有点儿公德心？！懂不懂环保？！”他一边咒骂，一边将鱼竿收回来。

把鞋子从鱼钩上摘下来的时候，他注意到那只鞋似乎是名牌货。它样子完好，走线工整，颇有设计感。虽然刘全金从没穿过这样的鞋子，但能感到它有一种盛气凌人的金贵。

可惜再金贵的一只鞋也敌不过一双破鞋。刘全金端详了一会儿手上这只印着名牌标识的鞋子，泄愤似的将它丢回了海里。

“老刘，咱们这儿现在也是旅游景区了，乱丢垃圾可不行啊！”

晚霞笼罩下的大海上，一艘小小的渔船靠岸，几个出海的渔民从船上跳了下来。其中一个人看到每天雷打不动在海边垂钓的刘全金，忍不住凑过来打趣。

刘全金没好气地瞄了他一眼，不接他的话茬。

那人便又凑到他的鱼桶边，问："今天收获如何？"

"一般般吧，刚刚卖了两条鱼给路过的游客，赚了五十。"刘全金顺着那人的目光看向自己空无一鱼的鱼桶，撒谎道。

那人睁大了眼，似乎有些不相信，但最终还是敷衍地夸了一句："那还不错嘛。"

刘全金跟着敷衍地笑笑，重新将鱼钩丢回了海里。其实他也不知道自己为什么要撒谎，可能是因为好面子吧。

他出神地盯着海面上的波浪，又忍不住想掏手机看短视频了。

就在这时，不远处忽然传来一个人的叫喊声。

刘全金循声望去，只见刚刚那艘渔船上留下泊船的人，正一脸惊恐地呼唤刚刚下船离开的人赶紧过去。刘全金不明所以地看看他，又看看走远的渔民。

那群渔民没能听到泊船人的呼喊，各自朝着家的方向散去，即使刘全金帮忙喊了几声也无济于事。于是刘全金站了起来，朝着那艘渔船走去。

那泊船的人正不知所措地盯着渔船另一边的海面。

"怎么了？"刘全金站在岸边，问船上的人。

船上的人指着海面，声音颤抖着说："有……有人，有死人！"

刘全金心里一惊，赶紧跳上船去，凑到了那人身边。他顺着对方手指的方向向海面望去，只见海面上果然隐隐约约浮出一个人影！

刘全金一边掏出手机报警，一边催泊船人寻来一根竿子，两人心急火燎地想把海里的人捞上来。但是泊船人寻来的竿子太细，两人捣鼓了半天，也只是让那尸体翻动了一下。

不过这一翻动，他们终于看清了那张浮出水面的苍白的脸。

刘全金紧张地吞着口水，眯起眼睛，借着晚霞打量起这名死者。他感觉自己在哪里见过他，但一定不是他熟悉的村民，因为他从没在这海边的村庄见过这名死者……等一等！刘全金脑海里闪过刚才手机里的画面。他不敢相信地瞪大了眼睛，因为他意识到，自己刚刚就是在短视频 APP 上看到过这个人——

他的名字叫陆秋。

他的歌曾被很多人用作背景音乐。

他的唱跳视频有 102.1 万的点赞数。

他是年轻人的偶像，是刘全金不曾看过的世界里的大明星。

舞台追光打到的那一瞬，他如此耀眼，如此充满活力。但此刻，他却平静地浮在海面上，被如血的夕阳包裹着，失去了生机，如同一颗燃烧殆尽后坠落在海边的陨石。

警察到来时，刘全金和泊船人已经将陆秋的尸体从海里捞了起来。

闻讯赶来的村民、游客在海岸边围了一圈。

警察一边疏散着民众，一边准备将陆秋的尸体抬走。

马上，网上就会出现有人坠海身亡的视频。刘全金看着海岸边举起手机拍摄的人们，毫不怀疑会这样。但是他们会在什么时候发现，这名死者还是个大明星呢？

刘全金掌握着第一手资讯，心里一阵激动。

就在这时，他看到海风吹开了担架上的白布的一角，露出了死者的一只脚。一旁的警察赶紧将白布往里掖了掖，重新将死者盖起来。但刘全金注意到了那只脚上穿着的鞋子。他立刻意识到，他刚刚钓起的鞋子就是陆秋的！

这未免也太凑巧了吧？！

今天他刚刚刷到了陆秋的视频，就钓到了他的鞋子，之后又发现了他的尸体！

这种命运的巧合如同闪电，精准地击中了刘全金，让他不由自主地抖了又抖。与此同时，无数的疑问也在他脑中闪过。陆秋这个大明星为什么会来到这里，又为什么会死在这里?

刘全金皱着眉头思索，把手伸进口袋，不自觉地摸着自己的手机。

在警察来之前，他拍下了陆秋尸体漂浮在海上的视频，也不知道能不能发。

02

石光民宿

“你有拍死者的视频吧？”

听到这句话，刘全金心里一惊。他想摆手，撒谎说自己没有，但是看着面前这位警察犀利的眼神，他还是把到嘴边的谎话咽了回去。

宋澄看到了刘全金这片刻的迟疑，知道自己判断得没错，便缓缓地道：“你把视频给我们拷贝一份吧。”

他说话的声调没有起伏，像是在谈一件无关痛痒的事情，但莫名给刘全金一种压迫感，以至于他无法拒绝，愣愣地点了点头，把自己的手机交了出去。

“死者为大，你这视频不能发出去，知道吗？”接过手机的是坐在宋澄身旁的高卿佐。他比宋澄年轻一些，威慑的姿态像是扮出来的。

但刘全金还是点头如捣蒜，说：“是是是，我知道。”可最后他又忍不住问，“所以死的人……真的是那个明星吗？”

宋澄回答说：“死者的身份还需要进一步确认。”

其实在尸体被打捞上来后，他们就确定了死者的身份。因为他的身份证就塞在衣服的内口袋里，上面的名字跟那位被年轻人追捧的明星的名字一模一样，是陆秋无疑。不过办案的细节不方便透露太多，宋澄只能随便搪塞一句，把话题绕了过去。

之后他和高卿佐又问了刘全金几个问题，让他把发现尸体的来龙去脉说清楚后，便结束了这次问询。

送走刘全金，高卿佐拍了拍宋澄的肩膀。

宋澄问："怎么了？"

高卿佐说："陆秋住的民宿找到了。"他晃了晃手机，上面是他们的同事沈歌调查后发来的消息。

"哪一家？"

"石光民宿，观海之韵。"高卿佐急急地解释说，"观海之韵是那民宿的房型。"

"我知道。"宋澄看着初出茅庐的高卿佐，笑了笑。

宋澄故意问高卿佐："你觉得陆秋的死是意外吗？"

高卿佐眼里精光一闪，胸有成竹道："我觉得那不是意外。"

"哦？"

"宋哥，你没发现尸体后脑勺有被钝器敲击的痕迹吗？"

"说不定是陆秋自己不小心磕到的。"

高卿佐摇了摇头，道："不，那伤绝不是跌落磕到形成的。"

"这么肯定？"宋澄饶有兴致地看着高卿佐。

高卿佐点点头，说："我上学时，法医学课程还是学得比较认真的。"

宋澄也点点头，说："我也觉得，陆秋可能是被人杀害的。"

虽然法医的报告还没出来，但是宋澄跟高卿佐一样，在陆秋被打捞上来后就发现了他后脑勺上的伤口。

如果法医也认定陆秋后脑勺上的伤是致命伤，那眼下他们遇到的案子就是谋杀案。

陆秋并不是海野村的人，甚至都不是本省市的人，网上的资料也显示，他之前的人生轨迹与海野村毫无关系。那么他为什么会出现在这里，又为什么被人谋杀呢？

宋澄一边思考，一边和高卿佐前往石光民宿。

海野村位于南方的一个海角，这里的祖辈善用石头砌房，形成了颇具特色的石头文化，后来随着旅游业的发展，这一特色被更用心地放大。

海野村陆陆续续出现了多家石屋民宿，它们的主体外观保留了石头的原始风貌,但在细节设计上又尽显现代风潮。这种原始与流行的结合,被打上“小众”“清新”“文艺”的标签，出现在各大社交平台上，引得不少人慕名前来拍照打卡。

石光民宿便是其中一家。它坐落在海野山的山腰，一面靠山，一面见海，风景甚美。

但再美的自然风情，到了夜里也会被黑暗吞没。

宋澄和高卿佐骑着摩托，沿着被一盏盏孤独的路灯照亮的路盘旋而上，抵达石光民宿。

坐在前台的陈明启听到外头的摩托车声，立刻收起手中的手机，从民宿里走出来。见到来者不是住客，而是两个身穿警服的男人，他挠了挠头，脸上露出困惑的神情。

宋澄直接亮出自己的证件，示意他进屋聊。

陈明启发着蒙，带他们走进大厅，熟练地给他们倒了两杯柠檬水。

“两位有什么事吗？”他似乎斟酌了很久，最后却也只说出这么一句。

“你是这间民宿的老板？”宋澄问。

“我不是，我爸是。”陈明启如是说。

“那你爸呢？”宋澄一边问，一边打量着眼前这个年轻人。

“他去朋友家喝酒了。”

“所以民宿就你一个人在管？”

“我一个人就够了，最近是淡季，入住的客人少。”陈明启撇撇嘴，说，“当然，旺季也就我和我爸轮流着管。毕竟我们这儿也没几间客房。”

宋澄瞄了一眼前台的告示牌，上面写着民宿的房型和价格。他注意到，这间民宿只有九间客房，但每间价格都不便宜。

这时，高卿佐从手机里翻出陆秋的照片，递到陈明启面前，问：“那这个人你认识吗？他这几天有住在你们这里吗？”

陈明启只看了一秒便点头说：“当然认识，他可是明星欸。我们这民宿第一次来明星。”

陈明启说，四天前陆秋独自出现在民宿门口时戴着口罩，所以他没有第一时间认出他来，但是当对方亮出身份证登记时，他吓了一跳。

“你是……陆秋？我听过你的歌！”他看着摘下口罩录入脸部信息的陆秋，兴奋地惊呼起来。

陆秋看上去并没有什么心情应付他的惊讶，只是抿着嘴，点了点头。

陈明启担心自己的热情会吓坏眼前这位大明星，便压抑着内心的激动，故作镇定地帮他办理登记入住手续。

“他准备在这里住几天？”

“他本来是准备住三天的，但是后来他说如果他没有退房，就帮他自动续一天。今天已经是他入住的第五天。”

“你今天有看到过他吗？”宋澄问。

“今天啊……”陈明启回忆了一会儿，摇了摇头，“我今天上午去给他整理房间的时候，他没在屋里。我以为他一早出去看日出了没回来。”

“那你最后一次看到他是什么时候？”

陈明启思考了一会儿，回答道：“昨天中午吧。昨天中午他点了一份海鲜面，是我给他送到房里去的，之后我就跟我爸交班了，没在民宿里。要不我问问我爸？”

“可以。”高卿佐示意他打个电话。

于是陈明启掏出手机，找到父亲的号码，拨了过去，但电话一直没人接。

“他可能又喝醉了。”陈明启无奈地耸了耸肩。

这时，宋澄抬头看了一眼民宿大厅里的监控摄像头，说：“或许，我们可以先看看你们的监控。”

陈明启的脸上随即露出尴尬的神色。

“怎么了？”

“我们民宿的所有监控都是后来装上去的，它们共用一条独立的线路……之前有一次打雷又下暴雨，那线路不知道为什么断了。我让我爸找人去修，我爸一直拖着，说又不是什么旅游旺季，急什么……”

宋澄打断了他啰唆的解释，道：“你的意思是，你们这民宿的监控一直没法用？”

“说起来，我还听说别家的民宿用的是那种假摄像头呢，就是用来唬唬小偷的。”陈明启强行转移话题，好似这样说了，自家犯的错便无足轻重。

而他对面的宋澄和高卿佐此刻面面相觑。

“我说，你们这对顾客有点儿不负责任啊。”宋澄斥责道。

“就是啊。”高卿佐附和完，气恼地喃喃道，“这监控怎么老是在关键时候坏？”

看到两位警察眉头紧锁，陈明启自知理亏，于是立即信誓旦旦地保证道：“我一定让我爸尽快解决！”

这时，宋澄又问道：“那这几天你有见到陆秋跟谁在一起吗？这些天他都是一个人吗？”

陈明启的眼珠子又转了起来。隔了一会儿，他忽然想起什么似的说道：“有个女人来找过他。他们在那边吵过架。”

陈明启指向大厅另一头。一道厚重的玻璃门外，是石光民宿的露台。那露台面朝着大海，放着几张桌椅和遮阳伞。露台的围栏上爬满了花草，把围栏遮成一堵花墙，颇为清新悦目。

“那女人是这里的住客吗？你认识她吗？”宋澄收回目光，继续问陈明启。

“不是，她没登记入住我们的民宿，所以我也不知道她是谁。”

“那她是什么时候来找陆秋的？”

“应该是陆秋来的第二天下午，那女人火急火燎地推门进来，说要找人，结果一扭头看到了在露台边喝咖啡的陆秋，就直接冲去露台那边找他。”陈明启说，“我以为她是陆秋的粉丝，怕她打扰到他，吓得赶紧去拦。但陆秋示意我离开，他好像有什么话要跟那女人说。我只好又退了回来。隔着玻璃门，我看到他们好像吵了起来，但是我并不清楚他们吵架的内容。没过多久，那女人就走了。”

“那女人长什么样子？”

“我只记得她的头发染成了棕色，戴着一副墨镜，身材微胖，但气场还挺强大的。其他的我就想不起来了。”

宋澄记下这些信息，站起身来：“能带我们看看陆秋住的房间吗？”

“呃……”陈明启犹豫了片刻，终于鼓起勇气问，“傍晚在海边捞上来的那具尸体，该不会是陆秋吧？”

宋澄和高卿佐双双一愣，一起看向他。

陈明启咽了咽口水，解释道：“我刚刚在手机上刷到好几条相关的视频，说我们这儿的海里捞出了一具尸体。虽然大家都不知道死者是谁，但你们突然来问陆秋的事，我今天又没在民宿里见到他，所以我猜那人……是陆秋吧？”

宋澄本不想回答他，但他担心已经有了猜测的陈明启会在网上乱说，把事情搞得更复杂，所以还是决定先告诉他。于是宋澄朝陈明启点了点头，算是给了他答案。

“但这件事我们还没对外公布，所以还请你保密。”宋澄严肃地说。

虽然已有了自己的推理，但得到警察给的明确答案，陈明启还是不可置信地微微张大了嘴巴。半晌，他才回答：“知道了。”

三人沉默了一会儿，还是高卿佐把话题绕了回来：“那我们现在可以去他入住的房间看看吗？”

“哦，可以。走这边。”

陈明启领着宋澄和高卿佐离开大堂往里走，穿过一条走廊，打开门，门外就是民宿的入住区。

陆秋的房间叫观海之韵，是石光民宿规格最高的房型。它是独立的一间石屋，只有一层，但带有一个小院子。走进院子，里面种着花草，还有一张石桌和两个石凳。

再往里走就是石屋，石屋朝院子方向的那一面墙是落地玻璃，打开窗帘，就可以看到院子里的所有景观。而拉上窗帘，这个屋子就被完全遮掩起来，没人能看见屋内的景象，因为连光都透不进来。

“这能够极大程度地保护客人的隐私。”陈明启一边介绍，一边打开房间的灯。

陈明启说，他上午照例替客人整理过房间，所以房间干净，被单整齐。

宋澄注意到陆秋的行李箱放在窗台的榻榻米上，旁边放着茶杯、相机、支撑相机的八爪鱼支架和一个斜挎包。

“你上午整理房间的时候，有察觉到什么异样吗？”宋澄转头问陈明启。

陈明启摇了摇头，说：“没有。他使用过的房间就跟普通客人使用过的房间一样，被子没叠，地上有一个枕头，然后这些东西都堆在这里。我今天打扫的时候只整理了床铺，其他东西都没动。”

“你有看到他的手机吗？”宋澄问道。

陈明启再次摇了摇头：“他人出去了，手机应该带在身上吧？”

宋澄没回他的话。陆秋被打捞上来后，他们并没有在他身上发现手机。不过这并不能代表他没有把手机带在身上。或许他坠入海里的时候，手机掉到了海底。

宋澄决定把陆秋的遗物带回局里。

就在这时，他们听到了叩门声，有人在敲门。

屋内的三人都有些惊讶，一时竟无人作声。

只听屋外响起了一个女声：“陆秋，你在里面吧？为什么又不接我电话？”

宋澄闻言，立刻拉开了刚刚被陈明启拉上的窗帘，玻璃门里的三人与门外的女人面面相觑。

借着屋内明亮的灯光，宋澄看到那女人留着棕色的长发，手上拎着一个名牌包，惊讶地看着屋内的三人。

“我走错了吗？”她退后几步，瞄了一眼门口挂的门牌，观海之韵，没错啊。

女人疑惑之际，高卿佐从里面打开了玻璃门，开门见山地问：“你是谁？”

“你们是警察？”女人皱了皱眉，看着高卿佐和宋澄身上的警服，明知故问道。

高卿佐看到她紧张地咽了咽口水。

03 落跑明星

白布被掀开，露出一张英俊但苍白的脸。

苏珊妮打量着这张脸，悲痛地捂住了嘴巴。眼泪从她眼眶里慢慢滑落下来。

过了一会儿，她才虚弱地对陪她来认尸的宋澄和高卿佐说："是的，他是陆秋。"

白布重新被盖回去，宋澄和高卿佐带着苏珊妮离开了停尸间。

"怎么会这样……"苏珊妮不敢相信地一路呢喃。她不是没听说傍晚海野村发现了浮尸这件事，但她万万没想到死者居然是自己的艺人陆秋。

"死者的身份我们暂时没有向外界透露，因为打捞他的村民刚好刷到过他的视频，知道他是明星，所以尸体打捞上来后，就用衣服盖住了他的脸。"宋澄像是安慰似的对苏珊妮道。

"怪不得……不然这件事早就在网上传得沸沸扬扬了。"苏珊妮擦着眼泪，"还是要谢谢好心人哪。"

"我们希望在征询过陆秋亲属的同意后，再对外公布。"走在一旁的高卿佐说。

苏珊妮点了点头，表示明白。

之后，三人一路无言。

苏珊妮失魂落魄地皱着眉头，不知道在思考什么。

宋澄和高卿佐则默默地等着苏珊妮调整自己的情绪，好接受接下来的询问。

走进询问室时，苏珊妮的眉头还未舒展开来，但刚才那份面对警察的紧张感和听到陆秋死讯的慌乱感已经消失了。

高卿佐给她倒了一杯水，放在桌前。她说了声谢谢，但未动它。

询问开始了。

苏珊妮说，她是陆秋的老板，也是南星娱乐的创始人。这一次，她来海野村是为了找陆秋。

“找陆秋？”宋澄重复着她的话，歪了歪头。

苏珊妮犹豫了一下，解释道：“事情是这样的，陆秋最近在跟我们闹解约，说解约也不太准确。他和我们签的经纪约在今年到期了，我们希望他能够与我们公司续约，所以这阵子我们都在想办法挽留他。但是他不想续约，跑到这里来躲我们。我下了不少功夫，才找到这里来的。”

“你来这里是想继续挽留陆秋？”宋澄想起陈明启说有个棕发女人曾跟陆秋吵过架，说的就是苏珊妮，于是他又问，“那你为何在石光民宿的露台与他发生争吵呢？吵架只会让陆秋更不想与你们续约吧？”

“我也不想与他吵的。”苏珊妮抚了抚额头，“但是……他对我太狠心了一点儿。”

苏珊妮说，今年对南星娱乐来说是非常重要的一年，他们的融资要仰仗陆秋的续约。但是陆秋却执意要结束与南星长达十年的合作。他的离开不仅会影响南星的融资，还会带走数十个品牌的合作业务。

“我们开给陆秋的续约条件，已经是行业内顶尖的了，但他还是不满意，说什么要自己开公司，开始新的十年。可他也不想想，他能有今天，全得益于我当年在酒吧救了他一命！”

苏珊妮愤愤地说完，忽然陷入了一阵恍惚当中，因为她想起了第一次见到陆秋的场景。那年他才十六岁……

宋澄看她陷入回忆，也不催她——一个相处了十年的人骤然离世，她恍惚也很正常。而他也顺着她的话，想起了陆秋今年的一个采访视频。视频里，他说了自己入行的故事。

十年前，陆秋十六岁。一天晚上，他在一家 KTV 后门的小巷里被一群不良少年围堵欺凌，差点儿一命呜呼。就在危险之际，想穿过这条小巷去巷口买关东煮的苏珊妮喝住了那群不良少年。

彼时的苏珊妮不过三十出头，却有着极强的气场。她呵斥完少年们，搬起堆在巷子里的木箱冲了过去。霸凌陆秋的少年们被她那气势吓了一跳，纷纷逃跑。陆秋和苏珊妮就此相识。

“虽然她总开玩笑说自己是借着酒意，才壮着胆子救的我，但是我觉得，即使没有喝酒，她也会挺身而出的。”后来，陆秋对采访他的主持人这般说道，“所以我很感谢我的老板苏珊妮，她不仅是我的伯乐，也是我的救命恩人。”

采访视频里的主持人发出感慨：“原来还有这样一段缘分哪。”

“是呀，正因为这样的缘分，我才能坐在这里，呼吁大家关注校园霸凌现象，反对校园霸凌！”陆秋说着，对镜头露出坚定的眼神，引来无数观众的支持与心疼。

而宋澄当时就是因为处理一起校园霸凌案件，才关注到这个视频。没想到命运兜兜转转，把陆秋送到了他的面前。

就在苏珊妮和宋澄在心中感慨之际，高卿佐开口问苏珊妮：“请问你昨天下午到今天傍晚都在干什么？”

在停尸间的时候，苏珊妮就问过他们陆秋是怎么死的，所以她知道他是被人杀害的。此刻听到高卿佐这么问，她有些生气起来：“你这是怀疑我杀了陆秋？”

“你有动机，不是吗？”

“呵，你觉得我会因为陆秋不续约而杀了他？我何必呢？虽然我们那天因为续约的事吵了一架，但是到最后，我们双方都还是冷静了下来。我说我这么有诚意地放下手中的工作大老远地飞来这里找他，就是因为我对他十分器重。如果他能念在十年的情谊上，不与我们彻底划清界限，那么我可以帮他开个人工作室，给他大额的股份都行，毕竟我在娱乐圈也混了不少年，手头的资源还是多于他的。陆秋想了想，答应我说会再考虑考虑，所以我没有理由去杀他。”

“或许你昨天见过陆秋，他再考虑考虑的结果还是‘不行’……”

苏珊妮打断高卿佐的话，说：“我那天之后就没有见过陆秋！陆秋说他这几天想要静一静，让我不要打扰他，如果做出决定，他会联系我。但是他至今没有给我答复，我也一直联系不上他。我以为他又耍我，所以今天才气急败坏地上门来找他。”

“又耍你？”宋澄敏锐地捕捉到关键字，问道。

苏珊妮愣了愣，生气地说：“他没打招呼就跑到这里来，还不算耍我啊？当时我去他住的酒店房间找他没找到，都吓得快报警了。他后面还有三个杂志封面、两个综艺要拍，我都低声下气去请求延期或直接婉拒了。这一趟我得罪了多少人啊……欸欸欸，你们别这么看我，这些都不值得我去杀他。”

“所以陆秋来这里，真的只是突然想要一趟说走就走的旅行？”

“说实话，有时候艺人脑子里在想什么，我们也不知道。”苏珊妮耸耸肩，“他说他工作烦了，不想续约了，就跑来这里散心。”

“那他肯定在工作中遇到了一些不开心的事，才会想要来这里避世，还要跟你们彻底划清界限吧？”高卿佐追问道，“你能讲讲你们在工作中有过什么矛盾吗？”

“哎，工作哪会有开心的嘛。”苏珊妮叹了口气，“若说矛盾，肯定是有的。比如有些歌他不想唱，我们却觉得很符合市场需求，硬是让他唱了。但正因为我们的坚持，他的歌才能成为网络热曲，成为别人做视频时常选用的背景音乐。当然有些合作的品牌他不喜欢，但我们觉得能提高那个品牌的消费群体对他的认知，也逼他对着镜头念过自己不喜欢的广告词……可是打工的人，哪个没有做过一些违心的事，说过一些违心的话啊？哎，我说，他大概还是觉得现在自己人气高了，有能力了，想出去单干，不想与我们分成，才抱怨这抱怨那的。”

高卿佐默默地记着苏珊妮说的话。

苏珊妮又皱起眉头：“这也要记吗？这跟案子有什么关系啊……”

高卿佐没回答她，反倒是宋澄把话题又拉了回来：“话说，这些天你一直在海野村等陆秋的回复？你住在哪间民宿？”他知道，陆秋具体的死亡时间还没估算出来，从昨天下午到今天傍晚，这么长的时间很难确定什么不在场证明，便换了一个问题。

“我哪有工夫在这个犄角旮旯……没有说这里不好的意思哈……只是我不可能在这里等他给我回复，我还有那么多工作要忙。那天我找到陆秋，跟他吵了一架后就回去了，今天又转了好几趟车才赶到这里的。你们不是要问我什么不在场证明吗，我的机票、车票，甚至是路上买东西的发票都可以拿给你们看。”苏珊妮说着说着，声音里带了哭腔，“但是我万万没想到，陆秋居然死在了这里。”

想到陆秋的死亡，苏珊妮又忍不住流下了眼泪。

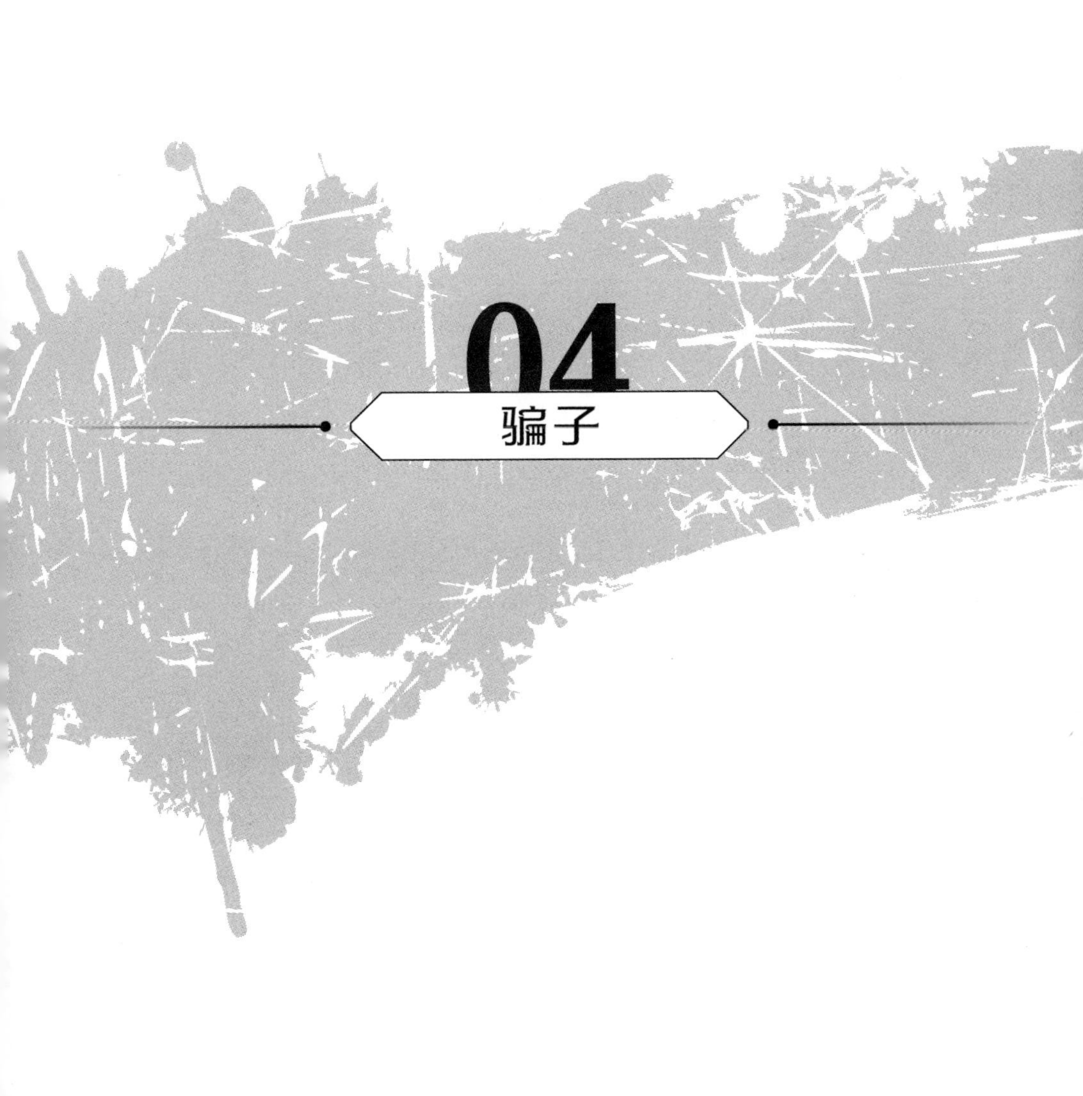

04

骗子

苏珊妮本来打算跟陆秋谈完续约的事，连夜赶回北京。现在她却为了处理陆秋的后事，在海野村订了一间民宿。不过她没有订陆秋入住过的石光民宿。因为她知道，明天早上警方的公告必然会引起轩然大波，到时候，石光民宿肯定会成为记者和民众关注的焦点之一，她不想直面那随意举起来就开始拍摄的手机镜头。

高卿佐送苏珊妮去一家名叫“星空”的民宿办理入住手续。去的路上，苏珊妮看着身旁这个年轻的男生，总联想到十六岁的陆秋。

那天，她被朋友邀请去时常光顾的那家KTV聚会。每次在那里喝酒，她都会在中途溜出来，穿过巷子去巷口的小摊买关东煮。

其实她并没有那么喜欢吃关东煮，只是觉得那个摆摊的阿婆很像她去世的外婆，所以总是忍不住去瞧瞧。每次跟阿婆对话，她都感觉那个疼爱自己的外婆并没有离开人世，只是偷偷去寻了一份工作。

她认为上苍能让她偶然发现这个小摊是一种恩赐，她珍惜这一段奇妙的缘分。结果，这份奇妙的缘分让她遇到了陆秋。

遇到那个被霸凌的少年时，少年已经被揍得快不行了，但这反而给英俊的他增添了一种破碎感，瞬间激发了苏珊妮心中的保护欲，她赶走霸凌的少年们后，扶起了他。

少年从地上站起来后，倔强地抽回手，冷冷地说："我没事。"

苏珊妮忍不住问："他们为什么欺负你？要不要报警？"

少年却摇了摇头，说："一点儿小事，报什么警啊。"

"这是霸凌吧？"

"说了没事啊。"少年提高了一点儿音量，又觉得似乎有点儿不礼貌，随即把音调降了下去，说，"谢谢你。"说完，少年低头擦了擦嘴角。

就是这个动作，让苏珊妮的心微微一动。

"喂！"她叫住要走的少年，问，"你叫什么名字？"

少年疑惑地转过头，皱起眉。巷口的路灯光照着他精致的五官，让他看起来像一片悬在夜色里的金箔。

"你叫什么名字？"苏珊妮追上少年，说，"我们公司最近在搞艺人选拔，你有没有兴趣参加？"

"啊？"

"我不是以星探名义骗钱的那种人。"她急急地解释，从兜里掏出一张名片，"这是我的名片，联系电话和公司地址都在上面，如果感兴趣的话，随时联系我。"

少年狐疑地打量着苏珊妮，又看了看名片，最后淡淡地"哦"了一声，说："我叫陆秋。"

"好，陆秋，千万记得联系我。"苏珊妮用手指点了点已经递到陆秋手上的名片。

那时苏珊妮撒了一个谎，他们公司今年根本没有艺人选拔计划。不过一颗新星的诞生本就是机缘巧合的事。苏珊妮在公司看到陆秋时这般想到。

令苏珊妮感到意外的是，陆秋不仅长得俊俏，还有一副颇具辨识度的好嗓子。之前和他说话时没感觉到他的声音有多特别，但当他站在练歌室试唱的时候，苏珊妮心里腾地冒出两个字：惊艳。

虽然声乐老师表示"就还好吧，同类音色的艺人咱们家也不是没签过，而且他有几句都没唱准”，但苏珊妮认定，陆秋会是个好苗子。

事实也证明了苏珊妮眼光独到。在她的运作下，陆秋开启了堪称辉煌的十年明星之路。

但这一切都在今天结束了。

夜晚海角的风有些冷，苏珊妮不禁裹紧了外套。

如果陆秋不死，他会跟她续约吗？不会的，就算他没有死，他和她的缘分今天也会结束吧？毕竟那天他说了那个秘密……

他应该早已经打算不再与她共事了，他后来说的“再考虑考虑”，不过是因为说完那个秘密后有些愧疚吧？即使……即使他答应续约，自己还会同以前那般对待他吗？应该也不会了吧……毕竟他可是骗了自己十年啊！

苏珊妮回想起来到石光民宿寻找陆秋的那一天。

她冲进民宿的时候，前台的小哥正在刷手机，她刚想询问他有没有见到陆秋，就瞄到了在玻璃门外的露台上悠闲自得地坐着喝咖啡的陆秋。

她心急火燎地走向陆秋。身后传来前台小哥的叫喊声，对方大概是想拦她，但是她没有理会，推开玻璃门径直走到了陆秋面前。

陆秋抬眼看到苏珊妮，先是一愣，然后垮下脸来。但是当前台小哥追过来时，他还是摆了摆手，示意他不必紧张，让他回到了大堂。

露台上只剩下陆秋和苏珊妮。

苏珊妮气愤地质问陆秋：“你为什么一声不吭跑到这里来？”

陆秋缓缓地喝了一口咖啡，道：“我不想再每天被催着续约，因为我根本就不想续约了。”

“为什么？我们这十年的合作不是都好好的吗？”

“是吗……这十年我干了多少自己不想干的事？”陆秋把咖啡杯放回面前的桌上，咖啡杯和桌子撞击发出一记脆响。

“谁工作不做些自己不想干的事啊？”苏珊妮为自己辩解，“我还不是为了你好？”

陆秋点点头，说："是啊，我知道你是为了我好。但是接下来，我还是想要干自己真正想干的事情。"

"你真正想干的是什么？"

"我还没想好。"陆秋淡淡地说。

"你听听你自己说的话！"苏珊妮被他的话逗笑了，"你宁愿要一个不确定的未来，也不愿意跟我们一起奋斗一个明确的未来吗？"

陆秋不说话，只是转头看向远处的大海。

苏珊妮急道："今年对南星娱乐、对我来说都是很重要的一年。只要你肯续约，条件我们都可以谈。看在我当初救了你一命，陪你开启这辉煌十年的情分上，你……"

"打住，打住。"陆秋打断了苏珊妮的话，笑道，"你从一开始就错了。"

"什么意思？"苏珊妮皱起了眉头，困惑不已。

陆秋斩钉截铁地说："不是你陪我开启了这辉煌的十年，是我一步步争取来了现在的生活。"

"是的。你现在的成就当然是你通过十年的努力换来的。"苏珊妮堆起笑，几乎是奉承般地说道。

"你还是没明白我的意思。"陆秋对着苏珊妮摇了摇头，嗤笑着说，"你以为当年是你救了我一命，但事实并非如此。当年，你不过是进了我的圈套罢了。"

苏珊妮不解地瞪大了眼睛。

陆秋低头搅拌着咖啡，不疾不徐地解释道："那时我喜欢一位明星，想像他一样成为一个受人喜欢的明星，所以一直尝试进入娱乐圈。但长得好看、唱得好听的人太多了，我投出去的简历都没有得到回应，于是我绞尽脑汁，想用别的办法为自己争取机会，结果只有南星娱乐的你中了招。"

陆秋说，他接近苏珊妮之前看了很多她的采访，其中一则采访里，她谈到了自己很相信世间有奇妙的缘分。比如偶然间在某家 KTV 附近遇到了一个卖关东煮的阿婆，她觉得对方很像自己的外婆，从此之后，她便总跟朋友约在那家KTV唱歌。

“这样的话，我就能在尔虞我诈的社交中途去‘外婆’那里透透气。看到对方慈祥的脸，我就觉得内心获得了一点儿平静。”

陆秋不理解她说的话，甚至觉得她有点儿矫情，但他把这件事记在了心里。

而在这个采访里，苏珊妮还谈到了自己喜欢的男生的类型。

“说来很不好意思，我很喜欢男生的破碎感。”

“破碎感？”采访者不解地问。

“就是那种受伤颓废的感觉。”

“为什么会喜欢这种风格呀？”采访者追问她。

年轻的苏珊妮在镜头前笑了笑，说：“可能这种感觉会激发我的保护欲吧。”

……

“等一等！”

这次，是苏珊妮打断了陆秋的话。她不敢再听下去了，她不想再知道更多的细节。

可尽管如此，末了，她还是忍不住想确认：“所以当年巷子里的一切都是假的？都是你找人演的？”

陆秋面无表情地点了点头。

“不可能……不可能！”苏珊妮震惊于自己十年来都被蒙在鼓里。她以为自己见义勇为救下了一位冉冉升起的新星，以为自己又拥有了一段奇妙的缘分，然而十年之后，昔日的少年告诉她，那不过是他精心设下的局，她不过是他人生的跳板，是他步步为营的一枚棋子！她不敢相信，也不愿相信。

这时，陆秋瞟了一眼僵在原地的苏珊妮，略带抱怨地说：“但我没想到，娱乐圈的工作这么烦哪，每天干的都是我不想干的事……”

“那是因为你现在红了，就可以挑三拣四了！有多少人想干你的工作还做不了呢！”苏珊妮激动起来，“你利用我完成了身份的跨越，现在却想甩掉我？”

“别这么说。”陆秋喝完了咖啡，冷冷地道，“我安安分分地履行了十年的合约，已经仁至义尽了。接下来，你就让我走吧。”

苏珊妮浑身颤抖，怒不可遏地盯着陆秋。她多希望自己的目光是一团火，能烧毁眼前这张志得意满的脸。她多希望自己有勇气抄起桌上的咖啡杯，砸向他的脑袋！但是她没有。她已经四十多岁了，在外人眼里是雷厉风行的女老板，可是在这一刻，在这间陌生的民宿的露台上，她犹如一个被欺骗了感情却手足无措的少女，只懂得流泪。

她背对着石光民宿的玻璃门，防止里面的前台小哥看见狼狈的自己。但这样一来，她便只能面对大海，被海风一吹，她泪干了的脸便生疼起来，犹如荆棘爬到了她的脸上。于是她又觉得委屈，眼泪止不住地往下流……

大抵就是这样的狼狈让陆秋有一瞬间心软了吧。

等苏珊妮回过神来的时候，他叹了口气，说续约的事自己再考虑考虑。

苏珊妮一边回忆着几天前发生的事，一边走进了那家名叫“星空”的民宿。

办理入住时要进行人脸识别，她这才发现自己的神情有多么落寞。怪不得高卿佐在门口与她分别时，不停地安慰她说：“还请你节哀。”

是呀，是要节哀，苏珊妮想着，对着摄像头扯了扯嘴角。

没过多久，前台就给她递上了房卡。

走进入住的房间，苏珊妮把门锁好，掏出了手机，给自己的助理打电话。

“把陆秋的资源都转给小邵吧。”她命令般地说。小邵是他们新签的艺人。

助理小心翼翼地问：“陆秋还是不愿意续约吗？”

“鬼知道他愿不愿意续约。”苏珊妮思及自己十年来被耍的事，恶狠狠地说，“因为他已经变成鬼了。”

助理不明所以地“啊”了一声。

苏珊妮顿了顿，换上正经的语气说：“陆秋死了。”

助理一阵沉默，过了许久才小心翼翼地问：“老板你在开玩笑吧？”

“我说的不是什么玩笑话，是真的。我看到他的尸体了。”

电话那头又是一阵沉默。

“喂，你还在吗？”

“在的，老板。只是……怎么会……”助理震惊到语无伦次。

但苏珊妮脑子却转得飞快：“你现在帮我准备一份配合警方通告的讣告，明天早上就要发。然后，帮我把陆秋之前录的歌都整理出来，让企划组策划一下他的遗作专辑和宣传事项。还有……”她坐到桌前，一边拿起民宿配备的铅笔在纸上记下接下来要做的事，一边有条不紊地对助理吩咐着各项事务。

夜已经深了，海野村的星空璀璨，此刻却没人有心情抬头欣赏，因为人们眼前有一堆烦心事。

05 死讯热搜

第二天，陆秋的死讯登上了热搜。

所有人都处于一种震惊的状态中，尤其是陆秋的粉丝。他们听闻自己偶像的死讯，一开始是不相信的，但当看到官方的通告后，他们由拒绝相信变成了最后的崩溃。有人表示惋惜，为世上失去一个歌者而悲痛；有人表示不解，为什么好端端的一个人会坠海身亡；更多的粉丝跑去质问南星娱乐，为什么没有好好地保护自家的艺人……当然，也有陆秋的黑粉发表了一些幸灾乐祸的评论。

海野村也因此出现在了热搜榜上。之前来海野村打卡拍摄的网红们的照片、视频都被重新推流，很多网友一下子接收到了很多有关海野村的内容。

“之前从来没有刷到过，现在一出事，怎么全是这个村子的视频？买了流量推广吗？”

“我之前还想去那里玩呢，现在有点儿不敢去了！陆秋好可怜啊，怎么会死在那里？！”

“我去海野村玩过，风景很美啊！你们爱去不去，我反正想要再去！”

“警方说在那里捞出来的男尸是陆秋，可没公布他的死因欸，所以到底是怎么回事啊？留下‘案件还在调查中’这种话敷衍我们吗？什么时候能有详细的案情公布啊？”

“对啊，陆秋到底是怎么死的啊？我的少年啊，我十年的青春啊！我眼妆都哭花了！顺便问一下，有没有好用的防水的睫毛膏？”

网络上的讨论五花八门，让宋澄看花了眼。他知道陆秋的死讯会引起轩然大波，但没想到会造成这样的轰动。手机里多年不联系的同学听闻是他们警局的案子，旁敲侧击地来关心、询问。更有记者扒到了高卿佐的私人视频账号，发私信问他能不能接受采访，聊聊陆秋的事，吓得高卿佐立马注销了账号。

最令宋澄惊讶的是，当时打捞尸体的刘全金竟开启了直播。

“是的，是我打捞上来陆秋的尸体的。我当时看到他的脸觉得很熟悉，知道对方是大明星，所以在大家围过来之前给他盖上了我的衣服。死者为大，尊重死者嘛……对的，就是我手里这一件。这有什么晦气的啊，我为他留了最后一点儿体面……啊，谢谢关注，谢谢你们送的爱心。”

刘全金的手机像素不高，直播的画面有点儿糊，但是丝毫不妨碍观众停留观看。大家激烈地讨论，向他提问，给他刷礼物，好不热闹。

宋澄眼睁睁地看着他的直播间在线人数从几百变成上千，甚至一度破万。那一刻，宋澄感觉刘全金才是大明星。

只见刘全金气定神闲地坐在镜头前，认真地说道：“咱们做人还是要讲究一点儿的嘛，所以警方公开公告之前，我一直都没跟外人说死的人是陆秋，连我老婆、孩子都不知道……大家也不用夸我啊，这都是我应该做的……”

说着说着，刘全金叹了口气：“哎，真是可惜了，年纪轻轻的一个小伙子，长得很帅，唱歌也好听，就这么没了。我还挺喜欢他唱的歌呢。啊，你们评论刷慢一点儿，我有点儿看不过来了。有粉丝……宝宝？呃……对，有粉丝宝宝问陆秋是怎么死的，我也不知道啊……大家还是等警方通报吧。”

高卿佐听到宋澄手机里传来刘全金的声音，好奇地凑过来：“这老刘还真是聪明。今天直播赚的钱，可比他卖一年自己在海边钓的鱼多吧？”

宋澄不置可否地耸耸肩，问高卿佐：“法医那边的尸检结果出来了吗？”

高卿佐点点头，从自己的包里抽出一份报告，说：“老赵加班加点的成果。”

宋澄接过报告，认真地看了一遍。报告显示，陆秋的死因跟他们推测的一致，是被人用钝器砸击后脑勺而亡，死亡时间推测是 11 月 4 日晚上 12 点到 11 月 5 日凌晨 3 点之间。他不是什么失足坠海而亡，而是被人杀害，再抛尸海中的。

11 月 6 日上午，宋澄和高卿佐再次走进石光民宿，只见这次在民宿前台忙碌的，除了年轻的陈明启，还有一个身材干瘦的中年男人，应该就是陈明启的父亲——陈渔。

“今天你们两个一起守店？”宋澄走到前台，用如同朋友的口吻随意地问陈明启。

陈明启点点头，跟旁边的父亲解释：“这就是昨天晚上来的两位警察，那个时候你又喝酒去了。”

“哦，不好意思，”陈渔转向宋澄和高卿佐，露出一脸谄媚的笑，“我昨天晚上喝了点儿酒，没注意看手机。”

“没事，那么晚打扰你们，应该是我们道歉。”宋澄说。

“所以你们今天来，还是想问陆秋的事？”陈明启一边操作着面前的电脑，一边问宋澄。

“是的。”宋澄看向陈渔说，“前天，也就是 11 月 4 日，你儿子说中午给陆秋送过饭，后来就没见过他。那么后来你跟你儿子交班后，有见过陆秋吗？”

“前天啊——”陈渔眼神空洞地盯着半空中的某处，微微张开嘴，把那“啊”字拖长了音，他像是很努力地在思考，最后却还是摇了摇头，说，“我有点儿想不起来了。”

“你再仔细想想。”高卿佐追问道，“那不过是前天的事，对方又是明星，你真的没有印象吗？”

“小年轻喜欢的明星，我又不在乎。”陈渔撇了撇嘴说，“我最近这记忆力是越来越不好了，真的想不起来了。”

“我都说了让你别老喝酒。”陈明启在一旁嘟囔，“你都喝伤了神经，手也开始抖了。”

陈渔旋即往陈明启头上拍了一巴掌，道：“你这臭小子，我哪里手抖！我让你搬货，是为了让你锻炼臂力。”陈明启没好气地闭上了嘴。

宋澄继续问道：“那前天你有留意到有谁来找过陆秋吗？那天有发生什么特别的或是奇怪的事，都可以跟我们说说。”

陈渔想了一会儿，再次摇了摇头：“我记得没有发生过什么特别的事，也不知道有谁来找过他。”他无辜地说道，“你们也知道，现在旅游业不好做，这民宿就我和我儿子在管。我们交班后，我也不是一直坐在前台。露台的花我要浇水、厨房的垃圾我要处理，所以可能有人来找过陆秋，但我没注意到。”

宋澄想起昨晚，他们被陈明启带去陆秋入住的房间，前台就空了，苏珊妮大摇大摆地走进民宿也没人知道。所以如果陈渔在值班时去干别的事，那么陆秋什么时候离开民宿，或是有什么人来找过陆秋，他的确可能没有目击到。

“你们这儿管理挺有问题啊，人手不够，监控又坏了，顾客的生命财产安全都得不到保障。”高卿佐有些生气地说。

陈渔立即点头哈腰：“警察同志，您教训得是。但现在是淡季嘛，多招人，我们这小本生意承担不起那费用。至于监控……本来一直好好的，可之前不是打雷又下暴雨嘛，线路不知怎的就坏了。都怪我没及时处理，我们马上整改。”

“那你们也不能让什么人都随意进出民宿吧？”宋澄看了一眼通往入住区的门，那扇门不需要门卡，什么人都可以推开，所以苏珊妮昨晚才可以一路直达陆秋的房间外。

陈渔继续不好意思地道：“是是是，这是我们的疏忽。我们之后一定会努力整改的，监控会修好，前台也会安排人值守的。”

这话多少有些敷衍的意味，宋澄听着，不自觉地拿食指掏了掏耳朵。末了，他换上了严肃的口吻，问道：“最后我想问一下，你们 11 月 4 日深夜 12 点到 11 月 5 日凌晨 3 点都在哪里，在干什么？有没有人证？”

“那个时间段啊，”陈明启皱着眉想了一会儿，说，“我应该在家里睡觉了。”

“有人证吗？”

陈明启摇摇头，说他是一个人在家，并没有什么人证。陈渔则指了指他现在站的地方，说："我嘛，那时就在这里守着呗。可惜我也没有人证。因为那个时候客人们都已经睡了，也没新的住客会在那个时候来入住。"

高卿佐把他们的话记在自己的小本子上。

陈渔打量着那个本子，小心翼翼地问："所以陆秋是昨天凌晨死的？"

高卿佐没有回答他，只是把本子一合，说："如果你们的监控没有坏，我们现在至少能知道他是什么时候离开民宿的。"

"哎，都怪我……"陈渔再次用力演出愧疚的神色。

这时，陈明启小心翼翼地问："陆秋之前入住的房间，我们可以重新对外开放吗？"

宋澄点了点头。他们昨天把陆秋的随身物品带回去之前，勘查过房间。虽然房间正如陈明启所说被他收拾过，但至少他们用鲁米诺试剂并没有在此发现血迹，也没有发现明显的打斗痕迹，这里应该不是第一案发现场。

那么，陆秋到底是在哪里被人用钝器袭击了后脑勺，然后抛尸海中的呢？宋澄不禁又陷入思索。而此刻，高卿佐正俯下身子，瞄了一眼前台的电脑。

"今天的房间都订满了啊？"他问。

陈明启说："是的，明天和后天的也已经订满了。我本以为出了这种事，大家会有点儿忌讳来我们家住……但是现在看来，大家更相信科学吧。"

"所以网友已经知道陆秋之前入住的是你们家？"宋澄问。

陈明启点点头，说："是啊。现在的网友神通广大。"

"而且还有钱。"高卿佐冷不丁地说，"你们开五千一晚也有人住啊？"他指着电脑上陈明启设置的大后天的房间价格，啧啧称奇。

陈渔脸上堆着笑说："旺季涨价，很正常的呀。"

宋澄闻言，忍不住摇了摇头。

11 月对于海野村来说本是旅行淡季，但是因为陆秋的死亡，这里注定要热闹起来了。

06 星空民宿

从石光民宿出来，宋澄和高卿佐决定查一下村里的监控，看看是否能找到有关陆秋死亡的线索。所以他们边沿着山路往下走，边观察起沿路的房子。

离石光民宿最近的便是陈渔和陈明启的家，与民宿精致的装修不同，这栋两层高的平房墙壁斑驳，院子的铁栅栏也生了锈。大门口和其他人家一样，挂着“游客勿进”的牌子，没有安装监控。

宋澄不免担心起来。且不说凶手行凶会刻意避开监控，就单说海野村的监控设施，摄像头分布得散，数量也不多，处处有监控的死角，查监控这条路怕是行不通了。

“监控用时方恨少啊。”高卿佐说，“村里的监控本来就少，石光民宿的监控又刚好坏了，未免也太凑巧了吧？宋哥，你觉得石光民宿跟陆秋的死有没有关系？”

“你是说陈渔跟陈明启？”

“对啊，”高卿佐说，“而且他们都没有不在场证明。”

“那他们杀害陆秋的动机是什么？”

高卿佐陷入沉思。

之前苏珊妮跟他们说过，陆秋是第一次来海野村。他大概是看了社交平台上的一些旅行推荐视频，才选择来这里逃避续约压力。陈渔和陈明启之前应该与他不相识，他们有何理由对他产生杀意呢？难不成他们预想到了陆秋的死会给民宿带来爆满的生意，所以杀害了他？但这怎么想都不太合理。明星的新闻的确会让民宿获得一时的热度，可人们的关注总是来得快去得也快，为了这短时间的盈利，不至于赌上自己的人生去杀一个人吧？

高卿佐想不出个所以然来，便没有接宋澄的话。

两个人一路无言，继续往山下走，远远地就看到发现陆秋尸体的海岸聚集了一群人。

“那边的人在干吗？”高卿佐疑惑地眺望。

宋澄眯着眼看了一会儿，掏出手机打开了短视频 APP，切换到“同城”。果不其然，他很快就刷到村民新上传的来自那片海岸的视频。

“你们看看，一下子来了好多小姑娘，来给陆秋送花。”拍摄视频的是个上了年纪的阿姨，操着一口蹩脚的普通话，努力地用镜头记录生活的一瞬。

只见海岸边，十几个粉丝聚集到一起，为陆秋送上悼念的花束。有人双手合十，闭着眼祈祷；有人忍不住地流泪，虚弱地靠在身边人的肩膀上；有人唱起了陆秋的歌，于是众人便跟着开始合唱……

宋澄看完这个视频，继续往下划。

于是，又一个标注着“附近 1.5km”的同城视频出现在他的眼前。这次的拍摄者是位大叔，他把镜头对准了海边一家名叫“星晴”的咖啡店。

“这一大早的，咋排那么长的队哦？”大叔不解地在视频里发问。

宋澄注意到，排队的跟在海边献花的是一类人，都是陆秋的粉丝。

他们为何会在这家咖啡店前大排长龙？

宋澄点进评论区，看到有粉丝解释，说之前有人在这家咖啡店看到过陆秋。

那是 11 月 1 日，陆秋来到海野村的第一天晚上，有两个女生在海边拍夜景照，夜色渐深，气温也降了下来，她们看到星晴咖啡店还亮着灯，便想去买两杯热咖啡。她们抵达店门口，发现店内亮着灯，但咖啡店的大门紧闭，门口还挂上了暂停营业的牌子。两人悻悻地准备折回，却发现星晴咖啡店此刻的样子甚是孤寂文艺，于是又拿起手机拍照。

就在这时，咖啡店的门开了，一个身材高挑、戴着口罩的男生从咖啡店里走了出来。男生入了镜，女生起初还觉得这张照片废了，直到陆秋的事上了新闻，两人才把他跟陆秋联系到一起。她们从手机相册里的"最近删除"中找回了照片，与陆秋做对比，越看越觉得此人就是陆秋。

她们把照片发到网上，说她们好像碰到了陆秋。眼尖的粉丝立刻前来认领，确定此人就是陆秋。因为他们认出了他的穿搭，他脚上的那双鞋可是品牌方为他定制的。

于是星晴咖啡店就跟陆秋联系在了一起。

"就因为这个呀？"有网友为粉丝苦苦排队只为与陆秋有一点儿交集而不解。

粉丝却觉得，这是他们与陆秋仅剩的一点儿连接。

于是评论区里充斥着"脑残粉不可理喻"和"你们路人没有同理心"的对骂。

就在宋澄翻看着评论时，山路上走来了几个年轻人。其中有几个正在用手机直播："是的，我今天要入住的就是陆秋生前入住过的民宿，马上就要到了。你们别催，这民宿都不搞个接驳车，我走路快累死了，看在我这么辛苦的分上，宝宝们给我点个关注呗。"

"宋哥，你再往下划，说不定就能刷到他们的直播呢！"高卿佐看着年轻网红们远去的背影，说道。

宋澄看看突然热闹起来的海岸，又看看徒步向石光民宿走去的年轻人，不置可否地耸了耸肩。他知道这里会热闹起来，但没想到会这么快就热闹起来。还好他今天去民宿之前，高卿佐和自己都换上了便装，不然刚刚在路上就会被网红们的镜头对准了吧？

宋澄看了看自己的衣服，哼笑一声，正准备关掉手机，就瞄到了刚刚咖啡店的视频评论里有个网友说："我听说，星晴咖啡店的老板是陆秋的高中同学。"

"啊？真的假的？怪不得陆秋会去这家店呢。"

"所以陆秋突然去海野村，是为了跟老同学叙旧吗？"

粉丝们开始在评论里热烈地讨论，甚至有人说："陆秋离奇地死在海野村，该不会跟他的高中同学有关吧？"

高卿佐看宋澄在视频的评论区里出不来，便好奇地凑上前去："宋哥，你在看什么啊？"

"曹冰跟陆秋是同学？"宋澄皱起眉头。

"啊？我怎么没听他说过？"高卿佐跟着惊讶道。

曹冰不是本地人。多年前，海野村的旅游业刚刚开始起步，他便来到这里，买下了一户人家的地基，建起了这家星晴咖啡店。谁料，咖啡店还未开业，一批咖啡豆却从库房里不翼而飞。

宋澄接到任务调查此案。没过多久，他就帮曹冰在一户人家的地窖里寻到了这批咖啡豆。偷咖啡豆的是那户人家的儿子，他想转手卖掉这批豆子，给自己买一部苹果手机，结果手机没到手，还把自己"送"进了监狱。

而寻回咖啡豆的曹冰，不仅给警局送上了锦旗，还给警局的每位工作人员送上了一杯咖啡。那香醇浓郁的手磨咖啡俘获了不少人的味蕾，其中便包括宋澄。

宋澄觉得曹冰很有生意头脑，这送咖啡的举动不仅表达了谢意，还揽下了他们这帮客人。虽然之后几年，海野村陆陆续续开了好几家咖啡店，但宋澄常去的还是星晴咖啡店。后来，高卿佐来当他的搭档，他带着他去喝，一来二去，高卿佐也与曹冰熟识起来了。

但他们从未听曹冰提起他有个高中同学如今是当红的歌手。

"或许这不过是网友瞎传罢了。"高卿佐说。

宋澄没接高卿佐的话，而是重新打开手机，去看"附近的人"刚拍的星晴咖啡店的视频。

无论是不是网友瞎传，他们都得找曹冰问问。但从村民和粉丝拍的视频可以看出，曹冰并不在咖啡店里，只有咖啡店的员工在应付蜂拥而至的陆秋粉丝。于是宋澄给曹冰打电话，想知道他人在哪里，但是他的手机关机了。

这倒是能理解。网上有人曝光了他与陆秋的关系，肯定有很多好事者来找他。为了耳根清静，他将手机关机也情有可原。

宋澄决定去星空民宿碰碰运气，因为星空民宿的老板也是曹冰。

宋澄一直很佩服曹冰有生意头脑，又敢投资。星晴咖啡店开业的第二年，他觉得这里的旅游业会蒸蒸日上，便又买下了一块地，经营起了民宿。若是有朋友来海野村玩，宋澄和高卿佐会推荐他们入住星空民宿。昨晚陆秋的经纪人苏珊妮要找住处，高卿佐带她去的就是这一家。

虽说星空民宿在营销上的噱头是“能看见海角绝美星空”，但它的地理位置要低于石光民宿。沿着山路再往下走，就会路过它。

没过多久，宋澄就来到了他们的目的地。

前台负责接待的是个年轻女孩，名叫秦晓雅。她见到宋澄和高卿佐，会甜甜地叫他们“宋哥”“佐哥”。今天也不例外。

一见到秦晓雅灿烂的笑，高卿佐就忍不住跟着笑。

宋澄瞄了他一眼，问秦晓雅：“你们曹老板呢？”

还未等女孩回答，曹冰就从郁郁葱葱的室内绿植后头伸出头来，说：“在这儿呢。”

宋澄和高卿佐朝他走去，只见他窝在绿植旁的懒人沙发上刷着手机。

“我们是来问你……”

“陆秋的事？”曹冰抓了抓头发，从沙发里爬起来，叹了口气说，“我没想到他死了……我刚刚看到新闻的时候都不敢相信，还想找你们问问呢。结果我还没找你们，骚扰电话就找上了我。他们不知道从哪里知道了我和陆秋是高中同学的事，打电话来问东问西，我只好将手机设置成勿扰模式。”

“这么说，你真的跟陆秋是高中同学？”高卿佐略带惊讶地问。

曹冰看着窗外的海景，点了点头。

“你怎么从来没告诉过我们？”高卿佐嚷道。

“你们之前也没问过啊。再说了，人家现在的身份和地位已经跟我们这帮老同学完全不一样了，硬蹭人家的关系，反倒显得我卑微。”

“听上去你们好像不熟？”宋澄接过话茬，问道。

“只是当年同过班罢了，他当明星后，跟我们就没啥联系了。”

“但是听说有游客之前在你家咖啡店见到过他。他来海野村是来找你的吗？”

曹冰似笑非笑地说：“怎么可能，人家大明星怎么可能来找我叙旧？只是……那天晚上，他突然来到我的咖啡店买咖啡，所以我们就聊了聊。”

“听说你那天晚上特地暂停了营业？”

“啊，是的。”曹冰摸了摸鼻子，说，“毕竟是老同学嘛，又是明星，想给他一个私密的环境，就特殊对待了。”

“你们那天晚上聊了什么？他有提到为什么来海野村吗？”

“其实也没聊什么，就是挺客套地问彼此最近过得如何，感慨了一下居然能在这里遇到，太巧了之类的。”曹冰转了转眼珠，顿了一下说，“至于他为什么来海野村……啊，我想起来了，他说是来看狮子座流星雨的。”

宋澄和高卿佐记得，11 月 2 日晚上是有一场狮子座流星雨，星空民宿还因此打出了“来星空民宿，享受绝美流星之夜”的宣传语。但那天不是周末，特地来海野村看流星雨的人并不多。

“作为他的老同学，你没邀请他来你这间民宿入住吗？”宋澄问。

“他来之前就订了石光民宿。”曹冰说，“虽然我们叫星空民宿，也号称‘海角观星首选民宿’，但事实上大家都知道，石光民宿更适合看星星。他们家建得高，观星视角更好，其他硬件设施也不比我们差，陆秋选那家也无可厚非。”

“他没表示为了支持老同学的生意，改来住你这里？”

“没必要。”曹冰摇了摇头，道，“刚刚我说了，我们虽是同学，但这些年联系并不多。那晚陆秋能在咖啡店坐下来跟我聊一聊，已经是看在同学这层关系上了，我再得寸进尺，也不太好意思。所以我甚至没跟他说我也经营着一家民宿。”

宋澄点点头，表示理解。

这时，高卿佐问道：“那你知道他特地来这里看流星雨的原因吗？”

“这还要原因？”曹冰有些不解，耸耸肩表示自己并不知道。

“你们在咖啡店聊天的时候，没有拍合照什么的吗？在自家店偶遇成为明星的老同学，拍个照发网上，肯定能给自己的店增加点儿名气和热度。”高卿佐继续问道。

曹冰又摸了摸鼻子，说：“那天跟陆秋聊天的时候我也想过这事。但直到我们聊不下去互相告别的时候，我也没好意思把这事说出口。可能我这个人多少还是好面子，总觉得这样蹭老同学的名气有些别扭吧。”

这时，宋澄终于又开了口：“陆秋来你们咖啡店的日子是 11 月 1 日，对吧？”

曹冰想了想，点点头。

“那是陆秋来海野村的第一天。之后那么多天，你还见过他吗？”

曹冰又思考了片刻，坚定地说：“没有。”

“果真只是不熟的老同学偶遇啊！”高卿佐感慨道。

曹冰扯了扯嘴角，没有再接他的话。

见曹冰这头问不出更多的信息，宋澄和高卿佐准备离开星空民宿。刚动身，他们就瞧见苏珊妮戴着一副巨大的墨镜，探头探脑地从走廊里拐出来。

“苏小姐，你这是准备去哪儿？”

高卿佐的话吓了苏珊妮一跳。

“啊，是警察同志啊！”苏珊妮摘下墨镜，唉声叹气道，“陆秋的后事我还有得忙。”

宋澄颔首，表示理解。

今天海野村不仅来了许多陆秋的粉丝和凑热闹的网红，还来了不少记者。作为陆秋的经纪人，苏珊妮有一场硬仗要打。

“如果有什么需要帮忙的，可以联系我们。”宋澄说。

苏珊妮点点头，道：“谢谢两位警察同志，但我应该能应付。”她说这话的时候神色淡然，语气中却露出一股韧劲来。

这时，民宿门口停下一辆黑色奔驰车。

苏珊妮眯眼一瞧，对宋澄他们解释道：“我要去高铁站接陆秋的父亲，他想来看陆秋最后一眼。”

宋澄说：“刚好，可以来我们这儿把陆秋的手续办了。”

“陆秋的死因……”苏珊妮忍不住问道。

宋澄看了一眼在场的曹冰和秦晓雅，小声地对苏珊妮道：“到时候去我们那里再说。”

苏珊妮抿了抿嘴，说了一声“行”，然后重新戴上墨镜，走出了民宿。

众人目送车辆离开。很快，它便消失不见了。

曹冰收回视线，问：“这位苏小姐是？”

“陆秋的经纪人。”高卿佐不假思索地回答。

“她住我们这儿啊？”曹冰转向前台的秦晓雅。

秦晓雅点点头，说：“是佐哥昨天晚上推荐她来入住我们家的。”

“谢谢小高支持我们的生意。”曹冰随即转向高卿佐。

“我只是随口一提罢了。”高卿佐说，“还请你们一定要保护好人家的信息，现在我们这儿来了不少陆秋的粉丝，很多人都在气头上呢。”

“气头上？”

“气经纪人没有保护好自己的艺人啊。”

“原来如此……”曹冰重新抬起头，看着早已消失的车的方向，叹了口气，“哎，也不知道这陆秋怎么这么倒霉。”

“宋哥，我怎么觉得老曹今天怪怪的。”走出院落的大门，高卿佐回头看了一眼星空民宿，撇了撇嘴。

宋澄哼了一声，说：“他一吹牛或是说谎就喜欢摸鼻子。我刚刚数了数，他跟我们说话的那一小会儿，就摸了三四下鼻子。”

“所以他跟我们讲的都是假话？”

“至少不全是真话。”

“这么说，他和陆秋并不是偶遇？”

“你在工作时跟不熟的老同学偶遇，会停下工作专门跟他叙旧吗？”

“我是不会，但不能保证人家也不会啊。”

“但他可是挂上暂停营业的牌子跟他叙旧啊。”宋澄强调道，“这未免也太小题大做了吧？”

“老曹刚刚不是说了吗？因为对方是明星，所以就特殊对待了。”

“说这话的时候，他也摸鼻子了。”宋澄回忆道。

“所以你觉得陆秋来海野村跟老曹有关？”

“不知道。”混乱的思绪在宋澄脑中打成结，令他皱起眉头来。

一旁的高卿佐此时补了一句，说：“但值得庆幸的是，陆秋的死跟老曹没有什么关系。”

宋澄也颇感庆幸：“是啊，至少人不是他杀的。”

因为在离开星空民宿之前，他们询问了曹冰 11 月 5 日凌晨的行踪。曹冰说那天晚上他在民宿的吧台研究咖啡店下个月要上的新品，一直研究到凌晨 5 点才去睡觉。民宿里的监控拍下了整个过程。

所以那个袭击陆秋并将他丢进海里的人，不是曹冰。

但他刚刚屡次摸鼻子的动作一直在宋澄的脑海里挥之不去。

他为何要对他们撒谎？

宋澄回过头去，朝星空民宿望了一眼。

而此刻的星空民宿内，曹冰离开了绿植下的懒人沙发，走回了自己的房间。他不像陈明启和陈渔是本地人，在民宿之外还有个家。他当初经营这家民宿，有一部分原因就是为了让自己有个踏实的住处——民宿最靠里的那一间房，就是他在海野村的家。

回到房间，他仰躺在床上，莫名感到一阵空虚。隔了一会儿，他才回忆起今天早上的点点滴滴。

由于昨晚喝了酒，睡得晚，今早他也起得晚。起床之后，他发现自己的手机丢了。他努力回忆手机在哪里，愣是回忆不起来，于是推门去大堂的吧台寻找。因为他只记得自己昨晚是在吧台喝的酒。

刚走到大堂，他就听到前台的秦晓雅喊他："曹哥，你昨晚怎么又把手机丢吧台了？要是被人拿走了可就惨了。"

说罢，她拿起帮他保管的手机递给他。

曹冰说了声谢谢，接过手机。就在他点亮屏幕的瞬间，陆秋的死讯弹了出来。

那一刻，他怀疑自己看错了。但在反复确认后，他不得不相信这一切都是真的。

"啊？昨天在海边捞出来的男尸居然是陆秋啊！"同样收到平台推送的秦晓雅惊讶地喊道。

而这头，曹冰脚一软，跌坐进了绿植下的懒人沙发里。

"怎么会这样……怎么这么倒霉……"他低声嘟哝，不停地翻看着新闻。

由于警方给出的信息很少，所以每一家的新闻报道都大同小异。尽管如此，曹冰还是将手机刷到没电。好在绿植旁边的墙上就有插座，他寻来充电器，给手机充上电。

就在这时，莫名其妙的电话打了进来。

"你是陆秋的同学吗？"

当听到陌生人的问话时，他吓了一跳。他从未跟他人说过陆秋是自己的同学，陆秋应该也从未跟别人提及他与自己相识，但在这个信息化时代，似乎什么都躲不开网友的深挖。可……这也太快了吧？

曹冰并不知道这些人是怎么知道他与陆秋的关系的，也不知道他们是如何知道他的电话号码的，他只知道自己的生活将会变得更加混乱。于是他决定开启手机的勿扰模式，阻隔陆续打来的骚扰电话。

但令曹冰没有想到的是，宋澄和高卿佐竟会这么快来询问自己。那一刻，他不免有些慌乱……

曹冰回想与宋澄和高卿佐的谈话，忽然意识到，自己刚刚肯定忍不住摸鼻子了。

宋澄以前就拿他摸鼻子的事笑过他，说他像是匹诺曹，总是用鼻子暴露自己说谎的事实。曹冰曾刻意练习改掉这个下意识的行为，事实上，他也的确成功过。但今早的一切发生得太突然，又太令他震惊，所以他没能控制住自己。

可恶！他四仰八叉地躺在床上，握紧了拳头，心想宋澄和高卿佐肯定知道自己撒谎了，也肯定猜到陆秋来海野村并不只是看流星雨那么简单。

事实上，陆秋来海野村就是因为曹冰。

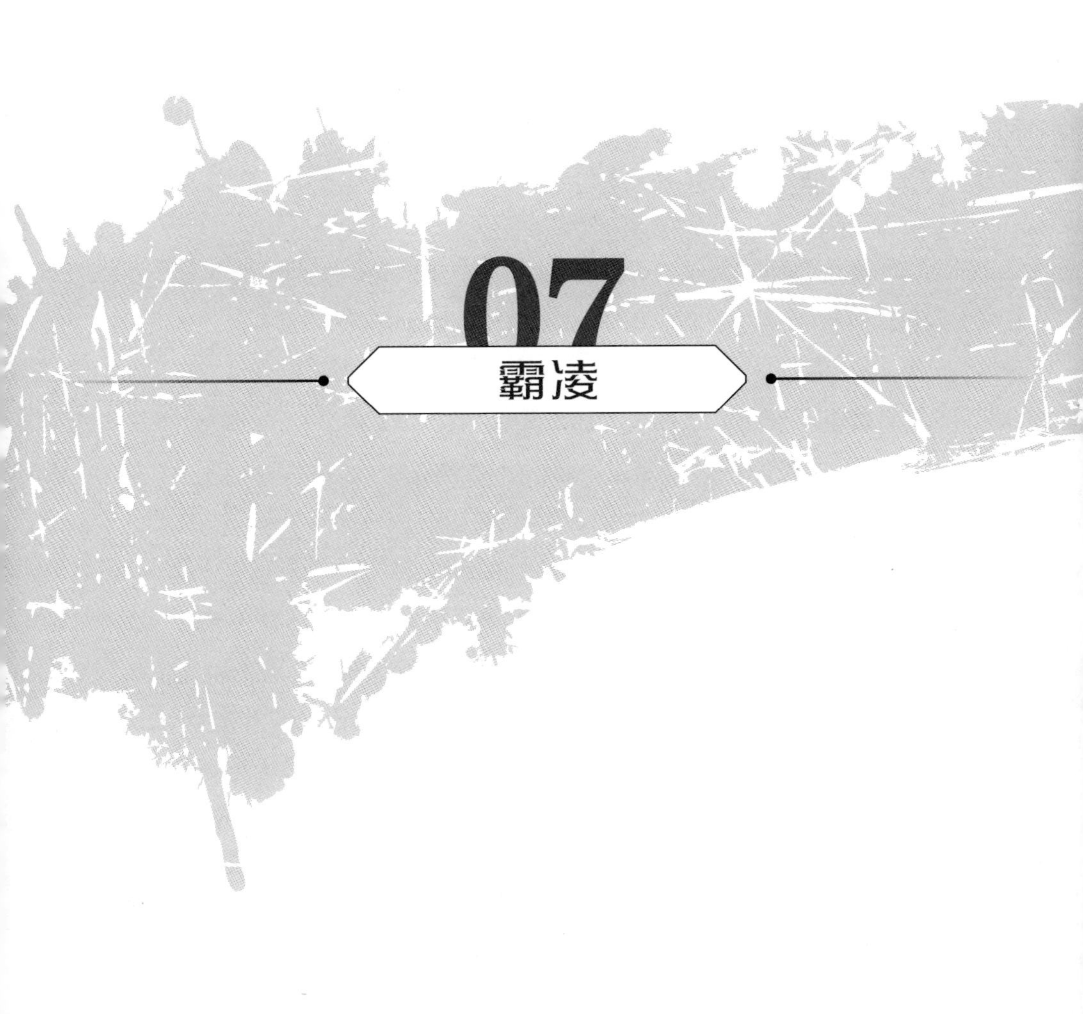

07

霸凌

曹冰上高中那会儿，互联网浪潮刚刚翻涌而起，各大门户网站争抢注册用户，好不热闹。除了大网站努力地做地面推广，本地的小网站也将广告铺满了全市，希望吸引用户，以分一杯羹。

其中一个名叫“纪念地”的博客网，在本地取得了不俗的成绩。他们把广告做进学校，吸引正有无数烦恼要倾诉的年轻人在上面注册、发博文。该网站的形式类似人人网，但因为主打本地交友，所以让不少人产生了一种归属感，甘心成为他们的用户。

曹冰记得，当时他们班四十几个同学，有一半以上的人都注册成为这个网站的用户。他们有些人在上面公开发文吐槽学校，有些人则把自己的主页锁上密码，当成一个私密的日记本，记录生活。陆秋就是后者。曹冰不得不承认，陆秋从小就长得英俊。在众人都还未长开的年纪，他的五官就已经俊朗到让无数女生为之倾倒。于是他的桌子里塞满了情书，桌子上摆满了女生送给他的早餐。

“跟去坟前上供一样。”每次看到陆秋桌上的早餐，看不惯陆秋的吴泰就会如此咒骂。

吴泰是众人眼里的“混混”，不学无术，爱惹是生非，总佯装潇洒，实则是个不折不扣的恋爱脑。

那时他喜欢隔壁班的一个女生，却遭到对方的拒绝。他问："为什么？我有什么不好的？"

人家女生上下打量他，说："你没什么不好的，只是我有喜欢的人了。"

"谁？"

女生把两袋面包递给吴泰，说："一袋给陆秋，一袋给你。"

吴泰盯着手里的面包，愣了一秒，然后冷笑了一声。

他倒是收到了女生送的早餐，但那不过是他替她跑腿的酬劳罢了。吴泰感觉自己受到了侮辱，又不好对喜欢的女孩发作，只能咬牙切齿地答应下来。见女生欲言又止，他问："还有什么事？"

"还有……能不能让他回一下我的私信？"

"私信？什么私信？"

"纪念地，就是那个博客的私信。"

"哦。"他冷冷地回应，然后拎着两袋面包回到教室。

陆秋还没来早读，喜欢的女生也已经离开了，吴泰向四周张望了一会儿，把一袋面包丢进了教室后头的垃圾桶。

从这一天开始，陆秋"纪念地"的私信成了吴泰的心结。他想知道喜欢的女生到底给陆秋发了什么私信，而陆秋是否已经回了私信，他们后续又聊了什么……

于是吴泰找到了曹冰。

曹冰从小就有生意头脑，看到什么行业欣欣向荣地发展就想去了解一下。彼时互联网兴起，他便买了一些有关计算机的书籍自己学习，甚至还上网研究起了黑客技术。别人都笑他一个高中生能搞什么互联网，但从小学起就跟他同班的吴泰知道，这个小子……说不准啊。

"你研究黑客研究得怎么样了？"

吴泰找到曹冰的时候，曹冰吓了一跳。

“你要干什么？”

“听说陆秋那家伙在‘纪念地’写博客？”

“应该吧。”

“应该？”

“我是有看到他的账号，但是他主页的日记部分锁了，我不知道他是不是真的在写博客。”

“但那账号他是有在用吧？”

“是吧。‘纪念地’的用户上线时，头像图标会点亮——这点学QQ的，我看到他的头像亮过。”

“你能帮我盗他的号吗？”吴泰压低声音问曹冰。

曹冰惊讶地盯着他：“你要干吗？”

“你咋这么多废话？我就问你，能不能盗他的号？”

“我现在还只是在自学，没那么厉害。”

“真的不行？”

“不行。”

“真的不行？”吴泰把两张百元大钞压在曹冰的桌上。

曹冰盯着那两张钞票，舔了舔嘴唇，犹豫了一会儿才开口道：“也不是不行。”

“你小子还真能当黑客啊？”这下换吴泰惊讶了。

“其实并不是什么难事。”曹冰收下那两张钞票，说道。

“我最烦你们这种学霸，别人想半天的题，一到你们手里就变成‘其实并不是什么难事’，贱不贱啊。”吴泰学曹冰讲话，脸上却挂着笑。

几天后，吴泰通过曹冰给的账号密码，登入了陆秋的“纪念地”。

他很快就找到了喜欢的女生给陆秋发的私信，那是一篇长达五百多字的表白。而陆秋隔了两个星期才回她：“我以为你和吴泰是一对。”

“啊？怎么可能！是他一直缠着我！我才不喜欢他那种混混呢！我

喜欢的是你啊……”

吴泰没有继续看下去，因为女生的留言已经撕碎了他薄如蝉翼的自尊心。

“小时候，爸爸说你飞去外太空执行秘密任务了。所以一听说晚上会有流星雨，他就会拉我上天台，等流星。他说那是你为了提醒我们不要忘了你，而不定期送来的礼物。妈妈，十五年了，我的内心深处仍留有一丝幻想，幻想你结束秘密任务，重返地球。我多么希望，今晚落的流星里有你的返航船……”

教室里，用来教学的电脑被打开，投影仪亮起，陆秋的“纪念地”主页出现在幕布上。吴泰偷偷破解了他的密码，把他的日记公之于众。他用自己的幼稚，嘲笑一个失去母亲的孩子内心最后的一丝幻想。

这并不好笑。可在当时的氛围下,教室里仍有一半的同学笑出声来。

等陆秋从厕所回到教室，吴泰已经把他最新的这篇博文读了一遍。

“怪不得要用密码锁起来，这小作文连小学生都不好意思写。”吴泰故意说给愣在门口的陆秋听。

陆秋很快意识到自己的博客被公开了，倏地红了脸。然后，一股秘密被揭开的羞耻感混合着愤怒涌上他的心头。陆秋铆起劲冲过去，一下撂倒了吴泰。两个人随即扭打在了一起，教室里响起同学们的尖叫声。

也不知道最后是谁拉开了他们，总之事情在混乱里开始，也在混乱里结束。陆秋和吴泰被学校处分了，站在教导主任办公室门口，写完检讨又被罚大声地念检讨。路过的同学纷纷向他们投来异样的目光。

吴泰吊儿郎当地站在原地，有时瞪回去，有时又会跟他们嬉皮笑脸地打招呼，丝毫没有检讨书里写的“我会好好改正”的态度。

而陆秋则一直低着头，偷偷握紧了双拳。他从来没有受过这样的惩罚，也从未受过这样的屈辱。而且，这还关系到他去世的母亲。

他气愤，甚至心里生出恨。他知道，以吴泰那破脑袋瓜子，花上十年也不一定能盗走他的号，一定有人在帮忙。所以，除了要让吴泰付出代价，他也要让那个真正盗走他号的人付出代价。

惩罚结束后，陆秋暗自打听，得知帮助吴泰盗号的那个人就是曹冰。于是在一个黄昏，他托人将曹冰骗去了学校体育馆旁的器材室。

陆秋一露面，曹冰就知道自己被耍了，也知道陆秋是为何事而来。

“对不起，我没有想到他会把你的日记公开念出来……”曹冰立刻道歉。

但陆秋的狠劲上来，不给曹冰继续说下去的机会，而是狠狠地朝他挥去了拳头。曹冰不像吴泰身强力壮，直接被陆秋撂倒在地。

“你真有本事啊曹冰，你真有本事！”陆秋叫嚷着，伸出脚，朝倒在地上蜷缩成一团的曹冰踢去。

曹冰痛得要死，但他不吭不叫，也不反抗。他觉得吴泰当众揭人伤疤的行为很过分，自己助纣为虐做错了事，让陆秋打几拳也无可厚非。

但陆秋似乎并没有停下来的意思，发泄的拳头不停地落在曹冰的身上。

终于，曹冰怒了。“够了没？打够了没？！”他狼狈地挣扎，一边大吼，一边疼得涕泪横流。

陆秋终于从他的身上起来，冷冷地看着他。然后，他从自己的口袋里掏出一部诺基亚手机。“你知道你现在的样子很好笑吗？”他按下录像键，将镜头对准了曹冰。

曹冰伸手挡住自己的脸：“是吴泰让我做的，你去找他算账啊！找我干吗？”

“我当然会找他算账，但在这之前，先找你练练手。”陆秋举着手机，继续对准曹冰。

“你要干吗？”曹冰挥动着双手挡住脸。

“我也想让你尝尝被嘲笑的滋味。”陆秋脸上的笑近乎邪恶。

“不要拍我……都是吴泰的错，不要拍我……不要……”身体的疼痛让曹冰的怒火燃到顶点，“不要拍了！不要拍我！”

他冲过去要夺陆秋的手机，陆秋吓了一跳，手机落在地上。陆秋大骂一声，再次将曹冰狠狠地推倒在地。然后，他将手机捡了起来。

“你信不信我立刻把它发到网上去？”他举起手机对着曹冰大喊。

曹冰四仰八叉地躺在满是灰尘的地上，投降般地说：“不要……不要发到网上。”属于他的少年的自尊心，承受不了别人看见他狼狈的样子。

然而，下一秒他听到陆秋冷冷地说：“学狗叫。”

“什么？”曹冰不可思议地看着陆秋。

“学狗叫。”陆秋居高临下地看向曹冰，“对着镜头学狗叫，不然我就把刚才的视频发到网上去。”

“你……你别太过分！”

“过分？你们不过分？”

“那是吴泰过分！”

“所以你不叫咯？”陆秋一笑，说，“也行，反正刚才你的样子也够大家笑话了。”说着作势要将刚才的视频发到网上。

“等一等！”曹冰大叫起来，“不要发！我……我叫。只要你保证不给别人看，我叫。”

陆秋饶有兴致地打量着曹冰，说：“好，你对着镜头叫。”

“你跟我保证，你不会发出去。”

“我保证。我可不是像你们这样的烂人。”陆秋将手机往前凑了凑，但可以看出他一直提防着曹冰再扑过来。

曹冰舔了舔嘴唇，一咬牙，冲着镜头“汪”了两声。

陆秋心满意足地收起手机。“你要是敢把今天这事告诉老师，刚才这一段，我们网上见。”离开器材室之前，陆秋威胁曹冰。

曹冰艰难地从地上爬起来，却不发一言。那一刻，他忽然有了一种鱼死网破的冲动。他不会把这事告诉老师，但他会把这事告诉吴泰。吴泰可能不会替他报仇，但肯定会找陆秋的麻烦。因为陆秋刚才说“我当然会找他算账”，而吴泰喜欢先下手为强。

在学校打架再被记过，会有被开除的风险。吴泰决定把“先下手为强”的地点选在校外。于是他挑了个周末的晚上，叫上几个所谓的“道上的兄弟”，尾随陆秋进了一条巷子。

对着巷子的一家 KTV 的后门，被油烟熏得发黑发臭。陆秋在这里察觉到了吴泰他们的尾随。他猛地一转身，就看到几个人冲上来围住了他。

“听说你要找我算账？”吴泰扬着下巴，恶狠狠地说。

“曹冰说的？”

“你管谁说的！”吴泰的同伙不由分说地给了陆秋一拳。

陆秋立马开始反抗。吴泰的同伙跟着冲了上去。

双拳难敌四手，更别说他们有好几个人。陆秋很快败下阵来，只能抱着头，默默接受毒打。

就在这个时候，一个女人的声音响了起来：“你们在干什么？！”

吴泰他们转过头去，只见那女人气势汹汹地站在不远处，抄起巷子里的木箱，一边嚷着“我报警了”，一边冲向他们。

“死婆娘！”吴泰咒骂一声，带着同伙落荒而逃。

第二天，听说吴泰教训了陆秋的曹冰很惶恐。他担心陆秋会再找他算账，或者把他在器材室的视频发到网上去。但奇怪的是，从那天起，陆秋不再找他和吴泰的麻烦，也没有把曹冰的视频发到网上去，他休战了。

曹冰意识到这一点，第一反应不是庆幸，而是在心里笑话他的软弱。他都准备好跟他鱼死网破了，他却先认输了？很没劲。

不仅如此，没过多久，陆秋就转学了。

“笑死人了，这软蛋吓得夹着尾巴溜了。”当时吴泰还笑话陆秋敢放狠话却不敢真跟他杠上。

直到很多年后，曹冰才知道，陆秋当时转学并不是因为吴泰把他打怕了，而是他遇到了明星经纪人，去当练习生了。

08

很多备份

再见到陆秋，他已经成了歌手，登上了舞台。曹冰看着电视里的老同学，只觉得恍惚，仿佛当年的恩怨只是他的一场梦，或者电视里的那个人的存在才是一场梦。

看着电视里正在歌唱的陆秋，曹冰只剩下微微张大嘴巴这一个动作。

彼时，他已经高中毕业，与吴泰失去了联系。当年引起他们纷争的“纪念地”也在互联网的大浪淘沙里以失败收场，关闭了网站。

日子如鱼潜入水中，悄无声息地向前游去。

很多年后，他们都走上了社会。吴泰去国外做生意，渐渐失去了音讯。曹冰则当上了程序员，虽然工资待遇不错，但因为工作压力太大，差点儿猝死在办公室里。为了让自己能活得久一点儿，他辞掉工作，来到了海野村。

之前某届程序员大会，主办方把场地选在了海野村。一开始，曹冰不明白为什么要把会议地选在这么偏僻的海角。后来他听前辈说，这次活动是政府为了推动旅游经济赞助的，他便明白了其中的缘由。

海野村的确漂亮，无论是海景还是夜晚的星空，都给曹冰留下了深刻的印象。所以辞职之后，他便来到了海野村，决定在这里开启一段新的人生。

为此，他花光了身上所有的钱，开了一家咖啡店、一家民宿，当起了小老板。

当老板的生活虽然不比当程序员轻松，但好在加不加班由他自己决定，于是曹冰就这么干了下去。

而陆秋近年来越来越红，不仅出专辑、开演唱会，甚至还要转行拍电影。那个呼吁关注校园霸凌的采访，据说就是为了给他之后要拍的那部电影铺路。听说他要在电影里演一个被霸凌的学生……

看到这则采访，曹冰竟在自家的咖啡店里笑出了声，这家伙也配演这种角色吗？

那个落满灰尘的器材室忽然出现在曹冰的眼前。

那部诺基亚手机的镜头忽然对准了曹冰的脸。

那充满荒唐色彩的狗叫声忽然萦绕在曹冰的耳畔。

怎么回事……曹冰的笑容凝固在脸上。

原来那段回忆是他无法结疤的伤口吗？

算了算了，都过去了。他告诉自己，自己当年不也撺掇吴泰教训过他了吗？

可无论他怎么安慰自己，器材室里那段羞耻的记忆依旧挥之不去。

然后呢？然后你想干什么呢？他问自己。

这些年，曹冰留意过陆秋的新闻。每当陆秋有黑料被爆出，他都有些幸灾乐祸。但令他惊讶的是，无论什么样的攻击，陆秋都毫发无伤地挺过来了。因为他有一群忠实的粉丝，总能找到各种各样的理由来维护他。他们会说对方造谣，甚至会发恶毒的私信咒骂对方全家。很多人不仅扳不倒陆秋，反倒惹得一身骚。

曹冰知道，自己更难给他绊上一脚。于是他只能告诉自己，算了算了，都过去了。毕竟这么多年过去了，他也拿不出什么证据证明陆秋曾经欺负过他。

然而几个月后，曹冰意外地发现了一件事——“纪念地”竟在一年前恢复了服务器。运营它的老板如今靠着直播电商混得风生水起，而他一直怀念自己在互联网走出的第一步，那个名叫“纪念地”的博客网站。

“当年因为经济状况不佳，本网站被迫关闭，如今它将成为真正的‘纪念地’，带着过去的回忆归来。欢迎老朋友登录纪念。”

“纪念地”的新首页上写着这么一段话。

曹冰对着它，愣了许久。为什么一年前它回归的时候，他没有发现呢？因为“纪念地”是本地的网站，而他已经离开老家很久了。

曹冰感慨着，登录了自己的账号。回看自己当年在上面留下的只言片语，他又笑了起来。当时自己的无病呻吟，现在看上去好愚蠢啊。而且很多句子竟然是用“火星文”写就的。现在的年轻人恐怕都不知道“火星文”是什么东西吧？

曹冰翻着翻着，翻到了陆秋的头像。他点击进入，发现陆秋的主页需要输入密码才能查看，应该是当年陆秋在吴泰公开嘲笑他后，重新修改的。

那一刻，多年前的往事在记忆中苏醒了。

为了两百块钱，他破解了陆秋的账号密码，才有了后续那么多事。

等等，他的账号密码是什么来着？曹冰脑海里隐隐约约浮现出一串数字。

陆秋当时用的账号应该是他的QQ邮箱，而曹冰还留着他的QQ，而密码，他记得是……

Lqlq0918。

非常简单的密码，陆秋的名字首字母重复两遍，然后再加上他的生日。

正是因为他的密码设置得如此简单，高中时的自己才能盗走他的账号。曹冰一边想着，一边鬼使神差地退出自己的账号，在页面里输入了陆秋的账号和密码。

他断定自己是登不进去的。因为陆秋当年与吴泰发生冲突后，就重新锁上了主页，那么他势必也会更改密码。

“我在干什么啊……”曹冰自嘲地说道，准备关掉页面。

然而，鼠标不经意间点击了登录键。下一秒，页面跳转，曹冰再次登录了陆秋的“纪念地”账号。

为什么他没有改密码？！曹冰困惑地看着跳转页面，脑袋里充满了疑问。

接着，页面上跳出的一篇博文令他在电脑屏幕前起了一身鸡皮疙瘩。

博文这样写道——

“我就知道，你会再来的！

“没想到我会不改密码吧？

“因为我就是希望你来看！看看这个视频！”

三行句子下面，是一个视频，正是曹冰在器材室被陆秋羞辱的视频。

视频和博文上传的时间，也是在那一天晚上。

陆秋大概以为曹冰的黑客技术了得，改了密码也没用，他还是会来盗他的号，所以才没有修改账号密码，而是将原先的日记全部删除，只留下唯一一篇挑衅的博文。

曹冰一时间不敢点开那个视频，而是死死地盯着视频下面的那句话。

“你删除也没用哦，我可是有很多备份的，嘻嘻。”

曹冰能感觉到陆秋是在气头上才留下这个视频。但当时的曹冰可没有想要再盗取陆秋账号的念头。所以这么多年，他都不知道陆秋上传了这个视频在“纪念地”里。而随着新生活的开启，随着“纪念地”的关站，随着时间的推移，这个账号原本的主人陆秋也忘了自己曾留了这么一手。

在青春时代，这个视频是曹冰不愿再见的黑料。而现在，在这个陆秋成为明星的年代，这个视频将会是陆秋的黑料。

曹冰点击视频的播放按钮，听到自己和陆秋当年的对话——

“我当然会找他算账，但在这之前，先找你练练手。”

“你要干吗？”

“我也想让你尝尝被嘲笑的滋味。”

……

大家都能听出来这是陆秋的声音吧？他的粉丝会不会说是别人模仿的呢？曹冰皱着眉头思索，结果很快他就发现自己无须多虑。

那天他冲过去要夺陆秋手里的手机，陆秋吓了一跳，将手机摔在了地上。当时手机的唯一一个摄像头，即后置摄像头是朝上的，它清清楚楚地拍下了陆秋弯腰捡手机的画面，拍下了陆秋的脸。

当年，他们都不懂如何剪辑视频，所以陆秋原原本本地把整段视频上传到了“纪念地”，又将它遗忘了。

真是好笑啊，陆秋。

曹冰保存下了整个视频。

虽然诺基亚手机拍的视频有些模糊，但没关系，现在这个时代，高科技能将模糊的画面变成高清的影像。

谢谢科技。谢谢“纪念地”。谢谢陆秋。

“我可是有很多备份的，嘻嘻。”他通过QQ找到了陆秋的微信，给他发出去这样一条验证申请。

没过多久，陆秋就通过了他的好友申请。

于是，本以为从此再无交集的两个人，一起回到了那个满是灰尘的器材室。

重新跟陆秋取得联系后，曹冰告诉了他找回视频的事，并让他用一百万买下这个视频。

陆秋在微信那头沉默了许久，最后回了一个字：“行。”

曹冰给了他卡号，让他把钱打到卡上。但他没想到，陆秋迟迟没有动静。就在他要催款的时候，陆秋居然出现在了星晴咖啡店里。

那时已入夜，咖啡店没有客人，原本在这里打工的服务生也已经回去了。曹冰正准备收拾收拾东西回星空民宿，就见一个身材高挑的男子戴着口罩推门进来，说：“老板，一杯冰拿铁。”

曹冰愣在原地，他仅从对方露出的眼睛就辨别出了他是谁。

那一刻，他有些惊慌失措，他怀疑陆秋是不是带了警察，要来这里逮捕他这个勒索犯。但他转念一想，陆秋并不会这么做。他在微信里告诉过陆秋，他在某个平台给那个视频设置了定时发送，如果他被警察逮捕，定时发送没有及时取消，那么当年的那个视频依旧会被公开。陆秋为了自己的前程，不可能选择报警，跟他鱼死网破。

就在他转动脑子思考的时候，陆秋又冷冷地抛来两个字："聊聊？"

"拿铁还要吗？"

"要。"陆秋自顾自地在店里找了个位子坐下。

曹冰赶紧去门口，把"营业中"的牌子换成了"暂停营业"，再回去给他做了一杯冰拿铁。当他给他插上吸管时，他才察觉自己刚刚有被陆秋镇定自若的气场吓到。他赶紧提醒自己，现在他才是掌握话语权的那个人。于是，他把拿铁重重地放在了陆秋的面前。

陆秋盯着拿铁，笑了笑，也不伸手去拿，更没有喝一口。他只是示意曹冰在他面前坐下，问他："生活遇到困难了吗？"

曹冰被他一语点破，脸不由得抽搐了一下。他最近的确是手头紧得不行。一开始，星晴咖啡店的盈利情况，让他对在海野村投资一事非常有信心，所以他花掉了所有积蓄，建起了星空民宿。但没想到，三年的疫情影响了海野村的旅游业，他损失惨重，入不敷出。

曹冰一度想放弃这份事业，但想到自己已经坚持了那么多年，他还是舍不得就这么前功尽弃。即使已经亏掉了几十万，他还是决定去学习电商直播，用短视频平台来给自己的民宿引流。结果就在了解电商直播的时候，他发现"纪念地"重新运营了。接着，他又发现了陆秋当年拍的视频。犹豫再三，他还是决定铤而走险，让陆秋来救他的急。

不过在面对陆秋一针见血的问话时，他的自尊心让他撒了谎。

"没有，我这不生活得好好的嘛。"他摸了摸鼻子，又撑开手，似在展示整个咖啡店。

陆秋又笑了笑，问："真的？"

"你来这里就是跟我废话的吗？"曹冰不悦起来，"我就问你，钱什么时候给？"

陆秋低头，从口袋里掏出一块名表和一张名片。

"特地给你带来的。"陆秋把表和名片推到曹冰面前，说，"现在要我从银行划一百万给你可不好划啊，上头查税查得那么严，你不害怕我害怕啊。不过这表是我之前买的，当时的价格是五十二万，现在增值了一点儿，应该能卖六十万。这名片呢……是我认识的一个朋友，他搞这种收藏，你要是没有门路出手，就去找他。”

“搞这么复杂？”

“我现在怎么也算是个小明星，有些事不方便自己出面。”

“那另外四十万呢？”曹冰又问。

“你在微信里跟我说，我给你一百万，你就把那个视频永久删除。但……我怎么会信啊。现在这个时代，备份一个视频多简单。谁知道你之后会不会再来敲我一笔。”陆秋说，“所以，咱们再做个交易。只要你不发那个视频，我之后每年给你二十万，或者给你等价的可以变现的东西。”

曹冰没有想到他会给出这个条件，脸上闪过一丝惊讶。但他转念一想，陆秋其实很聪明，每年二十万对他来说不过是九牛一毛，他拿这笔小钱牵制自己，让他永远舍不得把视频公开，总比日后提心吊胆不知道他什么时候又来勒索一大笔钱要踏实。

见他在思考，陆秋用略带调侃的口吻道：“你不是说现在生活得挺好嘛，也不必急着要那四十万吧？”

其实三十万就能解决曹冰如今的欠债，所以曹冰对陆秋提出的条件不免有些心动。

“如果我之后每年不止要二十万呢？”曹冰又问。

“我们同学一场，如果你真的遇到困难想要我帮衬，我希望你直说。但如果你只是因为贪欲对我得寸进尺，我大不了不要什么前程，跟你同归于尽。”陆秋将嘴巴抿成一条线，露出礼貌但没有温度的笑，“如果你同意我的方案，就把这表收了。不同意也行，你大可以把视频放到网上，大不了我现在就不要什么前程了。”

他说话的语气很平淡，但比高中时期还要有威慑感，令曹冰打了个寒战。

曹冰伸出手，拿过了那块手表。但他没有急着将它放进自己的口袋，而是把手表压在桌子上："我还有件事。"

陆秋愠怒地说："我说了，别得寸进尺。"

"不，如果你不答应我这件事，这块表我不要了。"

陆秋眯着眼打量了曹冰一会儿，挑了挑眉，示意他说。

"你不能去演那部电影。"

"哦？你说那部关于校园霸凌的片子呀？"

曹冰点了点头。

陆秋哈哈大笑："别搞得跟自己真的是校园霸凌的受害者似的，当年最犯贱的就是你。你以为我不知道，是你撺掇吴泰又来找我麻烦的吗？"

曹冰一时间窘迫得不知所措。

这时，陆秋站起来，说："不过你放心吧，我不会演那部电影的。那片方一直没跟我们签合同呢。而我跟现在的经纪公司的合约也快到期了。我马上就自由了，才懒得搞什么跨界转型。"说完，他拿起那杯未喝的咖啡，走出了咖啡店。

这不过是几天前的事情，曹冰却觉得它离自己好遥远。此刻，他躺在床上，感到一阵空虚。

陆秋死了。这意味着他原本想要拿到的一百万，就这么少了四十万。

不……他少的可不仅仅是四十万！

陆秋如果活着，继续当明星，之后的每一年，曹冰都将得到二十万的封口费。就算他只能再红五年，那也是一百万的收益啊！

曹冰之前可没想过，陆秋会给他这么多钱。但那晚在咖啡店的谈判，已然让他对这笔钱产生了幻想。他觉得自己势必会接到这个从天上掉下来的馅饼，他甚至盘算过拿这笔钱去干什么了。

但现在陆秋死了，这笔钱也没了踪影，曹冰心里难免产生了巨大的落差。早知如此，他就不应该答应他"分期付款"的要求，不然他现在手头至少还能多四十万。

“该死的！”曹冰懊恼地骂道。

09

全新专辑

中午时分，宋澄和高卿佐回局里吃了午饭。刚从食堂出来，他们就再次见到了苏珊妮。此刻，她身边还站着一个男人，他穿着一身得体的黑色西装，眉宇之间难掩悲伤。

“警察同志，这是陆秋的父亲。”苏珊妮向宋澄和高卿佐介绍道。

男人随即朝宋澄他们伸出手：“陆国泰。”

“宋澄。”

“高卿佐。”

宋澄和高卿佐介绍完自己，聊起了陆秋。

一听到儿子的事，原本强装镇定的陆国泰难掩悲痛地直摇头：“没想到……白发人送黑发人啊……我就这么一个儿子啊。”说着，他眼中泛泪，不停地用手去擦。

一旁的苏珊妮也收起了女强人的派头，温柔地从包里拿出一包纸巾，抽出一张递给陆国泰。

陆国泰接过纸巾，但没擦眼泪，而是抬起头直直地看着宋澄他们：“听说他是被人杀害的？”

宋澄点点头，说：“我们初步鉴定的结果是这样的。”

“怎么会这样……谁会杀了他呢？”陆国泰呢喃道。

“陆秋的案子，我们现在还在调查。”高卿佐说，“为了尽快找到凶手，还请您回答我们几个问题。”

“你们问。”陆国泰控制着自己的情绪，说道。

“你知不知道陆秋这次来海野村的计划？”宋澄问。

“不知道。他现在这么忙，事情这么多，我都不太敢打扰他。他也不太会主动告诉我他在干什么。”陆国泰回忆说，“我们上次聊天还是上个月中旬，我感冒了，他问我好了没。我说我好了，但他还是给我转了两万块钱，让我自己买点儿补品吃吃。他……是个好孩子啊……谁会那么狠心杀了他？”

陆国泰说着说着，情绪激动起来。但他是个明事理的人，很快意识到自己不该如此，于是又努力克制住自己的情绪。

宋澄等他调整完情绪后才问道：“那你知道他之前跟谁有过过节吗？”

陆国泰摇了摇头，又说了声：“不知道。”

他说陆秋出道后一直跟着苏珊妮，他甚至都不清楚他的交友状况，更别说知道他与别人有什么过节了。

而宋澄的这个问题，之前苏珊妮也回答过，她说她也想不出陆秋会跟谁有恩怨，致使对方杀了他。

“那在他出道之前呢？”高卿佐想到陆秋的高中同学曹冰，于是这般问道。

听到这个问题的陆国泰，神情有些迷茫。

“陆秋出道前的事，跟现在发生的事有什么关系吗？”陆国泰皱起了眉头。

高卿佐没有回答他，只是看着他。

于是陆国泰还是回忆了一下：“十年前，陆秋还在读高中啊……要说有什么人跟他有过节……嗯……的确好像有那么一件事。有一次老师打电话来说他跟同班同学打架……好像是对方笑话了他，他没忍住，上去揍了对方。我当时在外地出差参加展会，分身乏术，只能应付老师说我回去后会好好教育他。但事实上，我差点儿把这件事给忘了……”

陆国泰回忆说，自己当年为了赚钱，忙得不可开交，鲜少关心陆秋。那次出差回来，他也只想着倒头昏睡。但陆秋却突然找他，告诉他自己被一家经纪公司看上，想要去那家公司当练习生，今后出道当歌手，像他的偶像一样。

被吵醒的陆国泰本就有怒气，一听到陆秋讲这胡话，便骂他："你一天到晚不好好读书，净想这些乱七八糟的东西干吗？！说不定是骗子，专骗你们这种脑子发热想当明星的小孩。"

陆秋摇摇头，说对方不是骗子，他听过他们公司出的歌，也去他们公司试过音。

陆国泰只好去查那家公司，发现他们的确推出过几个小明星。因此虽然他仍持怀疑态度，但还是问陆秋："你去当练习生，书不读了？"

陆秋没有傻呵呵地回答说不读了，而是说："书还是要读的，但我想晚自习的时候申请去公司练习。那些学画画的艺术生也是晚自习的时候去学画画的。"

"可是你说的这家公司跟你的学校是两个方向，你乘地铁过去都要一个半小时，你每天能这样来回折腾吗？"

"这事我也想过。"陆秋颇为坚定地说，"我自己可以每天来回坐三小时的地铁，但这的确很浪费时间。所以我想转学，去公司附近的第三中学就读。我每天步行十五分钟就能到公司。"

"不行，高中读了快两年，突然转学，你成绩能好吗？"

"我保证，我一定好好读书，不会把成绩落下！"

"我以前怎么没见你对音乐这么热爱啊？"陆国泰狐疑地看向陆秋。

陆秋淡淡地说："因为你从没真正了解过我。"

陆国泰听了他的话，尴尬地咳嗽了两声，说："我看你是不想在这个学校里读了，所以才找了这么个借口转学吧？你说说看，为什么跟别人打架？"他终于想起了老师的那个电话，关心起陆秋。

陆秋撇撇嘴，冷冷地说道："他笑我没妈。"

他的话音未落，房间内的空气便凝固了。

陆国泰张着嘴巴，却不知道该说什么，还是陆秋先打破了沉默。

“爸，我实话跟你说，我想转学是真的，想去学唱歌当明星也是真的。”陆秋说，他不想再回到现在这个班级，因为他总是想起大家嘲笑他的样子。那是一种在常人眼里轻描淡写，实则在他心里无比沉重的刺痛感。本来他是没办法也没理由提出转学的，但现在有一个机会摆在他面前，他想把握住这个机会，让自己有个新的开始。

陆国泰被陆秋的这番说辞给打动了。他知道，单亲家庭里长大的陆秋在成长里承受了太多东西。他以前没办法弥补他，但现在，他想试试。

于是那天晚上，陆国泰点了点头，说：“行。转学手续我给你办，但你答应我，别再跟人打架。”

陆国泰把这段往事说完时，脸上已经挂满了泪水，他带着哭腔说：“我还是对他了解太少、太少了……”

“那这个跟他打架的同学，你知道是谁吗？”高卿佐问。

陆国泰摇了摇头。

“曹冰这个名字你有印象吗？”宋澄小心翼翼地报出星空民宿老板的名字。

陆国泰想了一会儿，还是摇了摇头。

于是宋澄转向一旁的苏珊妮：“你呢，你对这个名字有印象吗？”

苏珊妮被他的提问吓了一跳，她刚刚一直在想陆秋第一次遇到她的事。陆秋曾告诉她，KTV 后门巷子里的相遇是他自导自演的戏码，他当时接近她是为了当明星。但现在听来，陆秋当初的自导自演，会不会是为了转学，逃离那些恼人的同学？

苏珊妮还没想明白，就听到了宋澄的问话，她回过神来，道：“你说什么？”

“曹冰这个名字你有印象吗？”宋澄再次问道。

苏珊妮摇了摇头，说：“没有，我应该是第一次听到这个名字。”

宋澄没跟苏珊妮他们聊太久。

陆国泰要见一见陆秋，见完陆秋，办理好手续，苏珊妮就要送他回去了。之所以这么急着走，并不是因为陆国泰有事要忙，而是苏珊妮担心蜂拥到海野村的粉丝会打扰到他。

而忙完这一切的苏珊妮，下午还有一场记者会要开。

苏珊妮的这场记者会是以经纪公司代表的身份，对陆秋的死亡进行说明。

海野村特地把大礼堂借给她使用。

宋澄在手机上观看了整场直播。

苏珊妮一身黑色西装，显得愈发干练。她首先对在场的记者表示感谢，然后向关心陆秋的粉丝、群众表达歉意。接着，她简短地讲述了陆秋的生平，说他是如此善良帅气又才华横溢。说到动情处，她恰到好处地流下泪，让镜头前的观众无不动容。

不到一天的工夫，能组织起这样一场记者会，很难不让人佩服苏珊妮的工作能力。

在记者会上，苏珊妮表示陆秋死亡的原因警方还在调查，她相信警方一定会给陆秋一个交代，给大众一个交代。

有记者问道："之前音乐圈有传闻说他已经与你们公司续约，要推新专辑了，这后续的事情该如何处理呢？"

宋澄知道，陆秋要与苏珊妮续约的事，肯定是她之前放出去的烟幕弹。但他并不知道陆秋还有新专辑要推。

"其实我们是准备合约到期那天重新签约的。"苏珊妮镇定自若地撒谎，"不幸的是，陆秋现在走了，这个计划自然也没法继续了。但陆秋的确留下了一张全新的专辑还未发布，现在它也变成了纪念专辑。我们会好好策划这张纪念专辑的发布，希望能抚慰每一个热爱陆秋的歌迷。"

"宋哥，你说，苏珊妮该不会是为了陆秋的新专辑而杀了他吧？"一起看直播的高卿佐忽然问道。

宋澄转头看着他。

只见高卿佐舔了舔嘴唇，说：“陆秋来海野村是为了躲避苏珊妮续约的要求。他如果不续约，他的新专辑就不会在苏珊妮手上发布，这样一来，苏珊妮就会损失一大笔钱，甚至会影响整个公司的发展。毕竟陆秋上一张专辑的销售额有八千万，那可不是个小数目。但现在陆秋死了，一切就好办了。”

宋澄摇了摇头。

“现在陆秋的合约都还没有到期，一般来说，在合约期间留下的专辑，版权应该归公司所有。无论陆秋是死是活，苏珊妮都可以赚到这笔钱。”

“可陆秋本身已经对苏珊妮有怨言。他不续约，即使苏珊妮发布了他的这张专辑，他可以号召粉丝不去买，这样苏珊妮就会亏了。但现在陆秋死了，苏珊妮就可以借着纪念专辑的噱头，让粉丝购买。她可以赚到这八千万，甚至更多。”

“我不认为陆秋会号召粉丝不去买自己的专辑，那毕竟是他的作品，没有创作者不想让自己的作品被大众知晓，就算有，我也不认为陆秋会跟钱过不去。就算不续约，新专辑的分成也会落到他的口袋里。他没必要阻止苏珊妮赚这一笔钱，然后让自己也损失一笔钱。还有，一般创作合同都会注明，创作者要配合宣传。”宋澄想了想，说，“而且我们有苏珊妮的不在场证据，不是吗？她的机票、消费发票都显示陆秋遇害那晚，她不在海野村。”

这倒让高卿佐无法反驳。

宋澄又说道：“我觉得，关于新专辑，更有可能的是，陆秋录制了一张新专辑，想要在合约期内发布，但苏珊妮压着不让发布。”

“除非陆秋续约？”

“没错。苏珊妮可能用这张专辑逼迫陆秋续约。如果他不续约，她就一辈子不让它发布。结果没想到，陆秋被她惹毛了，一声招呼都不打，逃到这里来避世。”

“那他与曹冰重逢，真的是偶然？”

高卿佐的话让宋澄又想起了曹冰摸鼻子的画面。他倒希望曹冰说的是实话。

可被高卿佐这么一提醒,他又怀疑,或许“避世”不是陆秋来海野村的唯一原因。

就在他们讨论之际，苏珊妮的直播结束。视频跳转，变成了博主探店视频。

宋澄下意识地往下一划，系统又向他推荐起了附近的人。

此刻，这位“附近的人”正在直播海野村大礼堂外的画面。

“妹妹们，你们陆哥的经纪人刚开完发布会，马上就要出来了。记得给我点个赞，加个灯牌，我会为大家带来现场第一手资讯。来了……来了……”

画面抖动。

苏珊妮在记者的包围下，从大礼堂走出来，径直朝等在门口的黑色奔驰车走去。

黑色的奔驰车此刻已经打开了车门，等着苏珊妮上车。

结果苏珊妮刚走到车门处，就有两个女生突然从人群里挤了出来，朝苏珊妮冲了过去。

“你到底怎么保护陆秋的？”

“就是你们害死陆秋的！”

她们大叫着，一把抓住了苏珊妮的胳膊。

围观群众里有人想去把两个女生拉开，有人则只是单纯地想看看到底发生了什么，于是大家都往前挤。这一挤，害得其中一个女生摔进了车里。

混乱中，女生被苏珊妮拉了起来。

狼狈不堪的苏珊妮赶紧跳上车，砰地关上了车门。

奔驰车的司机大按喇叭，驱散人群。

在人群的推推搡搡里，苏珊妮的车缓缓驶离，最后消失在大众的视野里。

而当人群散去时，那两个疯狂的女粉丝也不见了踪影……

10 勒索

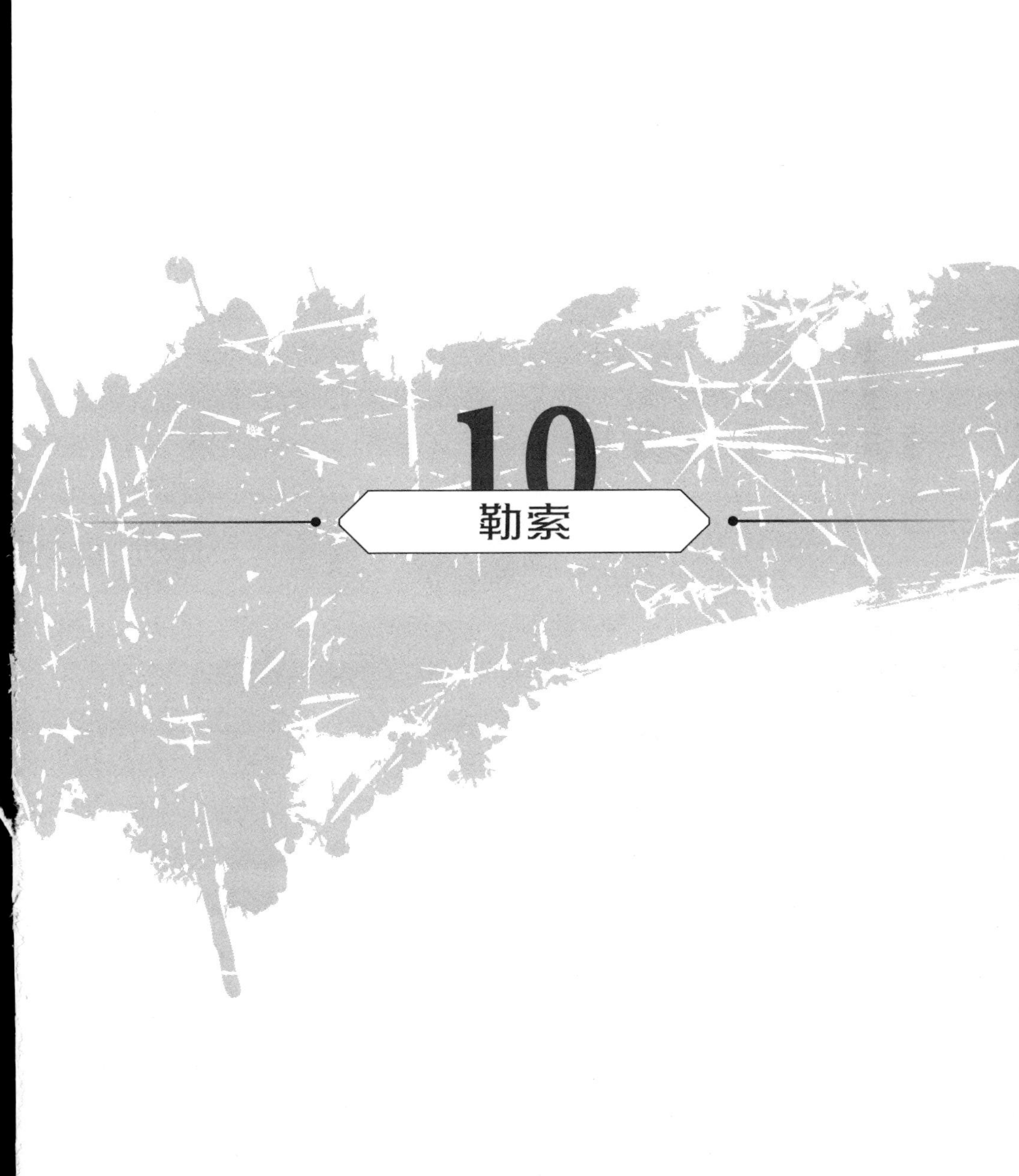

大礼堂门口扒拉苏珊妮的这两个女生让高卿佐不禁感叹陆秋粉丝的疯狂。

宋澄却说这也能理解，毕竟是自己朝思暮想的人去世，情绪失控在所难免。只是他没有想到，短短不到一天的工夫，海野村就聚集了这么多人。

为了案件，宋澄和高卿佐要走访调查。一路上，他们碰到不少因陆秋而来的人，比如想要来套情报的记者、举着手机偷拍他们的陆秋粉丝、单纯凑热闹冲过来给他们敬礼的好事青年……种种行为让宋澄和高卿佐感到哭笑不得。

而村里有头脑的商家们也忙碌了起来。有人学发现尸体的刘全金，直播海野村的实时画面，以赚取打赏。有人在路边支起小摊，卖龟苓膏和油炸小黄鱼。有人承接了星晴咖啡店无法负担的人流，卖起了咖啡，咖啡杯上硕大的“海野”二字，网红感十足。就连附近停车场的老板，脸上也是挂满了笑容。

海野村好热闹啊！下午的走访没有给宋澄和高卿佐带来更多的线索，只让他们在心里默默发出这样的感叹。

到了晚上，他们惊讶地发现这份热闹仍没有消散。

有粉丝自发在石光民宿门口为陆秋献上鲜花，点起蜡烛，唱着他的歌。

石光民宿的老板陈渔和他的儿子陈明启倒不觉得这是什么麻烦，他们理解粉丝的心情，同意他们在此纪念陆秋。但他们明确告知粉丝，陆秋虽然之前入住过石光民宿，但不是在这里去世的。之所以强调这一点，就是怕之后有人入住会觉得晦气。

他们说得很直接，粉丝们也能理解。不仅如此，他们还感谢石光民宿今晚提供院落给他们用来悼念陆秋。有人说着说着哭了，于是情绪互相感染，周遭的人也都眼中泛泪。

为了维持秩序，局里派出了不少人在村里巡逻，到了晚上，石光民宿更是成了重点关注对象。但好在没人做出不理智的行为。

本该下班的高卿佐也在这帮值班警察里。不过，他默默地站在人群之外看了一会儿便离开了。

高卿佐慢慢地往山下走。路过星空民宿的时候已是晚上 8 点。

就在这时，他看到山路上缓缓驶来一辆电瓶车。电瓶车的车灯光像一颗缩小的太阳，一路攀上来，几乎和高卿佐同时抵达星空民宿的门口。

“啊，秦叔叔。”高卿佐跟来者打招呼，来者是星空民宿做兼职的女孩秦晓雅的父亲秦海生。

他因为时常出海打鱼，被晒得黢黑。此刻，他撑开电瓶车的脚撑，歪着身子看着高卿佐，说：“是小高啊。这么巧？”

“是啊，好巧，我刚从上头的民宿回来。”

“是老陈那家民宿？”

高卿佐点点头。

“发生这种事，真是令人意外啊。”秦海生没有从电瓶车上下来，但朝高卿佐凑了凑。

高卿佐赶忙上前，弯下腰听他说话。

“听说那个大明星是被人杀掉的？”秦海生低声问道。

“这……”

看到高卿佐露出为难的神情，秦海生抽回了身子。

“保密对不对？”秦海生明知故问。

高卿佐糊弄地笑了笑，赶紧转移话题，道："秦叔，你是来接晓雅的吗？"

"是啊。她天天嚷嚷着减肥，每天坚持自己走路上下山。但现在出了这种事，咱心里还是有点儿怕的，毕竟一个女孩子嘛。而且今天村里又来了这么多人，我怕她一个人不安全，就来接她下班了。"

高卿佐点了点头，表示理解，续儿问道："晓雅的留学申请下来了吗？"

还未等秦海生回答，秦晓雅就背着斜挎包，从星空民宿出来了。

"佐哥？"见到高卿佐，秦晓雅露出了浅浅的笑，"你是来找我们老板的吗？"

高卿佐还没来得及回答她，她又说道："不过他现在出去了。"

"他去干什么了？"高卿佐几乎是下意识地问道。

"他应该去他的咖啡店了。据说今天上班的员工做咖啡都快累晕了，咖啡也卖光了，所以他很可能去清点库存了。"秦晓雅提醒他说，"如果你要去找他，可以去咖啡店看看。"

"哦，好的。"高卿佐回应道，然后看着秦晓雅跨上了爸爸的电瓶车后座，戴上了头盔。

"我先走咯。"她朝高卿佐摆摆手。

于是高卿佐也伸出了手，在半空中晃了晃："好，拜拜。"

秦海生旋动钥匙，发动车子，带着秦晓雅下山。他们的身影很快消失在山路的拐角。

高卿佐收回目光，然后迈开步子朝山下走去。

处于案情调查阶段，他自然不会单独去找曹冰。

但如果高卿佐去了星晴咖啡店，就会发现曹冰并没有在店里清点库存。

今天，星晴咖啡店的营业额创下开店以来单日最高纪录，星空民宿的入住率也达到了百分之百。但这样的盛况会持续多久呢？骑着摩托车行驶在小路上的曹冰，此刻脑子里计算着一串串数字。

十几分钟前，他在星空民宿的前台看到了苏珊妮的房卡。

"这间，退房了吗？"曹冰拾起那张房卡，问坐在前台的秦晓雅。

秦晓雅点了点头。

“什么时候的事？”

“就两分钟前。怎么了？”

“哦……没、没什么。”话虽这么说，曹冰却觉得自己心里乱糟糟的。他还没决定要不要做那件事，苏珊妮却已经走了。

不过，她才走两分钟……或许他还追得上？

事情一旦迫在眉睫，曹冰反而能快速地下定决心。他告诉秦晓雅他要出去一下，然后转身推开了星空民宿的大门。

他跨上摩托车，抄小路赶往高铁站。之前看车牌，他知道苏珊妮乘坐的那辆黑色奔驰车是她在这里租用的，所以她如果要离开这里，大概率会选择乘坐高铁。他希望能在苏珊妮登上高铁之前拦住她。

事实上，奔驰商务车在海野村这种小地方，不如一辆摩托车方便。曹冰拐了几条商务车开不进的小路一路狂追，竟在半道截住了苏珊妮。

司机看到山路上突然闪出一辆摩托车，吓了一跳，赶紧踩下刹车，害得累到睡着的苏珊妮被安全带猛地一勒，惊醒了过来。

“找死啊！大半夜在山路上飙车！”司机摇下车窗大骂，转头又非常礼貌地问苏珊妮：“苏小姐，你没事吧？”

苏珊妮刚被惊醒，一脸的莫名其妙。她没力气回复司机，只是皱着眉看着窗外的摩托车，只见摩托车上下来一个男子，摘下了头盔。

她见过他，在星空民宿。

就在苏珊妮回忆时，那男子已经走到奔驰车边。司机察觉到来者不善，嚷道：“你要干什么？”

“我找这位小姐。”曹冰指了指车内的苏珊妮。

“苏小姐，你认识他吗？”司机转过头，看向苏珊妮。

但未等苏珊妮回答，曹冰就开口自我介绍道：“苏小姐，我是星晴咖啡店和星空民宿的老板曹冰，我有件事想跟你说。”

苏珊妮皱着眉，显得有些茫然，但她还是摇下了车窗。

“有什么事？”她问曹冰。

曹冰凑到她身边，压低声音说：“陆秋是我的高中同学，他来海野村是因为我。”

听到陆秋的名字，苏珊妮身子微微一震，惊奇地瞪大了眼睛。

“我有件事想跟你单独谈谈。”曹冰在“单独”两字上加了重音。

苏珊妮想了想，说：“你上车聊吧。”然后她转过头，看了司机一眼。

司机开奔驰商务车，接待的大多数人都是有点儿身价的老板，自然知道很多场合下他是需要避开的。

所以在听到曹冰说想单独聊聊，又看到苏珊妮的眼神后，他心领神会道：“苏小姐，我就在车外等，有事再叫我。”末了，他还特意提醒说这辆车的隔音效果很好。

苏珊妮对他笑笑，点了点头。司机这才解开安全带下车。

接着，曹冰拉开车门，坐了上来。

车窗关闭。

苏珊妮警惕地问道：“你说，陆秋来海野村是因为你？”

“是的。”曹冰看出了她极力想掩饰的紧张，便举起手道，“不过你放心，他不是我害死的。”

苏珊妮仔细打量着曹冰，问道：“那你现在来找我，想要干什么？”

“我想，你应该会买我手里的视频。”

“什么视频？”苏珊妮眉头紧蹙，问道，“是陆秋的视频？”

曹冰点点头，把自己与陆秋的过往，以及几天前自己与陆秋的交易，一并告诉了苏珊妮。

苏珊妮认真地听着他的讲述，眉头拧得越发紧。

曹冰想，如果她是一块湿海绵，此刻她的额头肯定已经被挤出一摊水。

曹冰给了苏珊妮一点儿时间来消化整个故事。过了一会儿，苏珊妮才开口：

"所以，你现在是希望我补上那四十万，买下这个视频？"

"我看到新闻说陆秋还留了一张新专辑。作为遗作，这张专辑应该会有不小的销量吧？"曹冰直勾勾地看着苏珊妮，"而且他之前的作品，日后也会持续有版权收益……"

"你想让我像陆秋那样，答应每年给你一笔钱？"苏珊妮压制着愤怒，问曹冰。

曹冰摇了摇头。不能立刻到手的钱，可能因为各种不确定的因素而无法到手，所以他说："给我一百万，我就删掉原视频和所有备份的视频。"

"你知道你这是在犯法吗？！"苏珊妮骂道，"而且陆秋已经死了，你却还想要再插他一刀？你良心过得去吗？"

"苏小姐，你不必在这里指责我。我知道自己在干什么。你就回答我，你愿不愿意给陆秋买个好名声，让他好好地走，然后你安安稳稳地从他的歌迷手里捞一笔钱。"曹冰面不改色地说道，"一百万对你们来说不算什么吧？我把视频放到网上，你去公关都不止这个价吧？"

苏珊妮本能地在脑海里计算起压下各个平台热搜要花的钱。然后她突然感到一种压垮自己神经的疲惫朝自己扑了过来——

一想到之后要处理那么多陆秋的事，她就感到头疼。

一想到自己辛辛苦苦培养了十年的男孩落得这么一个下场，她就感觉心酸。

曹冰的突然杀出，让苏珊妮知道了陆秋不为人知的过往，但也让她明白，陆秋说当年他与她的相遇不过是他的精心设计其实是谎言，当年那个夜晚，在KTV后门对着的小巷里，陆秋的确是被人欺负的那一个。

至少我们相识的最初，不是虚假的。苏珊妮疲倦地闭上眼睛，这样安慰自己。可不一会儿，悲伤的情绪又令她浑身颤抖。

他不惜撒谎也要伤害我，是真的厌恶我吧？苏珊妮心痛地想，可是我也是为他好啊，如果没有我的步步为营，他能在娱乐圈的大浪淘沙里留下并闪闪发光吗？

苏珊妮的脑海里浮现出十年前陆秋那张受伤却仍然英俊的脸。

就在这时，一个念头如一道闪电击中了苏珊妮。

或许，陆秋从来没对她撒谎。当年他可能猜到曹冰会把他的话传达给吴泰，而吴泰一定会先下手为强，所以他决定利用这一点，达成自己的另一个目的——与苏珊妮相识。

但他要掐好点，恰好让苏珊妮碰见，这可不容易。如果这一切的确是他的计划，那说明他拥有超出苏珊妮想象的心机与勇气。毕竟如果计划失败，他不仅没有认识苏珊妮的机会，还可能会被吴泰他们揍得遍体鳞伤。

如果陆秋真是这样一个有勇有谋的人，为了自己的名与利在她手下忍了十年，最后只是因为合约到期才想离开，也算是对她很有情义了吧？

苏珊妮一边想着，一边自嘲地笑了笑。

曹冰看眼前的女人忽然微笑，不禁露出又困惑又不耐烦的表情。

“所以，你要拿这小小的一百万，换陆秋的视频吗？”曹冰在“小小”二字上又加了重音。

然而，苏珊妮的眼神却变得锐利：“曹先生，生意场上我与很多人做过交易，但我从不和一类人合作，那就是威胁我的人。”她气定神闲地说，“你尽管把陆秋的视频放到网上去吧。死者为大，听说过吗？一个死去的人和一个勒索犯，你觉得民众会更唾弃谁？”

曹冰难以置信地看着苏珊妮：“你不怕他的负面视频影响他的新专辑销量？”

“你不要以为你这个陈年视频有多少杀伤力。该买的专辑，粉丝还是会买。”苏珊妮哼笑道，“就算退一步讲，大家因为你手里的这个视频不买陆秋的专辑，那又如何？我旗下又不止他一个艺人可以替我赚钱。我就当是投资失败咯。”

看着苏珊妮气定神闲的样子，曹冰知道自己找错了人。

陆秋之所以忍受他的勒索，是因为这关乎他的人设与口碑，继而可能影响他之后的演艺道路。但苏珊妮不同。她不是视频的当事人，不必担心受到巨大的舆论攻击，同时她也不惧怕损失一笔钱。这就是她最大的王牌。

勒索者最怕的就是对方不怕。曹冰为自己感到尴尬。但他仍不死心，还想再说些什么。

然而就在这时，他和苏珊妮从车内的后视镜注意到，他们身后有一辆车正直直地朝他们冲过来。

站在外头的司机往后跑了几步，想要阻止它，让它停车，但它却好像不听使唤似的，完全没有停下来的意思。拦截它的司机也不得不往山路旁一闪，躲开了它。

糟了！车内的曹冰和苏珊妮终于意识到情况不妙，准备开门下车，但已经来不及了。

曹冰刚把车门打开，身后那辆车就重重地撞了上来。砰的一声撞击在寂静的山路上显得格外响亮。

奔驰车被撞得飞了出去，曹冰的身子也控制不住地摔出了车外……

11 私生饭们

“你们知道这是在杀人，是在犯罪吗？！”宋澄难以抑制自己心中的怒火，大声嚷道。

面前的女生缩着脖子，垂着头，长长的头发遮住了她的半边脸。

“我跟你们说了，我刚拿到驾照。”女生嘟囔道，“新手上路，错把刹车当油门，很正常啊。”

“正常？谁告诉你踩错油门正常？”宋澄身旁的高卿佐被女生的谎话弄得没了脾气，“我实话告诉你吧，你那同伙已经把真相告诉我们了。”

女生似乎也知道自己迟早要被同伙出卖，所以没有露出什么惊讶的神情，只是不悦地撇了撇嘴。

昨晚在山路上，苏珊妮和曹冰乘坐的奔驰车被两个女生开车撞飞，苏珊妮因此受了惊吓，而曹冰直接被摔出车外，受伤住院。

而这两个开车的女生，就是在大礼堂门口扒拉苏珊妮的陆秋的粉丝。负责开车的女生叫颜芝，今年刚满十八岁，她谎称自己只是不小心才造成了车祸。而一同参与这两起事件的另一个女生叫冯梦，今年不过十六岁，她在宋澄和高卿佐的审问下，很快就交代了事情的原委。

两个女生是在陆秋的粉丝群里认识的，因为都喜欢陆秋五年了而有了共同的话题。她们每天最开心的事情，就是给彼此分享陆秋最新的路透照，聊聊陆秋的音乐，以及讨论他上综艺节目时有多么帅气可爱。

时间久了，年纪较小的冯梦便想要去见一见陆秋。但是她还没达成心愿，陆秋就死在了海野村。

消息一出，粉丝群一片哗然，冯梦更是哭得伤心欲绝。她打电话给颜芝，问这到底是为什么，为什么自己还没见到陆秋，他就不在了。

听闻陆秋的死讯，颜芝也悲痛万分。她曾在机场见过陆秋本人，只是那几分钟的相见，便让她有了人生目标。她想，自己终有一天会站在他身旁，成为他的朋友，甚至他的女友。所以之后的日子，她都在时不时地接近陆秋，希望引起他的注意。

冯梦也是这时才知道，颜芝其实是陆秋的私生饭（艺人明星的粉丝里行为极端、作风疯狂的一种粉）。

不过这一次，陆秋去海野村的行程安排得很突然，让她们这帮私生饭都有些莫名其妙。

“为什么他会去这种小地方啊？难道是去散心？”

“该不会是恋爱了，去那里跟女朋友私会吧？”

“恋爱？他敢！下张专辑的销量不要我们做数据了？”

“可能是因为要跨界拍电影，去勘景？”

“勘景需要他去吗？”

“我们这次要不要跟？”

“万一真是跟嫂子去私会了怎么办，我们去抓现行吗？哈哈哈……”

“也不是不可以，就是……最近我家里有点儿事，可能跟不了。”

“要不咱们放过他这一次？下次别让我们逮到就行！”

“放过他？他做梦吧！我去跟！”

于是忙于学校考试的颜芝便让信誓旦旦的那位粉丝，拍照片在群里跟大家分享。

但等了好几天，对方都没有任何的消息，她们反倒等来了陆秋的死讯。

于是私生饭们逼问那位说要去跟陆秋的粉丝。对方承认自己最近去粉另一位偶像了。

“陆秋都二十六岁了，谁爱老男人啊？而且他已经死了，咱也没有什么好眷恋的了，那就拜拜咯。”

对方甩来这么几行字，然后快速地退群，甚至没给颜芝她们骂她的机会。

颜芝虽然恨得牙痒痒，却也没太多工夫去理这个立场不坚定的粉丝。她决定和其他粉丝一样，赶到陆秋出事的海野村祭奠他。

就在去海野村的路上，她接到了冯梦的电话。

“你想见到陆秋？我们还有机会。”听到冯梦的哭诉，颜芝说道，“你现在立刻订票去海野村，我们在那里会合。”

“啊！什么？”冯梦惊讶道。

“你怕见到死人？我也怕。”颜芝冷冷地说，“但那是陆秋，是我们爱了这么多年的人啊！你怎么会怕他？你要是不来，就别再给我打电话了！”

那一刻，冯梦更悲伤了。她突然发现，自己除了喜欢陆秋，还依赖这个比她大两岁的姐姐。她已经失去了陆秋，难道还要承受失去另一个朋友的悲痛吗？

“我来。姐姐，你等等我。我想见陆秋最后一面。”

“所以你真的想过，潜入停尸间去找陆秋？”宋澄难以置信地看着眼前的颜芝。

颜芝撇了撇嘴，说道：“我又没成功。鬼知道你们把陆秋放在了哪里。”

高卿佐听到她如此说，脑海里出现两个女生偷偷溜进停尸间的画面，不禁扶住了额头。这未免也太荒谬了吧？她们以为这是在玩探险游戏吗？

而这头，宋澄再次开口：“因为不知道陆秋的尸体放在哪里，你们就把目标转向了苏珊妮？”

颜芝撩了撩垂下来的头发，点了点头：“不然我们还能找谁？”

颜芝说，她是到了海野村后，才从新闻里得知苏珊妮已经在海野村处理陆秋的后事了。于是她决定通过她，找到陆秋尸体的存放地。

“你们在她车上安装的可不单是定位器。”宋澄翻开资料，看到一张长方形仪器的照片，“这个东西，它其实是监听器。”

“是的。但它也有定位功能不是吗？”颜芝承认，“当然，我也很想知道，苏珊妮之后会怎么安排陆秋的葬礼。”

“你想混进去？”高卿佐抬眼看向颜芝。

颜芝嗤笑道：“难道她会邀请我去吗？”

高卿佐无语。

据颜芝交代，昨天她故意带着冯梦，在苏珊妮开完记者会准备上车之时，挤出人群骚扰了她。

冯梦负责大声质问，拖住苏珊妮，颜芝则趁乱摔进已经打开车门的车里，往车座底下粘上了监听器。之后，颜芝开着从当地租车行租来的车，尾随苏珊妮。

但令她失望的是，苏珊妮没有再去见陆秋，也没跟团队商量有关陆秋葬礼的事宜，而是一直在聊陆秋遗作专辑的企划。

苏珊妮还告诉自己团队的工作人员，因为海野村聚集了太多陆秋的粉丝，她决定提早离开这里，以免被粉丝们再次围攻。她买了高铁票，准备今晚就走。

就算如此，颜芝也没有放弃。毕竟买监听器花了不少钱，租车的费用也很多，她怎么可能这么快就死心？

她带着冯梦继续跟着苏珊妮的车，但去高铁站的路上，车内一片安静。

苏珊妮大概是睡着了，因为司机连音乐都没有放。

就在颜芝觉得自己的计划将功亏一篑的时候，苏珊妮的车突然停了下来。颜芝吓了一跳，也紧急停下了车。

“该不会是发现我们在跟踪她吧？”与其说是在问冯梦，颜芝更像是在自问。

但冯梦还是回答了她：“不会吧？我们一直与她保持着一段距离的。”冯梦看向颜芝，“姐姐，我们接下来该怎么办？”

“我也想问该怎么办。”颜芝撇撇嘴说。

就在这时，手机里连接监听器的APP传来了声音。

“找死啊！大半夜在山路上飙车！”起初是司机的声音，他似乎被人拦住了车，正在质问对方，“你要干什么？”

“我找这位小姐。”有个男声响起。

“苏小姐，你认识他吗？”司机问苏珊妮。

但未等苏珊妮回答，那男子就开口介绍起自己。

“苏小姐，我是星晴咖啡店和星空民宿的老板曹冰，我有件事想跟你说。”

颜芝买的监听器附带一个私制的APP，不仅可以实时监听，还有录音保存的功能，所以宋澄和高卿佐也听到了苏珊妮和曹冰在车内的对话。

虽然知道曹冰在陆秋的事上可能撒了谎，但他们万万没想到，曹冰曾经勒索过陆秋。

在这之前，曹冰在宋澄和高卿佐的眼里，一直是一个和善且慷慨的商人。

人有多面性，谁也无法彻底了解一个人。尽管知道这一点，在得知曹冰犯下如此罪行时，宋澄和高卿佐还是有些惊讶和痛心。

更让他们觉得不可思议的，是颜芝听到曹冰和苏珊妮谈话后的反应——她居然直直地把车撞向了苏珊妮的车，因为她觉得苏珊妮和曹冰不可饶恕。

曹冰手里的视频记录的是陆秋过去犯下的错。可谁年少时没犯下点儿错误呢？拿着这样一个视频，就想毁掉陆秋十年的努力，真的太可恶了！而且在陆秋还活着的时候，曹冰就拿视频威胁过陆秋，现在陆秋死了，他仍不愿意放过他！这不是魔鬼是什么？！

苏珊妮也该死！她从陆秋粉丝的口袋里捞走了多少钱？每次陆秋出专辑，她都会想着法子让他们冲销量，什么多款封面专辑、什么数字典藏版专辑、什么限量编码版专辑……她们这些粉丝省吃俭用给苏珊妮送钱，现在她却连区区一百万都不愿意出，任由曹冰这个魔鬼给陆秋泼脏水，让颜芝觉得抠门又恶心！

如今，她心爱的偶像已经离开了人世，她以后都无法再跟踪他的行程，为他应援，送他礼物了……颜芝想，她现在还能为陆秋再做一件事情，那就是不让他的名声最后毁在曹冰和苏珊妮手里。

于是，被愤怒冲昏了头脑的颜芝踩下了油门。

“你在干什么啊？快停下！不要啊！”一旁的冯梦大叫。她没有想到，自己一直依赖的姐姐是个容易失控的疯子。

之前说出“我要杀了他们”的时候，冯梦还以为她只是耍耍嘴皮子。但是当车子真的向前驶去，她才知道一个私生饭的恐怖。她后悔了，她后悔来到海野村了。

但一切已经来不及了，颜芝根本不听冯梦的，她一意孤行地开着车，一头撞上了前面那辆奔驰车。冯梦大叫着，以为自己就要死去，好在安全带最后救了她一命，她只是受了点儿轻伤。

不过原本在奔驰车里的曹冰就没有这么幸运了。他被颜芝从车里撞了出来，头磕到地上，晕了过去。

“我知道错了，叔叔，我想回家。”面对宋澄和高卿佐，冯梦如此恳求道。

但颜芝并没有她那般害怕，审讯到最后，她只是失神地看着地面，撇着嘴。

她这是在伤心陆秋的离去，还是懊恼自己没有杀掉曹冰和苏珊妮？抑或她什么都没想？无人能猜透这个疯狂的少女的心思。

宋澄决定把这两个少女后续的事交给同事。但在交接之前，他忽然想到一个问题。

“你的监听器是在哪里买的？”

“干吗问这个？”颜芝不明所以地瞪着宋澄。

“贩卖这东西是违法的，你知道吗？”

“我又不是傻子。”颜芝再次撇了撇嘴，“但我答应了卖家，不会告诉别人。”

“是你认识的人卖给你的？”

“不是。这东西是我昨天刚买到的。”

“你是说，它是在我们这里销售的？”

“我可没这么说。”颜芝嘴硬道。

宋澄看着少女倔强的面庞，无奈地笑了笑："我们会认真调查一下的。"

颜芝抬起头看了宋澄一眼，一摊手，说："随便你咯。"

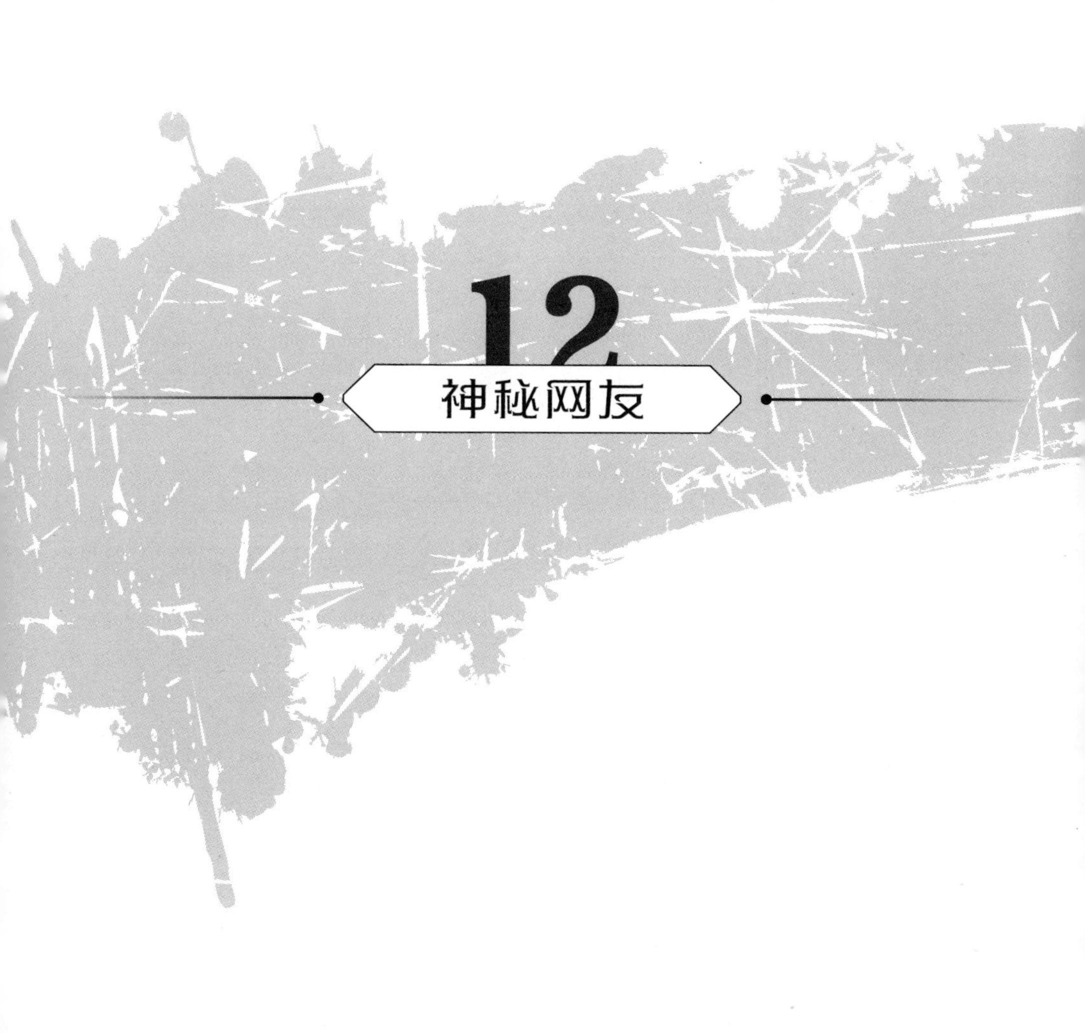

12 神秘网友

审问完颜芝和冯梦，宋澄和高卿佐去了趟医院。

昨晚的车祸让苏珊妮受了点儿轻伤，做完笔录她就买了今日最早一班高铁回去了。但曹冰不一样，他这个勒索嫌疑人摔到了脑袋，住进了医院。

宋澄和高卿佐来到医院的时候，曹冰刚做完 CT，被推回病房。

看到曹冰脑袋上缠着的绷带，宋澄问："感觉还好吗？"

"还行，就是刚摔出去的时候摔蒙了。"曹冰的语气还算轻松，"听说撞我们的是个小女生？"

宋澄点点头。

"你知道她为什么要撞你吗？"高卿佐问。

曹冰困惑地皱了皱眉："不是意外吗？"

"不是意外。"宋澄想了想，决定实话实说，"你想要勒索苏珊妮的事，我们都知道了。"

曹冰的脸上闪过惊讶和羞愧："苏珊妮告诉你们的？"

"不是，是那个撞你们的女生告诉我们的。"

曹冰不明所以，待高卿佐向他解释完后，他才自嘲般地扯扯嘴角，道："刚才看到你们的时候，我还在想怎么向你们解释我大半夜在苏珊妮的车上呢。现在连谎话也不必编了。对不起，老宋、小高，关于陆秋为什么来海野村，我之前骗了你们。”

宋澄叹了口气，说：“这几年，旅游从业者的确不好过。”

“不过即使没亏钱，这错我应该也会犯吧。”曹冰转过头看向窗外，沉吟道，“毕竟我拿到了可以让他吃点儿苦头的东西。”

“你想用他欺凌你的视频报复他？你这么恨他？”高卿佐问。

“如果你被人这么羞辱过，你也会恨他。”

“可是，不是你们先惹他的吗？”

“是吴泰惹他的！”曹冰有些激动地说，“是，是我帮吴泰搞到了他的账号密码，但……他也没必要这样对我。”

时隔多年，曹冰谈起这件事，仍旧觉得委屈和愤慨。但这委屈和愤慨是旁观者无法体会乃至原谅的——

明明是你助纣为虐，是你帮助吴泰挑起了事端，你有什么好恨的呢？但作为当事人的曹冰却并不这么想。

他说自己从小就有生意头脑是因为家里穷。在那个人人都想标新立异、人人都不爱穿校服的学生时代，曹冰却在心里感谢学校强制穿校服的规定，因为这样他就不用穿着自己土不拉几的衣服，让同学笑话了。

也因为家里穷，他给自己戴上了名为“自卑”的枷锁。为了卸下这枷锁，他开始寻找赚钱的门路，学计算机就是他的门路之一。他不参与同学们的社交活动，而是把钱省下来花在买书上，偶尔去网吧也不是为了和同学玩游戏，而是实践从书上学到的技术。

同学们笑话他，觉得他痴人说梦，不相信他能通过计算机搞出什么名堂。同时他们也揶揄他，小小年纪就钻进钱眼里去了。渐渐地，没人愿意再问他要不要一起出去玩，他在班里彻底失去了朋友。

起初，曹冰觉得失去朋友这事无关痛痒。可当吴泰找到自己，说他需要他的帮助时，他竟有些开心。

因为他不仅拿到了那两百块钱，还感觉自己“被需要了”。

他不过是想要个朋友而已，他没有想到自己会遭到陆秋的报复。陆秋把他拉到器材室拳打脚踢，并让他学狗叫，让他觉得自己真的只是吴泰的一条狗，而不是朋友。这几乎摧毁了他最后一点儿自尊心，所以他怎么能不恨他?

后来，他把陆秋撂下的狠话告诉了吴泰。听说吴泰去找陆秋算账，他才感觉自己的自尊心被补上了。

但那点儿幸灾乐祸，不能让曹冰彻底忘记器材室里遭受的耻辱。之后的很多年，自己狼狈的样子还时常闪回到脑子里。

“所以你后来跟吴泰成了朋友吗？”宋澄打断他的回忆，问道。

“没有。”曹冰无可奈何地笑笑，说，“陆秋转学后，一切又回到了原来的样子。我依旧是个与他人关系淡薄的异类，吴泰依旧是呼朋引伴的混混。我们本就不是一个世界的人，怎么可能真的成为朋友？”

“那你们后来还有联系吗？”

“没有。我和高中同学都没有联系了。”曹冰说，“我最后一次知道吴泰的消息，是听说他出国去做生意了。”

“那他知道你在海野村开咖啡店和民宿吗？”宋澄问。

曹冰不明白他为什么这么问，但还是回答道：“应该不知道吧。谁会关注一个高中时代的小透明呢？”

“那你的其他同学知不知道你在海野村开店？”高卿佐追问道。

“我想他们应该不知道，我刻意地不与他们产生交集。”曹冰说，“要不是偶然发现了那个视频，我连陆秋也不想再见到。”

“这样啊……”宋澄看了高卿佐一眼，只见对方此刻也皱起了眉头。

“宋哥，你觉得陆秋会提前告诉别人，他要去海野村见老同学曹冰吗？”走出病房后，高卿佐问宋澄。

宋澄摇了摇头：“应该不会。曹冰威胁他这件事，他应该不想任何人知道。而曹冰和老同学这些年都没有再联系，也没告诉过他们他在海野村开店，那么……”

宋澄知道他想说什么。他们之所以知道曹冰和陆秋是高中同学，是因为看到了那个有关星晴咖啡店的视频底下的评论。

那个网友怎么知道星晴咖啡店的老板是陆秋的高中同学？

宋澄掏出手机，去寻找那个视频。

他花了一点儿时间才找到原视频，以及视频底下的那条评论。发布评论的那位网友叫“莲子”。点进主页，宋澄发现这是一个私密账号，零关注，零粉丝，头像还是系统默认的图案。

“调查一下这个莲子是谁。”宋澄把该账号的主页转发给高卿佐，说，“顺便也调查一下，吴泰现在人在哪里。”

高卿佐点了点头。毕竟陆秋与吴泰的矛盾比曹冰要大很多。

但是他们很快发现，吴泰几年前去新西兰做生意之后就再也没有回来。他并没有因为青春期的纠葛而被卷入到这个案子里。

不过他们在“莲子”身上发现了线索——注册这个账号的手机号码的主人叫连西娅，她曾在 11 月 1 日到 11 月 4 日入住陆秋住的石光民宿。

这个人本在他们走访的名单里。

“连西娅……像是电视剧里才会出现的名字。”宋澄带着高卿佐在列车上寻到自己的位子坐下。

一旁的高卿佐解释说：“连西娅改过名，她的本名跟现在的完全不一样，叫连保娣。”

“真是差异巨大的两个名字啊。”宋澄在心里感叹。

不过他们可以从连西娅的旧名猜出她原生家庭的一些信息。

“她的父母可能比较想要一个儿子。”重男轻女这四个字已经到了高卿佐的嘴边，但他还是换了个说法，“我想连西娅应该很讨厌连保娣这个的名字。”

“也许吧。”宋澄揉了揉自己的眼睛，眼前浮现出自己在资料里看到的那张美丽的脸庞。没过多久，他就睡着了。

再醒来时已经是两个小时后，高卿佐告诉他，南华到了。

他们来南华就是为了找连西娅。

之前高卿佐联系了连西娅，说想跟她聊聊陆秋的事，连西娅没过多思考就答应了下来。但是她说自己已经离开了海野村，让她再回去是不太可能的，如果他们想要知道些什么，就到南华找她。

于是宋澄和高卿佐立即买了高铁票，坐了两个小时的高铁来到与连西娅约好的咖啡店，并且开了一间 VIP 包厢。

这间 VIP 包厢也是连西娅要求的。由于它的价格有点儿小贵，高卿佐一路上都在跟宋澄确定，这笔钱是否可以报销。

走进包厢，他们也没敢点太贵的咖啡，一人点了一杯 38 块的冰美式，等连西娅出现。

虽然人就在南华，连西娅却姗姗来迟。当她推开包厢的门进来时，宋澄和高卿佐闻到了一股清新的香水味。

两人一起抬眼，就见连西娅飘然而至，一袭剪裁利落的黑色连衣裙勾勒出裙子主人凹凸有致的身型。不过再往上瞧，见到连西娅那张肤若凝脂的脸，她那曼妙的身材便瞬间变成了点缀。涂抹得恰到好处的红唇，搭配波浪卷的长发，让连西娅仿佛真的是从电视剧里走出的人物。

“不好意思，我来晚了。”她没有说为什么会来晚，也并不是真的觉得不好意思，因为她已经自顾自地翻开菜单看了起来。

“连小姐，今天我们来找你，是想问问关于陆秋的事。”高卿佐看她贴钻的指甲划过 68 块的咖啡，咬了咬嘴唇。

“我以为你们会更早来找我。”连西娅把菜单翻到下一页。

“哦？这么说，你是故意在视频底下发布评论的？”高卿佐问。

“我连账号都是新注册的，你说呢？”连西娅看了高卿佐一眼。

这时，宋澄开了口：“所以你觉得陆秋的死跟曹冰有关？”

高卿佐在一旁补充，说曹冰就是星晴咖啡店的老板。

连西娅停下了翻菜单的动作："我可没有这么说过。我只是刷到那个视频，突然想到陆秋和星晴咖啡店的老板认识，一时兴起注册了个新账号，留了言。"

"你是怎么知道他们两个认识的？"宋澄问。据他们所知，连西娅可不是陆秋和曹冰的老同学，他们之前甚至都没在同一座城市生活过。

听到宋澄这么问，连西娅转头看了一眼紧闭的包厢大门，然后才开口说："是陆秋告诉我的。"

"你跟陆秋之前认识？"

"之前是指我们到海野村前？"连西娅摇了摇头，"之前我们不认识。"

"所以你们是在海野村认识的？"

连西娅不置可否。

"陆秋为什么会告诉你他和曹冰认识呢？"

"我问他怎么想到来海野村玩，他说是因为海边那家星晴咖啡店的老板。他说他们是老同学，这一次他过来是想叙叙旧。"

高卿佐一想到这叙旧会跟勒索挂上钩，就不自觉地挠了挠太阳穴。

而他身旁的宋澄敏锐地问道："陆秋是在足够清醒的状态下告诉你这些的？"

"你这话是什么意思？"连西娅警惕地皱起了眉。

宋澄笑了。陆秋是不可能轻易告诉别人，他来海野村是因为曹冰的。因为这是他的一个秘密，一个把柄，一个丑闻。所以如果只是在海野村偶然碰到游客，被问起为什么会来这里，陆秋最多只会告诉对方他来海野村是为了看狮子座流星雨。但是现在连西娅却轻描淡写地说，陆秋告诉了她他与曹冰认识这事，宋澄觉得很可疑。

"我的意思是，陆秋告诉你这些时，有没有喝酒？"

"没有吧……"连西娅回答道。

"哦？"宋澄盯着连西娅的眼睛，却不再多说什么。装着冰美式的咖啡杯在他手边流淌下水珠，在桌上留下一摊水渍。

“你这样看着我干吗？”连西娅有些不悦地嚷嚷道。

宋澄一针见血地问道：“连小姐，你和陆秋在海野村有发生别的故事吧？”

连西娅低下头，摩挲着菜单的角，却没有再翻。过了许久她才问道：“你们来找我，说明网上的传言可能是真的，陆秋的死不是什么意外？”

宋澄也看了一眼紧闭的包厢大门。这个私密的空间让他忽然意识到，其实连西娅已经做好了坦白的打算。所以他也向她坦白：“是的，陆秋是被人杀害的。”

连西娅哀叹了一声，却仍有些犹豫地说道：“可我不知道我的故事跟你们在调查的案子是否有关……”

“没关系，你尽管把自己知道的、经历过的都告诉我们，我们来找找看里面是否有线索。”宋澄指了指自己，又指了指一旁的高卿佐。

高卿佐也回给连西娅一个肯定的眼神。

连西娅点了点头，但她没有急着开口，而是一边思索，一边按下了桌上的服务铃。

服务员很快推开了包厢的门。

“你好，我要一杯红丝绒桂花限定拿铁。”连西娅指着面前的菜单说道。

“好的，还有别的需要吗？”服务员记下她点的咖啡，问道。

“不需要了。”连西娅说完，将菜单递给了服务员。

在她合上菜单之前，高卿佐注意到那杯咖啡居然要 78 块。他不禁咽了咽口水，竖起了耳朵。因为他知道，接下来要听的故事可不便宜。

13 连西娅的自白

连西娅出生的时候，父母就对她的性别很失望。他们想要个带把的孩子，仿佛那才是上苍的礼物而非累赘。于是他们向老天爷乞求下一胎一定要是男孩，并为连西娅取名为连保娣。

后来，连西娅的确为父母“保”来了一个弟弟。在她出生的第二年，她的父母就马不停蹄地生下了一个男婴。

所以从有记忆的那一天起，连西娅就生活在“凡事都要让着弟弟”的困境中。

因为你是姐姐，所以玩具要让给弟弟。因为你是姐姐，所以鸡腿也要让着弟弟。因为你是姐姐，所以贵一点儿的新衣服也要让给弟弟。因为你是姐姐……

他怎么不想想，若姐姐不叫保娣，若姐姐是个男孩，他还能降生吗？还能这样享受着优待，有恃无恐吗？连西娅时常看着弟弟那张傻呵呵笑的脸，咬牙切齿地这么想。

因为小时候争不到自己想要的，连西娅后来的人生一直在努力弥补童年的缺憾。她拼了命地努力，逃离了原生家庭，渐渐得到了自己想要得到的一切——她开了一家美甲店，收藏了一排童年没有的限量版玩偶，开始出入高档餐厅，衣服首饰越来越贵，也越买越多，如果把它们叠起来，能比肩平安夜当晚的圣诞树……

这让她觉得自己可以掌控人生。

在感情方面，她也觉得自己胜券在握。她本就有一张精致的脸，加上后来的护肤、化妆和医美，更是美得不可方物，时常引得路人注目。她曾有意无意地做过实验，然后发现她若想要与谁恋爱，那必定能让对方拜倒在她的石榴裙下。她散发的荷尔蒙，令她一度以为自己可以轻易地得到爱，直到她遇到了马巍。

刚和马巍在一起的时候，连西娅并不知道他已婚。他手上没有戴戒指，甚至连戴戒指留下的痕迹都没有，朋友圈发的照片也时常都是自己独自出差或是去旅游的照片。后来她才知道，这些让人潜意识地认为他是单身的细节，都是他引她落入圈套的精心设计，尽管马巍从不承认。

得知马巍已婚且有一个孩子后，连西娅愤怒不已。她把自己的包摔在他的身上，让他滚蛋。

马巍站在她面前岿然不动，只是难过地看着她，对她说："西娅，我对你是真心的。我和老婆已经没有感情了，我会跟她离婚的。"说完，他才弯腰捡起连西娅的包，"上头的五金摔坏了，我给你买个新的？"他用询问的目光看向连西娅。

连西娅仍愤愤地说："我自己有钱，不需要你假惺惺！"

马巍低头看着那摔坏的包，叹了口气，说："西娅，我并不是故意想要骗你的。只是当我发现自己爱上你后，已婚这事更是难以开口告诉你。我很难过，自己成了一个骗人感情的烂人。但我不后悔自己犯下的错，因为我是为你而错的。"说着，他竟流下泪来。

连西娅第一次看到马巍流泪。她被他眼底那一抹浓重的悲伤击中了心脏。那一刻，她也哭了。

"为什么会这样？我不过是想好好谈个恋爱。"连西娅怎么抹都抹不干净自己脸上的泪水。

然后，她感觉眼前的男人向前走了一步。下一秒，一双手环抱住了她。

"西娅，我真的不是故意想要骗你的。我会跟她离婚的，你再等等我好吗？"

他立下誓言，紧紧地抱着连西娅。

连西娅抬起头，想骂他，却被他吻住……

第二天清晨，当马巍走后，连西娅躺在床上发呆，心想为什么她向他投降了，竟相信他会真的跟老婆离婚，跟她在一起？为什么她不能潇洒地走掉，再去找一个新欢？

可人的感情如同潘多拉魔盒，打开之后，谁也不知道里面到底会有什么魔法。连西娅只能顺应自己的内心，走一步算一步。

她成了马巍的地下情人，期待他有一天兑现誓言。

然而时间一天天过去，任由连西娅怎么旁敲侧击，马巍都没有给她一个肯定的期限。仿佛那天他消解了连西娅的愤怒，这事就翻篇了。

连西娅就这么稀里糊涂地又过了半年，直到他们在一起520天的纪念日——纪念日不过是连西娅想出的由头，她只是想见一见马巍。

最近马巍因为工作繁忙，鲜少能抽出时间来与她共度二人世界。于是她趁着旅游淡季，寻了海野村这个旅游地，订下了石光民宿的一间房，想与马巍共度专属他们的时光。她甚至明确地告诫自己，这一次就不再跟他提离婚的事了，反正她等了这么久，也不差这几天。

11月1日，她独自一人乘高铁抵达了海野村。马巍则特地自己开车赶到了石光民宿。但这次连西娅见到他，发现他心事重重。她拥抱他，也被他用手轻轻地推开了。

“怎么了？”

民宿房间里的香薰还在散发着诱人的桂花香，而连西娅却没了心情。她看到马巍轻启双唇，说道：“西娅，我想……”他犹豫了片刻，还是一咬牙，道，“分手这件事，我想还是要当面跟你说。”

“为什么？”连西娅皱了皱眉头，却不似第一次知道自己被骗时那般激动和愤怒。她感觉从心底泛起了无尽的悲伤。

“我老婆又怀孕了。”马巍淡淡地说。

连西娅点点头，冷冷地道："恭喜。"

马巍像个犯了错的小孩，低着头向她道歉："对不起……我想我还是要回家。"

回家，真是一个温馨动人的词呢。

连西娅茫然地看着马巍嘴巴上的胡渣儿："所以你最近不是在忙工作才不来见我的？"

"工作的确也很忙。"

听马巍这么说，连西娅就明白了。其实在这件事上，她并没有那么想知道答案。她只是不知道说什么，所以才问了一句。

"我走了？"马巍愧疚又迫不及待地抬眼看向连西娅。

连西娅笑了，她知道自己笑得有多凄惨，但是最后也只能说："你走吧。"

她没有质问他，也没有朝他发怒。她连说的话都可以用句号来结尾而非感叹号，可见她并不生气。连西娅这般骗自己。

马巍最后看了她一眼，点了点头，转身离开了。

他点头是什么意思？是肯定了她的大度还是感谢她的宽容？当房间的大门被关上，连西娅脑海里甚至浮现出马巍在门外偷偷松了一口气的样子。

从此之后，他就不用再承受来自她的压力，不必纠结到底要不要和妻子离婚。他轻而易举地回归家庭，拥抱自己的老婆孩子，迎接新的生命。他依旧是旁人眼里有魅力又专情的丈夫。

那……我呢？我算什么呢？连西娅盯着紧闭的房门许久，终于还是被愤怒的情绪一点点侵占了身躯。她拉开房门，冲出了民宿，但是马巍的车已经消失了。

他迫不及待地落荒而逃的样子令连西娅发笑。她盯着下山的路发了一会儿呆，然后失魂落魄地走回民宿。

路过前台的时候，她没看到前台小哥。"也不知道这家民宿怎么回事，员工这么少！"她愤愤地想着，径直穿过通往入住区的大门。

入住区同样被石墙圈成了一个院落，朝海的那一面有一块观景区。不同于民宿前台大堂外的露台，这里的观景区有台阶，走上去就是一块平台和一排木制的栅栏，站在平台上可以看见绝美的海景。

连西娅本想和马巍一起在这儿看风景的，但现在，她只能一个人看了。

连西娅失神地走上台阶，只感觉浑身疲惫。再美的海景，现在她也瞧不出什么滋味了。这么想着，连西娅停下向上攀登的脚，吁了一口气，转身在台阶上坐下。

石光民宿很安静，静得连海浪的声音都像被成倍放大了。连西娅在这宁静里将自己蜷缩起来，将脑袋埋进自己的双臂，闭上眼睛，感受被分手后的痛楚。

为什么要这样对我？我哪里不好？

为什么我的人生依旧一团乱，什么也得不到？

连西娅越想越委屈，终于忍不住哭出声来。

不知过了多久，她听到缓慢走来的脚步声。大抵是听到她的哭声，那脚骤然停在了她的身旁。

是前台小哥吗？连西娅埋着头，偷偷抹了抹眼泪。

“你还好吗？”一个关切的声音问她，并不是前台小哥。

连西娅抬起头看向声音的主人，只见一张帅气的脸出现在她面前。她感觉在哪里看到过这个人，但一下子想不起来。难道是自己哭得脑袋发蒙，出现了某种错乱？连西娅皱起眉头。

而对方却对她露出微笑，侧身从自己斜挎的名牌包里翻找出了一个东西。

连西娅以为是纸巾，结果竟然是方方正正的一盒……粉饼？

一个大男人随身携带着粉饼，看来是……姐妹？连西娅愣愣地看着对方递到眼前的粉饼。

而男人又笑了笑：“我也没想到，我的包里没有纸巾，却有一盒粉饼。看来是我的经纪人硬塞进我这个常用包里的。她总告诫我，艺人一定要注意形象管理。”他笑出声来，也觉得自己突然之间掏出这么个东西很荒唐，“不过，你脸上的妆的确哭花了，要不要补补？”

“哈？”连西娅还在消化他刚刚说的那些话，忽然，她想起这个男人是谁了。

陆秋！她曾在网上刷到过他的视频，她的音乐列表里好像也有他的歌。

“你怎么在这里？”她惊讶又略带欣喜地问。

陆秋却答非所问，道：“出来玩，就不要不开心了。”

他的声音十分悦耳，如海风撞上屋檐下的风铃发出的叮铃声。

连西娅愣愣地看着陆秋。

也许是对方明星的身份让她感受到了冲击，也许是这海角一隅的邂逅让一切泛起了梦幻般的泡泡，让她的心颤动，连西娅甚至感觉眼前的男人在发光。

她之前可没觉得他有多帅，更没觉得他的声音如同天籁。那些溢美之词在连西娅心里不过是一种包装，一种营销方式。但现在，陆秋真人就站在她面前，她瞬间明白了那些追星女孩的心情。

“真人果真不一样啊。”她暗暗感叹。

“看来，我的出现多少让你转移了一点儿注意力。”陆秋淡淡地笑，说，“无论你经历了什么，都要重新开心起来。”

他像演偶像剧般说出偶像剧里的台词。换作以前，连西娅可能会嗤之以鼻，但在那个瞬间，她感觉自己的心再次受到了震动。

“你们懂吗？人有时候就是会有浪漫的幻觉。”坐在宋澄和高卿佐面前的连西娅喝了一口咖啡，自嘲般地笑笑，说道，“可能是互联网发达的原因，很多人，包括我，都觉得旅行可以代表某个新的开始，且邂逅是件美妙浪漫的事。”

“所以你觉得，你可以跟陆秋有一个新的开始？”宋澄问。

连西娅将散落下来的头发撩到耳后，说：“现在回想起来，我当时冒出的这个想法真的很不切实际。我不过是个小小的美甲店老板，而他却是受万人宠爱的大明星……但我可以跟你们说实话，当时的我可能真的发了疯。”

那盒方方正正的粉饼就放在房间的桌子上，连西娅失神地凝视着它，桂花味的香薰此刻终于让她的心情平复下来。

她回想起在台阶上与陆秋的偶遇。

他说这盒粉饼他没用过，她可以拿去用。但他不知道色号是否适合她的肤色，如果她不喜欢的话，尽管丢掉好了。

连西娅推辞了两句，最终还是收下了这突如其来的礼物。甚至有一瞬，她想打开社交软件，拍一个视频来讲这件事。但念及陆秋透露这是私人行程，让她现在别发到网上，所以她并没有按下拍摄键。

这让她又想起马巍。每一次他与她的约会，都是他不能向外公布的“私人行程”，她也从来没有对外分享过他们在一起的点滴。

思及此，连西娅下意识地点开了软件上的搜索栏。

搜索栏里立马跳出了她曾经的搜索记录。

连西娅找到一串英文网名，点击了一下，页面立刻帮她找到了该名称的用户。

那是马巍妻子的社交账号，她时常在上面分享日常，包括与马巍的日常。

第一次刷到她的视频时，连西娅被这大数据的算法吓了一跳。后来她便成了经常光顾对方主页的互联网偷窥者。

她看到马巍的妻子昨天发了一条视频，主角是一条验孕棒，文案也透露出她的欣喜。

“怀孕三个月了，终于可以告诉大家这个好消息了！希望二宝好好长大，爸爸妈妈和姐姐等你来人间打卡哦！”

因为是关乎人生的一件喜事，所以视频底下的评论比以往热闹许多。

“接好孕！”

“我也怀孕三个月了，吐死我了！怀孕好辛苦啊！”

“美满幸福的一家四口，祝福！祝福！”

“该不会老公也是刚刚知道的吧？”

每一条评论马巍的妻子都有回复，所以连西娅看到她回复道：“怎么可能！视频里的验孕棒是我怀孕一个月的时候拍的。看到出现两条杠，我就立马告诉了他。他很意外，但很开心。”

原来马巍瞒了我两个月吗？看着马巍妻子的回复，连西娅握着手机的手颤抖起来。

而那位提问的网友再次回复的话更是让连西娅觉得刺眼。

“好幸福哇。”网友说，“真羡慕！”

连西娅看着她们的对话，心里冒出了一个念头：幸福是一场比赛，现在她在这场比赛里要输了。

可她不想输！

14 速食爱情

走出失恋的方法，就是谈一场新的恋爱。

忘掉前任的方法，就是爱上一个更优秀的恋人。

连西娅回想起民宿台阶上偶像剧般的邂逅与对话，就开始幻想自己是否可以用陆秋赢下这场名为“幸福”的比赛。

她搜索他的新闻，翻看他的微博、粉丝页，确认他没有女友——至少他对外是这么宣称的。

那他这次来海野村，不会是跟秘密情人幽会吧?

连西娅想，应该不会。若他要与女友在石光民宿幽会，才不会主动来关心自己，一定会把自己隐藏得更好一些，不然被外人发现了恋情，传出去肯定会在他的粉丝群里掀起一场海啸。

那么，既然他是单身，她便有机会。连西娅这么想着，推开了房间的门。但入住区的院落里已经没有了陆秋的身影。

她走上他们偶遇的石阶，坐在同一个位子上，但是等到天色全黑，也没有见到陆秋。

天气渐凉，连西娅开始嘲笑自己，她现在这个样子，不就像网上说的那种明星的私生饭吗?

她对自己摇了摇头，离开观景区，回到了自己的房间，羞赧地睡了一觉。

再次醒来已是晚上 10 点，连西娅感到饥饿，打电话给前台叫餐，但前台的电话没人接，她便裹上一件薄外套来到大堂。

然而前台摆着“离开一下，有事请拨打：158……”的牌子，不知道去了哪里。

就在她转身要走的时候，她听到民宿门口传来了前台小哥的声音。

“是的，我和我爸不住在民宿里，毕竟家就在下面嘛，走几步路就到了。”

他在跟某个人说话。

连西娅循声望去，只见走在前台小哥身后的正是陆秋。

看来陆秋刚刚出去了，回来的路上碰到前台小哥，于是两个人一起回来的。

连西娅立刻整理起自己的头发。

前台小哥看到连西娅在前台等着，急忙小跑过来。

待他走近，连西娅看到了他的名牌，终于记住了他的名字——陈明启。

“您好，请问有什么可以帮您的？”陈明启问。

“哦，我是想来问问现在是否还可以点餐。”连西娅说。

“啊，不好意思，现在已经做不了了。您如果不介意的话，我们这里有售卖面包和泡面。”

此时，陆秋已经走到了他们身旁。他认出了连西娅，但没跟她说话，而是对陈明启说：“我先回房了，之后请别打扰我。”

说罢，他看了一眼连西娅，朝她点了点头。

连西娅也朝他点头致意。

而一旁的陈明启则赶紧表示：“明白。”

那天晚上，连西娅买了个面包，回到了自己的房间。她觉得自己很可笑，所以啃面包的时候竟对自己鄙夷地哼笑出声来。

再次见到陆秋是在第二天，也就是 11 月 2 日的晚上。新闻上说，那天晚上有狮子座流星雨。连西娅猜测，这应该是陆秋来海野村的原因。

她昨晚回房间后，大数据向她推送了一则陆秋两年前的采访视频。在这个采访里，他说了很多关于自己的事，比如他提到自己的偶像是张国荣，说张国荣的歌陪伴他走过孤独的学生时代，然后他顺势聊到了他的父母。他说他从小就没有关于母亲的记忆，但他渴望母爱。小时候他常问父亲母亲去了哪里，父亲说他的母亲是航天员，飞到外太空执行任务去了。

“你看，那颗流星就是你妈妈为了不让我们忘记她而送来的礼物。”夏日夜晚的天台上，父亲指着远处闪过的星光，露出淡淡的笑容。

陆秋把这件事记在了心上。

虽然随着他长大，他很快就明白了那不过是父亲编的童话，但不知为何，他心里仍保留着一丝幻想。

以前他是不好意思将这件事说出来的，怕别人笑话他幼稚。但现在成为大人的他反而有了将这件事脱口说出的勇气，因为……

“这不是幼稚，是我的思念。”他如此说道，并对着镜头抿嘴微笑。

但他眼里泛着的泪光打动了所有看这个采访视频的人，于是视频底下的评论都是流泪的表情。

所以连西娅知道，陆秋一定会在今晚出现。

但她在入住区的观景台找了一圈，只看到一家三口在那里观星，并没有陆秋的身影。

于是她推开通往大堂的门，果不其然在大堂外的露台看到了陆秋。透过玻璃门，她看到他在摆弄相机，桌上还放着一瓶快喝光的酒。

连西娅推门走出去，就见陆秋循声望向自己，微微蹙眉。

海风直直吹来，连西娅压住自己的长发，看着陆秋："虽然你让我别再打扰你，但我还是有问题想要问你。"

“我有对你这么说过吗？”陆秋歪了歪头，把酒瓶里最后一点儿酒倒进了面前的玻璃杯里。

连西娅嗤笑一声，道："昨天晚上你跟前台小哥说的话，其实是说给我听的吧？"

陆秋晃着眼前的玻璃杯，不置可否。

连西娅说："但我可不是什么私生饭。"

"我知道。"陆秋说，"只是我没想到，你也中了偶像剧的毒。或许是我不对，给了你错觉。"

连西娅昨晚就猜到陆秋识破了她的意图，但今晚听他亲口这么说，她还是有些惊讶和尴尬。

"那个前台小哥昨天去给那一家人送水果的时候看到你了。"陆秋看了一眼入住区观景台上的一家三口，接着道，"他发现你一直在盯着我入住的房间，以为你是私生饭呢。"陆秋转头看了连西娅一眼，"昨晚我从山下回来，刚好碰到从家里出来回民宿的他。他把我叫住，跟我说了这件事。他似乎很担心你做出什么出格的举动，以致我的入住体验不好。"

连西娅回想起自己昨天呆坐在台阶上的画面，越发觉得尴尬。

陆秋又说道："我一开始也没有太在意他的话，但是我们刚回民宿就看到了你。你看到我跟在后头，立刻整理了头发，眼神也变了，因此我就知道那小哥为什么会担心了。"

连西娅发觉自己的脸颊开始发热。是呀，自己这一点儿小心思怎么可能逃得过陆秋的眼？他在娱乐圈混迹十年，见过那么多人，怎能没有点儿识人的本事？

"的确，旅游时的偶遇会让人产生错觉……"陆秋道，"不过还请你不要会错我的意。"

"是呀，如果早点儿看到你两年前的那次采访，我就知道你为什么来关心我，也就不会会错意了……"连西娅忽然抬起头，在陆秋面前的椅子上坐下。她把背往后一仰，靠在了椅背上。

陆秋警惕地眯起眼，眉头紧皱地问道："什么意思？"

连西娅笑起来："你是从张国荣那里得到的灵感吧？"

"什么？"

“我看过你之前的采访，你说你的偶像是张国荣。”

“那又如何？”

“张国荣有个故事不挺有名的吗？”连西娅俯下身子，将双臂撑在桌子上，说，“张国荣去世后，有一名叫Jacqueline的女士打电话到电台倾诉，说她当年因为离婚在路边痛哭，张国荣开车路过，看到她痛哭怕她做傻事，于是在路边开导了她一夜。”

“然后呢？”陆秋虽有些惊讶，却饶有兴致地看着连西娅。

连西娅猜测道：“虽然你说这是私人行程，让我别发到网上，但你希望我在之后某个时刻跳出来为你辩护，说你是个好人，对吗？人家张国荣是真心关心他人，而你却想要用关心利用他人。”

陆秋愣了一下，然后哈哈大笑起来，道：“我喜欢聪明的女人。”

说罢，他突然俯身凑近了连西娅，盯着她。他的眼神因为酒精的作用显得有些迷离，声音也变得沙哑了一些。

“既然你已经猜到了，我也不怕告诉你。我和经纪公司的合约就要到期了，我并不打算续约，但这很可能让我那个经纪人暴跳如雷……”

“你担心她会在之后爆你的黑料诋毁你？”

“有这种可能不是吗？”陆秋笑道，“所以，到时候你会出来替我辩解几句吗？”

连西娅发现，陆秋略带沙哑的声音有一种蛊惑力，如同伊甸园里蛊惑亚当和夏娃的蛇。同时，她也发现自己变得好奇怪。面对陆秋的心机，她本应该讨厌他，甚至咒骂他，但是她竟觉得这一刻的陆秋散发出了别样的……魅力？他不再是银幕上温柔假笑的暖男，他在她面前展现出了真实的人性，以及赤裸裸的危险。

没错，就是这种危险的感觉让连西娅走到了这里。

在如此靠近陆秋的这一刻，连西娅突然想起了马巍。她终于可以坦然地承认，她之所以在知道马巍有老婆后还与他三番四次地纠缠在一起，就是因为她喜欢这种扑向危险的感觉。

连西娅不禁扬起了嘴角。她在那一刻决定把自己也变成危险本身。于是，她指着陆秋面前空掉的酒瓶和玻璃杯，对他说道：“如果你愿意和我再喝几杯，我到时候就替你说几句好话。”

陆秋笑起来：“我去前台……买一瓶？”他醉意渐浓，说话都开始有点儿结巴。

“我房间有瓶好酒，我去拿过来？”

“如果不介意的话，干脆去你房间喝好了。”陆秋一挑眉，道，“万一有新客入住，看到我们坐在这里喝一晚可就不好了。”

“也是，你可是大明星啊。”连西娅低头轻笑道，“但回房你可就看不到今晚的流星雨了。”

“鬼知道这流星雨到底什么时候来，我等了半天也没看到。”陆秋拍了拍桌上的相机，“让它等吧。”

他拿起相机，给它装上八爪鱼支架，然后站起身来，在爬满花草藤蔓的围栏上找到一个地方，将相机镜头朝外架了上去，八爪鱼支架牢牢地扣在围栏上。

“不怕被别人偷走吗？”连西娅问。

“怕什么，又不值几个钱。”

虽然他这么说，但连西娅知道，这个品牌的相机就没有低于万元的。

看到连西娅脸上闪过一丝错愕，陆秋眨巴了一下眼睛，伸手拨弄了一下围栏上密密麻麻的花草，把八爪鱼的支架盖在了花草下面。

“这样呢？”陆秋像个寻求肯定的小孩，看向连西娅。

“这样倒是隐蔽。”连西娅说。因为这样一操作，从大堂的玻璃门看向露台就看不到相机了，也就降低了被人拿走的可能性。

“行，那就这样。”陆秋忍不住又看了一眼不远处的观景台，那一家三口还在苦苦地等待流星雨。

“你先走，我马上就到。”陆秋谨慎地说。

连西娅笑了笑，留下房间号，起身离开了露台。

房间里的那瓶酒，本来是连西娅为马巍准备的，但是现在它变成了催生她与陆秋情欲的工具。

很快，在桂花味香薰的萦绕下，他们拥抱在一起，倒向床榻。

一番云雨过后，他们关掉了房间里的灯，躺在黑暗里，微微地喘息着。

待眼睛适应了黑暗，连西娅带着酒气问道："所以你来这里到底是干吗的？"

她是真的好奇他来此地的目的。因为她知道他来这里肯定不是为了看流星雨，毕竟他如此随便地把相机一架就跟自己回房，说明他并不在意自己是否能亲眼看见流星雨。不过以他颇有心机的性格，这场流星雨也肯定有用途。比如他可以利用相机拍到的流星雨，再卖一次思念母亲的情怀，虐虐粉丝，让自己更惹人怜爱。这或许也能帮助他更轻易地离开现在的经纪公司，独立出来。

连西娅揣测着，就听陆秋啧了一声，甩出一句冷漠的话："不该问的别问。"

尴尬的气氛在房间里扩散，令连西娅不知所措。

但身旁的陆秋已经打起了呼噜。

隔天，陆秋像是完全忘记了昨晚的冷漠，像个没事人一样起床、洗漱。连西娅也没再提昨晚的问题，而是问他准备什么时候回去。

陆秋吐掉嘴里的牙膏沫，说："本来差不多要走了，但如果你想让我留下来，我可以多续几天房。"

他对着浴室的镜子整理自己头发的样子令连西娅心动。

察觉到连西娅在看自己，陆秋转头问她："你想让我多留几天吗？"

连西娅走到镜子前，与他并排站立，说："如果你没别的事的话。"

就这样，陆秋决定在石光民宿续住。

"但你 11 月 4 日早上就走了。"VIP 包厢里，宋澄看着面前的连西娅说道。

"对啊，因为陆秋改变了行程，说自己要回去了。"连西娅回答道。

"为什么？"

"这我哪儿知道啊，我没有问。"

“那你们为什么没有一起离开？”高卿佐接着发问。

“他是明星，我们怎么可能一起离开？万一被别人拍到就不好了。”连西娅解释道，“所以陆秋让我先走，说他下午再离开。”

“你们的关系就这么结束了？”宋澄问。

“是吧。虽然陆秋说之后会再联系我，但我知道，我们不过是露水情缘，太阳一升起来，这露水就蒸发了。”

“可他那天下午并没有办理退房手续。”

“这我就不知道为什么了。”

“那你又是在什么时候知道陆秋来海野村是为了找曹冰，就是星晴咖啡店的老板的？”宋澄继续问道。

“就是我们在一起的第二天。那天白天我们喝了很多酒……毕竟海野村除了风景，也没什么其他好玩的。”连西娅像是为自己辩解似的说道。

坐在她面前的宋澄和高卿佐示意她继续说下去。

连西娅回忆道：“也许是对我放下了一点儿戒心，也许是喝得太醉了，陆秋突然跟我道歉，说昨晚不应该那么冷漠地回答我。所以我问他是否可以告诉我他来这里的原因，他努力地想了想，不知道是不是在思考要不要跟我说实话，反正最后他说他来这里是为了跟老同学叙旧，海边那家星晴咖啡店的老板是他的高中同学。我猜他肯定没说实话，但也懒得在这件事上纠缠不休了。反正我已经确定他不是来海野村幽会情人的，不然他也不会一整天都跟我腻在一起，我也就没什么好纠结的了。”

面前的咖啡已经见底，连西娅把杯子推到了一旁，继续说道:“但我没想到，他会死在那里。而且我在手机上还刷到有人说在星晴咖啡店见到过陆秋。所以我就想，会不会他的死跟星晴咖啡店的老板有关？虽然那个时候我还不知道陆秋是怎么死的，也许是意外，也许不是，但我就是有一种感觉，觉得他的死很是蹊跷。”

“所以你特地注册了个新号，留下评论，就是为了给我们提供线索？”

连西娅点了点头，说："我也不知道这线索有没有用……"

"你11月4日早上离开海野村，之后去了哪里？"这时，高卿佐问。

"我就回南华了啊。"连西娅说，"你们如果要查，可以查高铁站的监控，查我的车票，随便你们怎么查都可以。"

宋澄看了一眼高卿佐，高卿佐立刻去联系同事调查连西娅所言是否属实。而宋澄则低头看向了自己的笔记本，上面记录着陆秋活动的时间线：

11月1日，陆秋抵达海野村，来到石光民宿，碰到连西娅。晚上，他去见了星晴咖啡店的老板曹冰。

11月2日，陆秋下午在露台喝咖啡的时候，见到了火急火燎赶来的苏珊妮。打发她走后，当天晚上，他又在露台遇到了连西娅。他们在当晚发生了关系。

11月3日，陆秋和连西娅在房间里喝酒玩乐，醉生梦死。

11月4日，陆秋提出行程有变，要回去了，让连西娅先走，自己则下午离开，但他当日并没有退房。

11月5日，陆秋在凌晨被人杀害，尸体于傍晚被人在海边发现。

看完自己列下的时间线，宋澄抬起头又问连西娅："连小姐，除了刚刚说的这些以外，你还能想起陆秋有什么异常吗？"

连西娅微微张着嘴巴，眼睛左右转动，思索了片刻才说："我总觉得他身上藏着什么秘密。"

"哦？"

"虽然只相处了两天，但我对他多少还是产生了点儿感情。他突然让我离开，我还是有点儿舍不得的。所以在离开之前，我把自己的一枚胸针送给他做纪念。我本想让他试戴一下，但他接过后只是看了一眼，就随手放进了口袋。他这种略带不耐烦的态度令我有些伤心。我那时心里想，果然男人都是一个样的，想跟你好的时候，热烈地贴着你，想让你离开的时候，就表现出一副驱赶的样子。"连西娅说，"按照我的性格，肯定是要骂上几句的，但是那天我感觉他心事重重的，就没有质问他。"

“心事重重？”宋澄在笔记本上写下这四个字，并在后头打了个问号。

连西娅耸耸肩，说：“也可能是我感觉错了。反正……我知道的也就这些了。”

这时，高卿佐问连西娅：“你送他的胸针是什么样子的？有照片吗？”

“那胸针是我在网上买的私人订制，我拍了照片的。”连西娅打开手机翻找起来。

“喏，就是这个。”很快，她把手机递给了高卿佐。

宋澄侧身，跟高卿佐一起看向手机屏幕。

那是一枚圆形的胸针，中间精心雕刻着一颗六芒星，六芒星上还点缀着晶莹的碎钻。

连西娅把照片向左划，出现了胸针背面的照片。因为是私人订制，所以背面刻着连西娅的英文名——Siya Lian。

“陆秋的遗物里有这枚胸针吗？”宋澄小声地问高卿佐。

高卿佐摇了摇头，回答道：“我记得是没有的。”

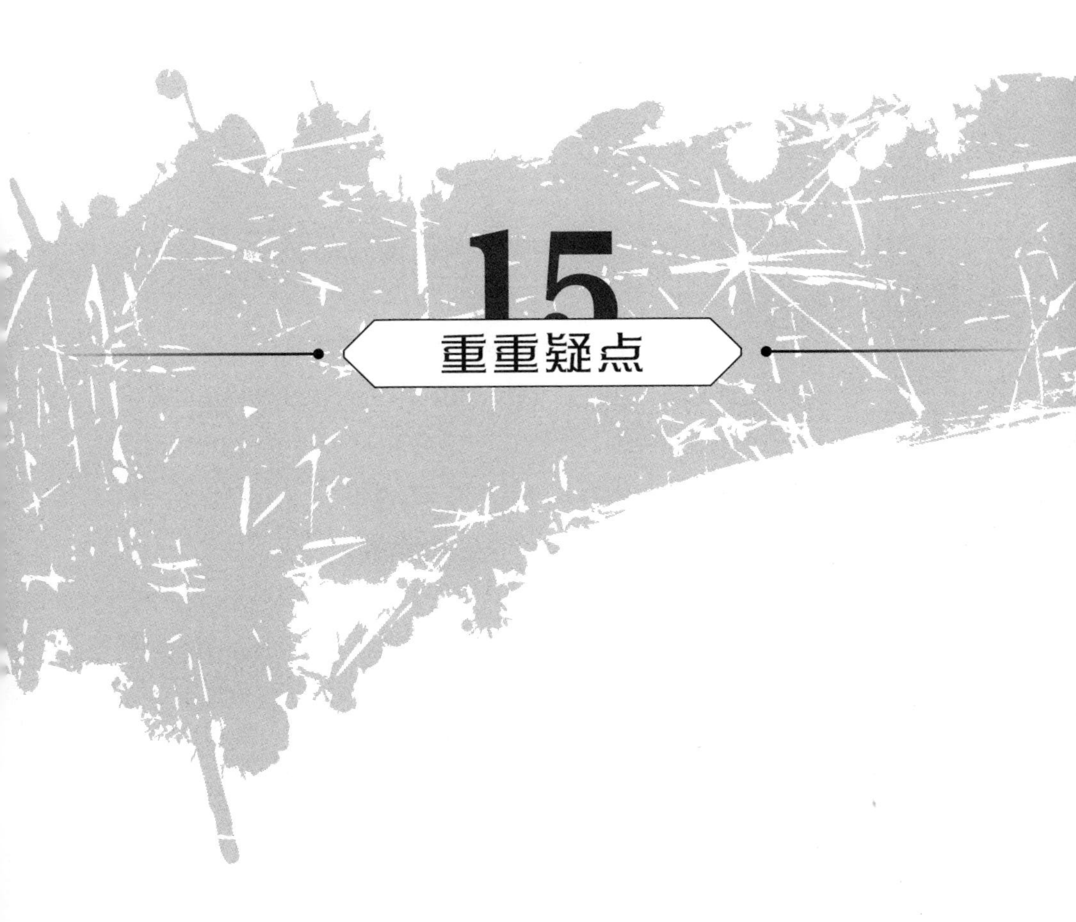

15

重重疑点

“是凶手拿走了胸针吗？”离开咖啡店，高卿佐跟宋澄讨论起从连西娅那里得到的信息。

宋澄翻着自己的笔记本，说：“也可能是陆秋自己把胸针丢了。”

对于陆秋来说，连西娅或许只是一场稍纵即逝的焰火，她突然出现在他身旁，给他带来一点儿热闹与欢愉，就足够了。之后，就会消失在他的人生中，而他依旧是立着单身人设的大明星，引得无数女友粉遐想哪天可以嫁给他。所以在连西娅走后，他是很有可能把胸针给丢掉了的。

虽然他们在检查他的房间、整理他的遗物时并没有发现这枚胸针，但不能排除他在某个时刻走出房间，把胸针随手丢在了某个地方。因为这东西无论是从价格还是意义上，对他来说都不值一提。

就在高卿佐认同地准备点头时，宋澄却又兀自摇了摇头：“不对，以陆秋的性格，他不至于这么着急地把胸针丢掉。”

“什么意思？”高卿佐不明所以地看向宋澄。

“你没发现吗？我们这一趟调查下来可以看出，陆秋是一个很有头脑、善于计划，甚至颇有心机的人。他想到用‘分期付款’稳住曹冰，让他不要发出他曾欺凌同学的视频。这样一个在乎自己声誉的人，就这么让连西娅走了？

万一连西娅爆料说他是一个始乱终弃的渣男呢？”

“宋哥，你的意思是说，陆秋告诉连西娅他之后会再联系她，是真的？他其实真的喜欢上了连西娅，想要跟她进一步地交往？只是他突然遇到了什么事，不得不自己留在海野村处理？”

“陆秋是不是真的想跟连西娅有进一步的发展，我们永远也不可能知道了。也许，他只是遇到了什么事，所以不得不先用‘之后再联系’打发连西娅，让她先走。但是，无论是哪种原因，他后续都要处理与连西娅的这段露水情缘。所以按他的性格，他应该不会把那枚胸针丢掉。在后续处理与连西娅的这段感情时，他或许能让它派上用场呢？”

“比如，在连西娅想要爆料他始乱终弃时，用它让连西娅心软，说他一直留着这枚胸针，就是因为一直在想念她，只是因为明星的身份不能跟她走下去？”高卿佐想起刚刚连西娅讲述的故事。

陆秋以为自己对路人的随随便便的关心，会让他在身陷负面舆论时派上用场，那么这枚胸针对他来说或许也是一个筹码。所以他应该不会随意丢掉。

“既然陆秋不会把胸针丢掉，而我们没有在房间里找到它，那么可不可以认为连西娅把胸针给他后，他就一直将它放在裤兜里？”高卿佐推测道，“也许他的尸体掉到海里时，胸针也跟着掉落了，就像他那部消失的手机一样？”

“是有这个可能。”他们叫的车终于到了，宋澄上车前说，“当然，我们也不能排除凶手拿走了胸针的可能性。”

推测又回到了原点。

高卿佐无奈地哼了一声，和宋澄一起坐上了车。

路上，两人没有再讨论案情。宋澄眯着眼休息，而高卿佐靠在车窗上思索，如果是凶手拿走了胸针，对方这么做的理由到底是什么？但直到上了高铁，高卿佐也没能想出答案。

“宋哥，我们下一步干什么？”

宋澄低头想了一会儿，忽然想到一件事，说：“陆秋的相机我们检查过吧？”

这话与其说是问高卿佐，更像是在问他自己。

但高卿佐还是给了他回应："是的，我们检查过了。"

"里面那张存储卡也看过了？"

"宋哥，那存储卡里的内容不是我们一起看的吗？"

高卿佐回忆起当时整理陆秋遗物时的情景。

陆秋的遗物也是证物，所以宋澄和高卿佐翻看了他的相机。相机里插着一张容量为 512GB 的存储卡，里面有一些陆秋之前在工作间隙拍的照片、视频，以及来到海野村后拍的风景照和视频。他们并没有发现有什么奇怪的地方，所以一开始他们就没有把目光过多地聚焦到这台相机上。

但是听了连西娅讲的故事，宋澄忽然意识到了一件事情不对。

高卿佐这时也想起来了——流星雨的视频没了！

连西娅说，11 月 2 日晚上陆秋将相机藏在了民宿露台缠满花草的围栏上，让它录制流星雨。但是宋澄和高卿佐检查的时候，并没有发现那段有关流星雨的视频。

宋澄掏出手机，一边给连西娅打电话，一边闪身进了列车的厕所，关上门，锁上锁，电话也刚好被接通。

"连小姐，我是刚才的……"

"我知道。你们还有什么事？"连西娅打断宋澄的介绍，问道。

"流星雨那晚，陆秋的相机是什么时候被他拿回的。"

"我不知道。第二天醒来的时候，它好像就已经在房间里了……我记不太清了。"

"总之，它肯定是藏在户外很久之后才被拿回的吧？"

"是吧……我们在房间喝酒都喝了一个小时。"

"那你们后来有看过相机拍的内容吗？或者陆秋有看过吗？"

"我看那玩意儿干什么啊？至于陆秋有没有看，我就不知道了……反正我们在一起的时候，我没见他拿起过。"连西娅狐疑地问，"相机有什么问题……"

连西娅的“吗”字还没问出口，通话就因为信号的原因断了。宋澄打开厕所的门走出去,才发现列车进入了漆黑的隧道。他索性收起手机,回到了座位上。

“我想，流星雨的视频应该是被删掉了。”宋澄对高卿佐说。

高卿佐点点头，道：“可能是因为录制时间太长了，太占内存了，陆秋把它删了。”

但宋澄并不这么觉得。他认为连西娅当时的推测没错，陆秋拍流星雨很可能是为了卖一波“思念母亲”的情怀，虐虐粉丝，让自己更惹人怜爱，他不可能这么快地把视屏删除。

而且他购买的存储卡容量有 512GB，原先存在里面的照片和视频不过占了一小部分，剩下那么大的容量，足以让他存下一整晚的视频，他并不需要将它删除。

即使真的是因为内存太大了要删除视频，也肯定是因为陆秋遇到了其他需要录下的东西，才不得不把它删除，但他们也没看到这之后陆秋有录别的视频。

“会不会是他根本没拍到流星雨？”高卿佐又问道。

“不会。那天在观景台上看流星雨的那一家三口说过,他们后来看到了流星，所以相机应该多多少少拍到了些。”

在来南华见连西娅之前，宋澄的其他同事询问了当时入住石光民宿的那一家子。

高卿佐却摇了摇头，说：“我的意思是，会不会陆秋一开始就没按下录制键？”

“啊？”

“毕竟他当时喝了酒。”高卿佐耸耸肩说，“也有可能是视频录制到中途因为内存不足或是别的什么原因自动中断了。”

“即使中断了，相机也会自动保存已录下的部分。但如果他真的因为喝了酒而忘了按录制键……”那他们现在的讨论就完全没有必要了。宋澄颇感烦恼地抓了抓头。

“陆秋当时应该还没喝到醉的程度吧？而且这场流星雨从各种意义上对他来说都挺重要的，他不至于会粗心到没按下录制键吧？”高卿佐为了安慰宋澄似的说道。

这种来来回回地分析，看来是破案必经的过程啊。

高卿佐一边这么想着，一边听宋澄说：“总之，我们先找人看看存储卡，看是不是有视频被删掉了。”

高卿佐点了点头。

这时，列车终于驶出了长长的隧道。

之后的路上，宋澄又一次在网上搜索起陆秋。他的新闻采访、表演视频，宋澄搜到什么看什么。尽管是没有目的的浏览，但还是让宋澄知道了一些有关陆秋的小事。比如他说自己的音乐梦想源自张国荣，而知道张国荣则是因为他爸爸总爱哼唱张国荣的歌。比如他说自己在娱乐圈里压力大，睡觉要靠安眠药或是酒精——怪不得他会在海野村喝那么多酒。比如他说自己没怎么谈过恋爱，公司也不让谈，底下则有粉丝大吼：“让我来跟你谈！”

但听连西娅的描述，宋澄不觉得陆秋是什么纯情少男。采访里陆秋说自己没怎么谈过恋爱，应该也是假的。于是下车之后，他给陆秋的经纪人苏珊妮打了个电话。

电话打了两次，苏珊妮才接起来。得知宋澄是来询问陆秋之前的感情状况的，她犹豫地说：“他人都走了，这些重要吗？”

“你觉得呢？”宋澄换上了略带威慑的语气，反问道。

苏珊妮叹了口气，说自己不是有意要隐瞒，但陆秋毕竟是公众人物，即使去世了，感情的事一旦泄露出去，对其他当事人不太好。

她说了太多解释的话，宋澄听了直想掏耳朵。

但好在苏珊妮最后还是告诉宋澄，陆秋的确谈过几次恋爱，不过时间都不长，有些是他自己提出分手的，有些则是经纪公司逼他分手的。但她不觉得有人会因为过去的恋情而去杀害陆秋，毕竟他的上一段恋情已经是一年前了。如今，那个女生已经与另一个男人闪婚了。

“为了不打扰人家，我才没跟你们说陆秋的感情经历。”苏珊妮再一次为自己辩解。

宋澄则问她：“那陆秋最近是否有恋爱对象？”他想，如果有，说不定是对方发现陆秋在海野村与连西娅在一起，从而心生杀意。

但苏珊妮说：“据我所知是没有的。他一恋爱我准能看出来。”

宋澄一边在心里吐槽“你连他突然来海野村都不知道”，一边跟苏珊妮道谢，然后挂断了电话。

他抬头看向蔚蓝的天空，感觉案子的线索变得断断续续的，像不知被什么东西划破而拉长甚至碎裂开的云。

日子一天天过去，宋澄和高卿佐根据苏珊妮提供的线索，重新调查了一番陆秋的人际关系，但其他与陆秋有关的人都没有去过海野村。他们甚至还去调查了连西娅之前的男友马巍，可人家如今回归家庭，幸福美满，又怎么会对陆秋下手？

宋澄和高卿佐感觉自己在做无用功。

更令他们挫败的是，他们将陆秋的相机存储卡拿去检测，发现这张存储卡并没有删除过的痕迹。

“也就是说，流星雨那晚，陆秋真的忘了按下录制键？”高卿佐没想到自己一语成谶，不禁有些惊讶。

宋澄倚在摩托车上，环抱双臂，皱眉沉思。

“不，还有一种可能。”过了许久，他才说道，“如果相机里的这张存储卡不是原来的那张存储卡呢？”

“啊？”

“我们假设那天晚上相机拍到了流星雨，但是出于某种原因，有人要删掉这段视频，但存储卡记录过这段视频，很有可能被恢复，所以这个人干脆给陆秋换了一张存储卡。这个人把原来存储卡里的内容复制到了新的存储卡里，唯独没有复制流星雨那段视频。然后，他把新存储卡放回了陆秋的相机里。”

“呃……这么复杂吗？”高卿佐露出困惑的表情，“那这个人是凶手吗？他为什么要这么做？”

宋澄没有回答他的问题。其实他做出这个猜测，心里也没有底。他们看过存储卡内的文件的储存时间，并不是在陆秋死后。但这文件有没有可能是复制过来的，他们暂时无法确定。

宋澄纠结地想，自己会不会太自以为是了一点儿？会不会真如高卿佐所言，其实就是陆秋忘了按下录制键呢？

自我怀疑了半晌，宋澄还是一咬牙，跨上了摩托车。

“去哪儿？”

“石光民宿。”宋澄说，“如果真的有人动了陆秋的相机，最有可能接触到相机的是……”

“石光民宿的陈明启或是陈渔？”

宋澄点了点头。

“怎么可能，我们怎么可能会动顾客的东西？！”压低声音用力辩解的人是陈明启的父亲陈渔。

宋澄和高卿佐第一次见到他时，他身上还带着酒气。这些日子，民宿生意好起来了，他便整理了仪容，变得干净起来。

而此刻站在他身边的陈明启，则一脸困惑地看着面前的两位警察，应和着父亲的话："是啊，虽然我们可以进入客人的房间打扫，但不可能去乱动顾客的东西！"

宋澄细细打量面前两人坚定的神情，过了一会儿才问："那你们这里有卖这种存储卡吗？"

他把陆秋的存储卡的照片递给陈明启看。

陈明启看了一眼，点点头，说："有是有的。"

“你们还卖存储卡？”高卿佐问。

陈明启解释道：“因为我们这里时常有摄影师来拍照、拍视频什么的嘛。有人可能到了这里才发现原来的存储卡内存不够用，有人则干脆忘记带存储卡，这些都有发生过……所以我们就买了一批货存着，给顾客解决燃眉之急。不过，这东西卖得不太多，我记得上一批货一个都还没卖出去过。”

“叫你不要进这种东西，你偏不听。”陈渔在这时抱怨道。

“可是之前好几次有客人来问，我看它可以加价卖，所以……”陈明启耸耸肩，不理会父亲，推开了储物间的门。

因为石光民宿住着不少陆秋的粉丝，所以宋澄和高卿佐来调查时，陈渔就把他们请到了储物间里，以免外人瞧见警察到访，又在网上乱说一通。宋澄和高卿佐也觉得私密谈话比较好，就同意了陈渔的请求。

现在，陈明启为了给他们展示那一批存储卡，重新带他们来到了前台。

拉开前台最底下的抽屉，陈明启把里面的存储卡都拿了出来，摊在桌子上，总共有 7 个，分别是两个 64GB、两个 128GB、两个 512GB 以及一个 1TB。

宋澄一个个检查过去，发现它们都被塑料包装包裹得严严实实，没有拆封过。

“购买记录有吗？”他不死心地问。

“啊，有的。我在网上拼单买的。”陈明启掏出手机，翻找起订单，“在这里。”

宋澄接过手机，发现陈明启是在今年春节期间买的这些存储卡。大概是因为春节游客较多，出现了有人需要买存储卡的情况，所以他才在网上进了这一批货。但是货到的时候，春节的旅游热潮已过，这批货就没有卖出去。而根据订单显示，陈明启当时购买的存储卡的数量与规格，和他们现在查看的一模一样。

莫非真的是自己猜错了？因为自己先入为主地认定陆秋不可能犯低级错误，所以一定要给存储卡的事找个理由？宋澄在心里叹了口气。

“好了吗？”

听到陈明启问，宋澄抬起头："嗯，收起来吧。"

陈明启点点头，把存储卡一个个收回了抽屉。但却发现宋澄和高卿佐并没有离开，于是他看着他们，问道："还有什么事吗？"

宋澄再次开口："还有一件事想问一下，关于陆秋的私生饭。"

"啊？"

"就是这位。"高卿佐亮出了连西娅的照片，"你有印象吗？"

"呃……我对她有印象……她之前在我们这里入住过。"

"听说你一开始怀疑她是陆秋的私生饭，还提醒过陆秋？"

"是……是有这么一回事。"陈明启像是刚想起似的说。

"为什么我们第一次来调查的时候，你没有跟我们说这件事？"宋澄问。

"我……忘了。"

"忘了？"

"我其实不确定她是不是陆秋的私生饭，后来也没听陆秋说过对方做什么出格的事，所以我没再留意她。"陈明启解释道，"而且比起她，那个气势汹汹杀进来的女人更让我印象深刻啊。"他说的是苏珊妮。

"所以你不知道，她跟陆秋在民宿里有过其他的……"高卿佐努力憋出一个词，"其他的交集吗？"

"我们尊重客人的隐私，怎么会去管人家的私事？"一旁的陈渔不耐烦地压低声音说道。

宋澄一抬眼，就知道他为什么一副担忧的表情了。

只见两个穿着印有陆秋 Q 版头像的 T 恤的女生拖着行李，推开了入住区与大堂之间的那道门，走过来退房。

见状，宋澄和高卿佐从民宿退了出来。

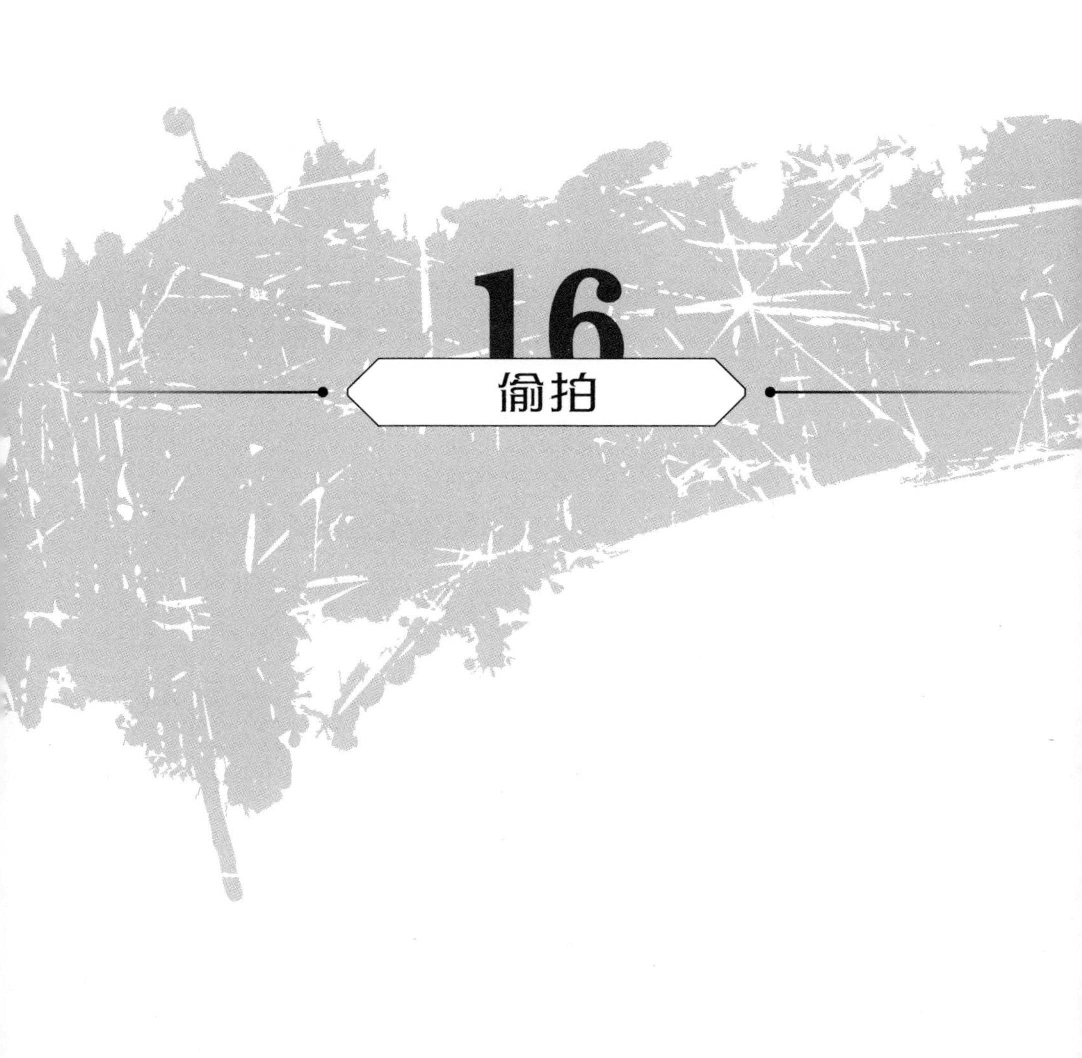

16 偷拍

陆秋的热度很快被别的新闻盖过，人们忙着追逐新的热点，关注新的风潮。那些蹭热度的网红也随着热度降下去而离开了海野村。只有陆秋的粉丝还在网上不断地给警方施加压力，希望他们早日查明真相。所以，尽管热度下去了，压在宋澄和高卿佐身上的担子仍让他们焦头烂额。

但调查陷入了瓶颈。

一开始，他们以为陆秋来到海野村只是偶然，他与这里的人没有任何关联，但是后来他们发现，他不仅被旧时的同学威胁，还在这里有过一段露水情缘。可这些当事人似乎都没有作案的理由和时间。那么，他到底是被谁杀的呢？

宋澄一边吃着方便面，一边翻着自己那本破破烂烂的笔记本。他感觉自己又兜兜转转回到了原点，并在原地踏步。

就在这时，高卿佐飞奔了进来。

宋澄闻声抬起头，一口把挂在嘴边的方便面吸溜进去，问道："怎么了？"

"宋哥，无心插柳柳成荫。"高卿佐喘着气，甩来莫名其妙的一句话。

宋澄让他喝口水慢慢说。

高卿佐一屁股坐在他面前，道："上次不是有两个女孩搞了监听器，监听苏珊妮吗？"

宋澄点点头，想起还躺在医院里的曹冰，示意高卿佐说下去。

“你之前不是让沈歌帮忙去查查，是谁在倒卖这种违法的东西吗？沈歌根据那两个女孩提供的线索，找到了一个叫老塞的人。他不仅卖监听器，还卖那种私制的药品和隐藏式摄像头。沈歌知道有这么一号人物后，就准备去找他，结果人家听到有警方的人在打听，立刻跑掉了。不过沈歌在他屋里找到了一个账本，上面除了买监听器的女孩的名字，还有其他我们认识的人的名字。”

“谁？”

“陈渔。”高卿佐舔了舔嘴唇说，“他在老塞那里买了好几个隐藏式摄像头！”

“会不会是同名同姓的人？”

“不会。那老塞知道自己卖的东西不合法，为了不被别人抖出去，他交易时都要人家拿出身份证，记下对方的身份证号。”

“所以他那本账本上记的身份证号……”

“没错。”高卿佐抢着点头道，“那身份证号的主人正是开石光民宿的陈渔！”

“这家伙！”宋澄霍地站了起来，疾步走出办公室。

彼时已入夜，宋澄和高卿佐还是跨上了摩托车，一路飞驰，重回了石光民宿。

今晚，恰是陈渔一个人值班。

“儿子不来帮忙？”走进石光民宿，宋澄把手往前台一撑，弄出的声响惊醒了刷手机刷得睡着了的陈渔。

陈渔的手一抖，直接把手机给抖掉了。

“警察同志。”他撑了撑眼皮，站起来。

“今天也是你一个人值班啊？忙得过来吗？”宋澄问道。

“前几天忙不过来，但这几天没有那么多人来了。”

的确，随着陆秋死讯的热度降下去，待在海野村的粉丝、网红也渐渐没了踪影。石光民宿的入住率降低也是情理之中的事。

见宋澄环视着民宿，陈渔又问：“警察同志这么晚来，是有什么事吗？”

宋澄虽然心里急，但表面还是气定神闲的。他说：“我们请你去局里一趟，去聊聊隐藏式摄像头的事。”

闻言，陈渔眉头一蹙，道：“什么隐藏式摄像头？”

“你在老塞那里买了好几个隐藏式摄像头吧？”

“我没有……我哪有买什么隐藏式摄像头。”陈渔急忙辩解。

高卿佐冷笑一声，把从老塞账本上拍下来的照片，递到陈渔面前，上面清清楚楚地写着陈渔的名字和身份证号。

“这又能证明什么呢……只是有我的名字和身份证号而已，说不定是人家乱写的。”说这话的时候，陈渔的声音低了下去，他也知道这 18 位数可不是乱写能写出来的。

看他脸上的表情微微变化，宋澄和高卿佐没再说什么，只是等他自己开口承认。

果不其然，陈渔抬起头问：“老塞呢？”

“你甭管老塞，先跟我们回局里。”高卿佐不怒自威道。

陈渔只好给陈明启打电话，叫他来顾店，然后颤颤巍巍地跟着宋澄和高卿佐走了。

“我问你，你买这隐藏式摄像头干什么？”警局里，宋澄问陈渔。

陈渔低着头，摩挲着自己手上的老茧，像是在犹豫要不要回答。终于，他还是叹了口气，说：“买这种东西还能干什么？当然是想搞偷拍了。”

“偷拍顾客？”宋澄明知故问。

“是的。”陈渔投降似的回答道，但末了他又说，“不过我没有用这些摄像头，没有真的拿去偷拍顾客。”

“你觉得我们会信吗？”高卿佐冷冷地问道。

“是真的。”陈渔说，“我看网上有人说，搞偷拍，把视频卖到网上能赚钱，就想试试。毕竟现在民宿的生意也不是很好，员工都请不起了。但是后来我还是没有这么做。我们民宿房间的布置还是很有特色的。我怕别人会从视频里知道是我们家搞的偷拍，所以最后我还是放弃了……”

“你买那几个摄像头可要花不少钱吧？就这么放弃了？”

“我买来就后悔了。你想想，以后要是真的被人发现我们家搞偷拍，都不来我们这里住了，岂不是得不偿失？所以这笔钱我就当是丢了，算是给我一个教训。”

“那那些摄像头呢？”

“我给丢了。”

“丢了？”

“我怕那东西放着，我哪天又动歪心思，所以干脆丢了。不信你们可以去查我们的房间，看看里面到底有没有隐藏式摄像头。”陈渔言之凿凿。

一旁的高卿佐不相信地问道：“你真的没有用那些摄像头搞偷拍？”

还未等陈渔再辩驳，宋澄就对高卿佐说：“没关系，等我们逮到老塞，他有没有启用摄像头偷拍过，我们就都知道了。”

陈渔错愕地看着宋澄，不明所以。

“老塞这种人，只会卖个摄像头这么简单吗？”宋澄虽是对着高卿佐说话，但这话明显是说给陈渔听的。

陈渔也明白了宋澄的意思。连他陈渔都知道偷拍的视频能在网上赚到不少钱，老塞肯定也知道，这个铤而走险赚黑钱的家伙会放过这些赚钱的机会吗？所以他很可能会远程调取那些摄像头的记录，把那些偷拍下来的视频做一个备份。如果那些摄像头真的安装、启动过，警方肯定能查得出来。

思及此，陈渔的身子微微发抖，但很快又镇定下来。

而这头，宋澄乘胜追击：“我说，老渔，如果你真的用了那些摄像头，你就如实告诉我们，总比之后我们调查出来要好吧？”

“这一前一后的区别可大着嘞。”高卿佐也附和着。

但是陈渔咳嗽了几声，异常坚定地说：“我承认我买了摄像头，但我真的没用过……我真的把它们都丢了！如果你们能找到老塞，你们可以自己去查，真的……”

宋澄有些意外他如此坚持。但话已至此，他也只好耸耸肩，说："行，那我们再等等老塞。"

陈渔坚持自己没有使用隐藏式摄像头偷拍，但他购买隐藏式摄像头，企图用来偷拍的举动已然犯了法。所以宋澄按照程序对他进行了教育，并依法对其进行处罚。

陈渔知道自己这事逃不过，乖乖接受了处罚，保证自己下不为例。

陈渔离开后，高卿佐疲惫地仰躺在椅子上，闭着眼问宋澄："宋哥，你怎么直接告诉陈渔我们没逮到老塞啊？不然说不定我们还可以再诈一诈他。"

"怎么诈？"宋澄揉着眼问。

高卿佐一时回答不上来。

宋澄直言道："当你把那账本的照片亮给他看，他就知道老塞没被我们逮到。不然，我们可以直接让老塞指认他了。"

高卿佐想想也是，点了点头。

"我本来是想让他知道，老塞还没被我们抓到，他还有机会坦白从宽。但我没想到他居然这么坚持说自己没用过那些摄像头。"

"会不会他真的没用过那些摄像头？"

"可我总觉得陈渔的'幡然醒悟'不符合常理。"宋澄说，"要找到老塞买东西可不容易，毕竟人家搞的是非法的买卖。所以陈渔应该是想了很久，做好了决定才去买的，那他又怎么会在东西到手后，轻易放弃了自己的计划呢？"

"他果然是在撒谎啊。"高卿佐坐起来，说，"我们假定陈渔安装了那些隐藏式摄像头，那么陆秋的隐私应该也被他拍到了。"

"是有这个可能。一个当红明星的桃色视频，怎么也是一个大新闻。"

高卿佐顺着他的话开始推测下去："于是，陈渔就拿着这条视频去敲诈了陆秋。就像曹冰拿着视频敲诈陆秋一样。结果在这个过程中，两个人起了争执，导致陈渔杀了陆秋？"

"他们因为什么而争执呢？"宋澄不解。

“当然是陆秋不想被他敲诈啊。”

“被他人掌握着桃色视频可是很严重的事情，尤其是对陆秋这样身份的人来讲。以他的性格，他应该会先稳住陈渔，而不是跟他产生矛盾。”

宋澄想起了曹冰。陆秋在面对曹冰的敲诈勒索时表现出的那种睿智，令他记忆深刻。陆秋若真被陈渔威胁，应该也能想出更好的处理方法，而非与陈渔鱼死网破。而且，陈渔为什么要杀了陆秋呢？留着他这么一块肥肉，不好吗？

混乱的思绪在宋澄脑海里纠缠在一起。

高卿佐说：“宋哥，我们要不要把陈渔再带回来审审？”

“我感觉他一定会咬死自己什么也没干。”宋澄苦恼地说，“或许，我们还是得先逮到老塞。”

“但老塞那里真的会有那些摄像头的备份记录吗？”高卿佐担忧地道。

其实这一点，宋澄心里也没底。他当时给出这种猜测，更多的是想诈一下陈渔。但从结果上来看，自己的这一诈似乎并没起到什么作用。

宋澄头疼地揉揉太阳穴，瞄了一眼办公室里的时钟，发现已经凌晨两点了。

两人赶紧回家睡觉。

第二天，宋澄和高卿佐顶着黑眼圈来上班，见到了负责追查老塞的沈歌。沈歌昨天去追老塞，腿受了伤，今天走路还一瘸一拐的。

宋澄关心了他几句，他立刻摆摆手说：“有屁快放。”

宋澄往他办公桌上一坐，问：“除了老塞那账本，你们还搜到了什么东西没有？”

“一些违规药品、几个监听器，以及几个小型摄像机。”

“你觉得他卖这些监听器、摄像机，会不会有备份？”

“备份？”

“就是别人买过去的这些设备所录下的东西，老塞那里会不会有备份？”

“这我就不知道了，反正我们暂时没有发现这些东西。”沈歌说着转动了一下自己的腿，不禁倒吸一口气，“老塞这家伙可贼了，跑起来跟兔子似的，害我在山上摔了个跟头。老子一定要逮住他。”

宋澄看了看他的腿，拍拍他的肩膀，说：“你还是先养好伤吧。”

于是，追查老塞的工作又交给了其他同事负责。

这一换人，注定又要浪费一些时间，宋澄忍不住叹了口气。

但令宋澄没有想到的是，老塞还没抓到，陆秋的案子还没处理完，海野村里又死了个人。

曹冰因车祸住了院，出院之后将要面临勒索他人的指控，但他开的星空民宿和星晴咖啡店如今依旧在正常营业，员工们还不知道老板犯了事，只知道他车祸受伤，所以个个工作得比以往还要认真卖力，誓要帮老板撑住场子，渡过难关。

秦晓雅也是如此。虽然她国外留学的申请已经批下来了，但她仍每天坚持上下班，站好兼职期的每一班岗。

高卿佐办案路过星空民宿，经常会瞧见端坐在前台的那个身影。

然而没想到，这天高卿佐在警局门口碰到了秦晓雅。

彼时是晚上8点半，高卿佐和宋澄因为陆秋的案子，工作到这时才准备回家。结果他们刚从警局里出来，就碰到了一脸忧虑的秦晓雅。她是被星空民宿的工读生用电瓶车送过来的，一见到宋澄和高卿佐就冲了过来。

“怎么了？”高卿佐见她慌里慌张的样子，眼里闪过一丝担忧。

秦晓雅磕磕巴巴地解释说，她来这里是想问问他们能不能开锁。她爸秦海生每天晚上8点都会来接她下班，但是今天他并没有准时出现在民宿门口，而且他的电话也打不通。这令秦晓雅心里隐隐地不安，于是她让替班的工读生暂时关了民宿的门，骑车送她回家。到了家门口，她发现屋里亮着灯，但无人应门。直到这时，她才发现自己今天忘了带家里的门钥匙。

“我以前都是会带钥匙的，但是……这阵子都是我爸来接我，他都带着钥匙，我就没有带……”她慌张地解释。

宋澄让她不要激动，她爸可能只是不小心在屋里睡着了，或者去哪里跟朋友喝酒喝忘了。

“不会的。”秦晓雅摇了摇头，“我爸不可能忘了来接我，而且他出门也不可能不关灯。我小时候忘关灯，可都是要被他打的。”

“你是说他在屋里，但敲门无人应？”高卿佐问。

秦晓雅点点头，说：“而且我家院子的门是铁门，我拍得那么响，他不可能没听到。所以，所以我担心……”她颤抖着肩膀，无助地看着高卿佐。

高卿佐立马去找沈歌。沈歌的父亲是锁匠，沈歌从小耳濡目染掌握了开锁的技能。而且局里还备着一套开锁工具，就是为了应对这种村民忘带钥匙进不去屋的问题。

很快，一瘸一拐的沈歌就拎着那套开锁工具，被众人簇拥着站在了秦家的门口。

海野村居民的老房子样式基本相同，两层楼的房子，被水泥墙围成的院子圈在其中，围墙上的铁门成了第一道阻隔。

沈歌没花多久就锯开了在铁门上的锁。

众人急急地推开铁门，冲向了里边的房子。

铁门在他们背后发出刺耳的声响，一块印有“游客勿进”的告示牌也掉在了地上。

“爸，你在里面吗？”秦晓雅焦急地向着屋内呼喊。

沈歌则流着汗，尝试打开里边的房子的大门。

宋澄和高卿佐在一旁帮不上什么忙，只能干着急。

好在没过多久，就听啪嗒一声，锁开了。

秦晓雅轻轻一推门，门就敞开来，展露出里面的景象。只见明亮的白炽灯光映得屋内发白，秦海生趴在地上，一动不动，他的嘴边溢出了一摊呕吐物，散发着恶臭。

“爸！”秦晓雅见状，惊呼一声，就要冲过去，却被高卿佐拉住。

而一旁的宋澄疾步上前，探了探秦海生的鼻息。没过多久，他站起来对着秦晓雅摇了摇头。

秦晓雅突然生气地冲着宋澄嚷道："你摇头是什么意思？"

她其实知道那是什么意思，可她还是侧过头央求高卿佐："叫救护车……帮我爸叫救护车好吗？"

高卿佐箍住她的肩膀，却怎么也说不出"冷静一下"之类的话。他听到了秦晓雅发出的呜咽声，感受到她的身体止不住地颤抖。接着，女生身子一软，从自己的手里坠了下去。他赶紧去扶，但没扶住，两个人一起跌倒在地。

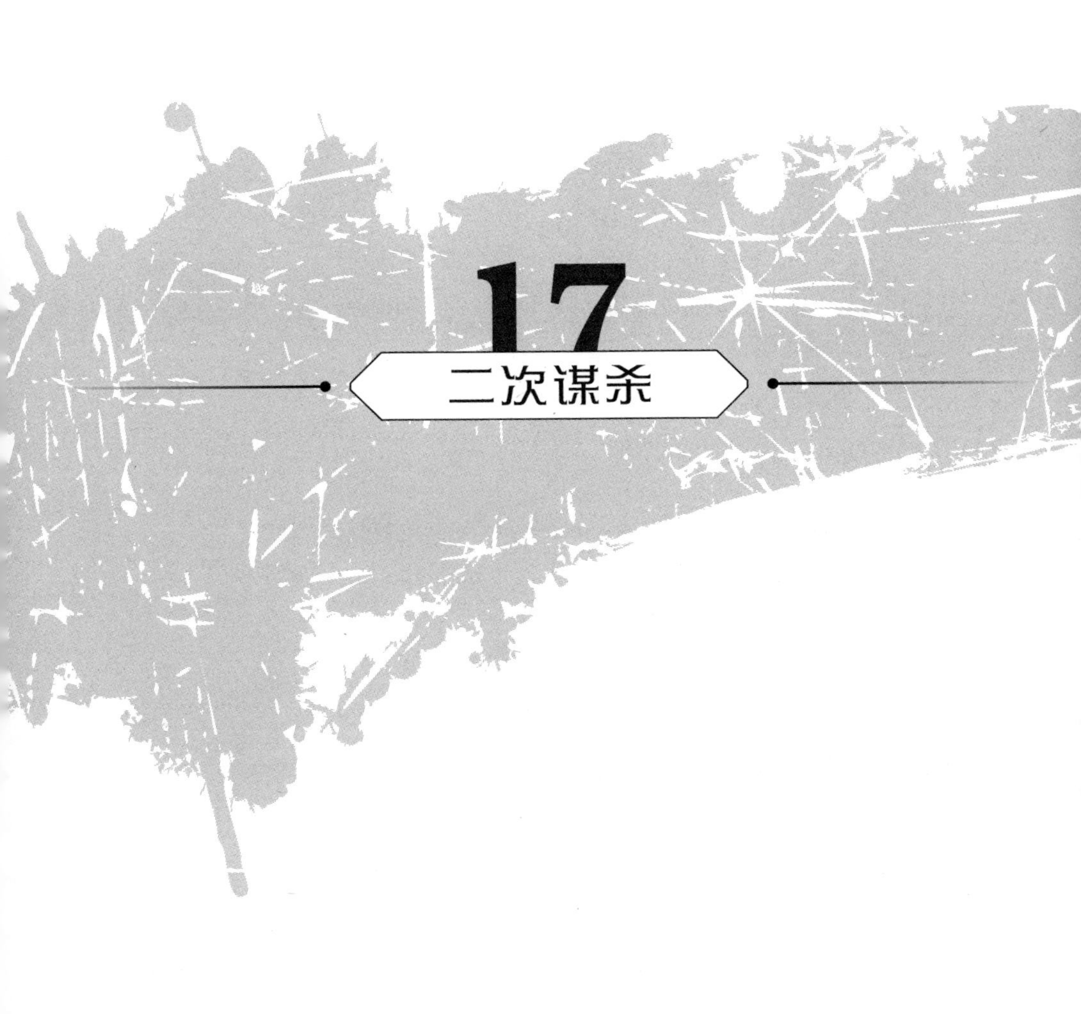

17 二次谋杀

秦海生死了。

人们聚集到秦家门口，七嘴八舌地议论开来。

“晓雅也真是可怜，她妈小裴几年前没了，现在她爸也走了。”

“可不是嘛。哎，我听说这孩子都要出国留学了，结果现在家里出了这档子事。”

“这老秦是怎么回事？前几天看他还好好的，怎么说没就没了？”

“年纪大了都这样……”

“人家年纪也不大啊，才五十。”

“怎么来的全是警察啊？”

“对啊，老秦该不会是被人弄没的吧？”

“我听说那个明星，那个叫什么秋的，也是在我们这里被人弄没的吧。”

“邪了门了，这都是什么事啊，吓死个人。”

警戒线外的村民一个个伸着头往屋里张望。虽然此时已是深夜，但每个人都精神抖擞，眼里放光，甚是好奇。

而另一头，高卿佐已经陪同秦晓雅去了医院。这个情绪起伏过大的女孩躺在病床上，昏睡了许久才慢慢睁开眼来。

高卿佐企图安慰她，但言语在此刻显得如此苍白。

秦晓雅听了也没有感觉，只是愣愣地瞪着眼睛，盯着天花板出神。

所以说到后来，高卿佐就停下了那些冠冕堂皇的安慰话，只是沉默地待在她身旁，陪伴着她。

他给宋澄发消息，说秦晓雅醒了。

宋澄让他问问秦晓雅，她爸是否本身有什么疾病。

因为一个中年人在家里死去，身上没有外伤，宋澄和沈歌的第一反应是他是否本身有生理上的疾病。

高卿佐看了一眼病床上默默流泪的秦晓雅，犹豫了良久，才把这个问题问出口。

秦晓雅闻言，止不住地摇头："没有，我爸身体一直好好的，前几个月刚做了体检，也都没有问题。"

那么，因为生理疾病导致的死亡概率就降低了许多。宋澄和沈歌看着地上秦海生的尸体，眉头紧锁。

"要带回去做尸检吗？"沈歌问。

宋澄眼里泛出寒光，从嘴里蹦出一个字："要。"

虽然公安机关认为死因不明就有权力进行尸检，不需要征得家属同意，但他们还是询问了秦晓雅的意见。

秦晓雅对父亲突然的离世也感到很困惑，所以她没有多想就同意了。

警方很快带走了秦海生的遗体，秦家的大门也被警方费力地锁上了。围在门口的村民这才作鸟兽散。

回局里的路上，宋澄感到浑身疲惫。他其实希望秦海生是自然死亡，但他在看到尸体时有一种不祥的预感。他总觉得，秦海生的死状并不像自然死亡。

第二天下午，秦海生的尸检报告就出来了。正如宋澄预感的那样，秦海生并不是自然死亡或者突发什么疾病，他是因为三氧化二砷中毒而死。

三氧化二砷，就是人们俗称的砒霜。

砒霜中毒的主要症状是恶心、头晕、呕吐等，怪不得秦海生的尸体旁有一摊呕吐物。

宋澄翻阅着报告，烦恼地想："怎么又是一起谋杀案？"

"也有可能是自杀。"沈歌扫了一眼宋澄手里的报告，说。

"不会。"一旁的高卿佐插进两人的对话，坚定地说道，"晓雅说，前几天秦海生还在高兴她出国留学的申请终于批下来了呢，他不可能突然想不开自杀。就算他真有什么想不开的，也一定会等到秦晓雅出国留学后再行动。再说了，砒霜是国家明文规定严格管制的剧毒化学品，想搞到可不容易，有人会费尽心思搞来砒霜用于自杀吗？"

高卿佐说得在理，沈歌也就暂时排除了秦海生自杀这一可能。

"真没想到，我们这个小地方风平浪静了这么多年，突然发生了两起命案。"沈歌感叹道。

宋澄瞄了一眼沈歌的腿，对他说："既然你也追不了老塞了，秦海生的案子……"

"行呀，秦海生的案子我来负责吧。说不定，这案子就像老塞的隐藏式摄像头，会有什么令人意想不到的发现。"

宋澄心里咯噔一下。他很难直接把秦海生的死与陆秋的死联系在一起，但他们这个小地方突然发生两起命案，的确让他有一瞬间冒出过"这两起案子会不会有什么关联"的念头。

宋澄想，看来自己这次要多留意一下沈歌这边的进度。

"对了，秦晓雅现在怎么样了？"宋澄转过头问高卿佐。

高卿佐回答说："她做完笔录，就被她叔叔接走了。"

宋澄点了点头，说："行，咱们还是要先专注陆秋的案子。"

高卿佐点了点头，说了一声"明白"。

很快，他们从秦家带回来的证物上找到了新的发线索——其中一瓶喝光的红酒瓶里检测出了三氧化二砷！大概是凶手在这瓶酒里投了毒，导致喝了酒的秦海生中毒身亡。

但据秦晓雅所言，秦海生平常并不怎么喝红酒，他常喝白酒或啤酒。而且那瓶红酒的价格，也不是秦海生舍得买的。那么他是如何拿到这瓶红酒的，就要打上一个问号了。

“很可能是别人送给他的。”秦晓雅说。

“你觉得会是谁送给他的呢？”沈歌问她。

秦晓雅想了想，说：“我不知道。但我爸经常会和亲戚朋友喝酒聊天，比如我叔叔……”

她指了指在一旁端坐着的叔叔。对方立刻摆摆手说：“我可没送过海生什么红酒。”

“还有谁呢？”沈歌继续问秦晓雅。

秦晓雅慢慢地罗列起秦海生的朋友。

忽然，沈歌听到了一个熟悉的名字。

“陈渔？石光民宿的老板陈渔？”沈歌忍不住提高了一点儿音量，问道。

“是的。”秦晓雅回忆道，“我前阵子还听我爸说要去找他喝酒呢。”

沈歌赶紧把这事记在自己的笔记本上。当问询完秦晓雅，从她叔叔家出来，他立刻给宋澄打了一个电话。

“两次哦，两次。”他兴奋地对宋澄说，“这陈渔，怎么两起案子里都有他？”

“陈渔会承认自己送酒给秦海生吗？”再次前往石光民宿之前，高卿佐担心地问宋澄。

宋澄没回答他，因为他也觉得悬。

之前的几次探访，他们发现陈渔是个嘴很硬的人，面对他们的盘问，都摆出一副“反正我什么都没做”的样子。就算宋澄企图诈一诈他，他也不落圈套。这一次的问话，很可能跟之前一样没有结果。

更令他们头疼的是，检测报告显示，那瓶有毒的红酒，瓶身上并没有其他人的指纹，只有秦海生自己的。而且他们还发现了疑似装那瓶红酒的礼袋，礼袋上也没有其他人的指纹。

尽管觉得希望渺茫，他们还是走进了石光民宿。

今天，民宿里除了陈渔还有他的儿子陈明启。

之前看到宋澄和高卿佐到来，陈渔还客客气气的，但经历了这么几次盘问后，陈渔对他们的态度有了变化，脸上明显有了些不耐烦。

“两位警察同志，咱们这小民宿生意本就不太好，你们这常来常往的，对我们影响太大了。”

“我们这不没穿制服来嘛。”宋澄堆笑道。

陈渔打量着他们的衣裳，说：“这有用吗？海野村谁不知道你们俩是干什么的？大家看到你们频繁进出我们民宿，指不定会说什么呢。再加上陆秋的事，这些风言风语很快就会在网上发酵，到时候我们就得玩完。”

陈渔还想要抱怨，但宋澄打断了他的话：“我们今天不是来聊陆秋的事的。”

“那你们来干什么？”

“我们是来问问秦海生的事。”

“老秦的事？”陈渔眉头微蹙。

一旁坐在前台点击着鼠标、翻看入住订单的陈明启突然停下了手里的动作，转头看着他们仨。

“我是听说老秦死了……”陈渔舔了舔干燥的嘴唇，嘟哝了这么一句，就不知道该再说些什么了。

于是宋澄继续道：“听说你和秦海生是朋友？”

“是的。我们以前一起出海打过鱼。后来他继续当渔民，我嘛，盘下了这家民宿……”

“听说你们现在还会经常一起喝酒？”

“你听谁说的？”见宋澄不回答，陈渔继续道，“其实我和他也只是偶尔喝喝酒。我年纪大了，不太能喝了。”

“你们平常都喝什么酒？”

“白酒或是啤酒。”

“红酒呢？”

“不太常喝。”

“不喜欢红酒味？”

“主要是便宜的喝不出味，贵的又喝不起。”陈渔解释说。

宋澄笑了笑，又问道：“你这民宿应该提供红酒吧？能让我们看看吗？”

“是的，我们是有提供红酒。可是这又怎么了？”

见宋澄又不答，他撇了一下嘴，没好气地说：“你们要看我们家红酒的话，我带你们去看。我的确进了一些好酒，但舍不得拿出来给自己人喝，都是要卖钱的。”

说着，他将宋澄和高卿佐带去了民宿的仓库，里面的确堆了各种品种的酒，红酒只占其中一小部分。

高卿佐把红酒的酒瓶一一翻过去，并没有看到秦海生喝的那瓶红酒的品牌。但他仍不死心地掏出了手机，亮出了那瓶毒红酒的照片。

“那你有没有送过这瓶红酒给老秦？”高卿佐直截了当地问。

陈渔愣了一下。

“我进的红酒就这些了。”他指指仓库里的红酒，“你给我看的这种红酒，我见都没见过，更别说送给老秦了。怎么，老秦是喝这酒死的？”

“有人在这瓶酒里下了毒，毒死了他。”宋澄观察着陈渔的表情，解释道。

陈渔随即露出惊讶的神色：“怎么会这样……”他似乎在为老秦的离世而悲痛，但很快，他又抬起头看着宋澄，“你们该不会认为是我下毒害了老秦吧？警察同志，你们别总想着把罪名往无辜的人身上安啊。”

“我们只是正常询问。”宋澄礼貌一笑，又抬眉问道，“那么你觉得，谁会下毒害老秦？”

“这我哪儿知道啊……”陈渔一脸真诚地说道。

看来这一次，依旧从陈渔嘴里问不出什么话来。宋澄和高卿佐交换了下眼神，各自在心里叹了口气，准备离开仓库。

可在他们打开仓库门之前，门先开了。只见陈明启站在门口，说："爸，有客人打电话到前台说要买酒，帮我拿两瓶百威来吧。"

"好。"陈渔应声去拿酒。

陈明启在门口侧了侧身。

宋澄和高卿佐侧身从他身边经过，离开了石光民宿。

摩托车沿着山路往下开，路过陈渔的家时，宋澄转头瞥了一眼。老旧的房子与上面翻新得颇具文艺气息的石光民宿仿佛两个极端。

陈渔为什么不把自己的家也翻新一下呢？宋澄想，他大概是资金上出了问题吧？

这几年，旅游业不景气，虽然海野村时常会出现在"小众旅行地推荐"的名单里，但终究无法持续拥有热度。就像陆秋的死带来的热闹一样，海野村旅游业的繁荣太依赖某一个节日或某一个热点。所以陈渔才会在经营民宿的基础上，有了用隐藏式摄像头偷拍顾客隐私的念头吧。

若他真的把摄像头安装在了客房里，拍到陆秋的隐私，他会去勒索陆秋吗？可是为什么最后陆秋死了？会不会事情并不是自己想象的那样？会不会陈渔那些话都是真的？他虽然买了隐藏式摄像头，但最终却放弃了偷拍，陆秋的死也跟他没有半毛钱的关系？

而在秦海生被毒杀的案件里，陈渔更是无辜的。因为两起案件都涉及陈渔，他们就把他跟两起案件联系在一起，他们会不会太先入为主了？毕竟秦晓雅说过，和秦海生喝酒的亲戚朋友有很多……

海风灌进宋澄的衣服里，把他的衣服吹得鼓起来。

秋意渐浓，他不免开始焦虑。

另一头，沈歌和同事挨个儿去调查与秦海生相熟的村民。跑了一大圈，刚回到局里，他就来找宋澄和高卿佐，要分享情报。

沈歌说，秦海生在很多人的口中是一个不错的人，虽然有时候爱贪些小便宜，爱吹牛，但总体上为人友善仗义，他们很难想象会有人想要杀了他。

“那秦叔……秦海生跟陈渔的关系，你们有问过其他人吗？”高卿佐忍不住问道。

“问是问过，”沈歌回忆道，“不过别人都说，没见到他们之间有过矛盾。有些人还言之凿凿地说他们的关系好得很呢。毕竟以前可是一起出海打鱼的合伙人。两个人出生入死的，陈渔还在海上救过秦海生呢。”

“但后来陈渔没有继续打鱼，开了民宿……”

“你是问两个人为什么没合伙了？”

高卿佐点点头。

沈歌说：“你们知道的，陈渔他儿子陈明启从小就没有妈……”

关于陈明启的身世，宋澄倒是听村民聊起过，但这不妨碍他听沈歌再说一遍。

沈歌看了一眼高卿佐，说陈渔有一年打鱼发了财，去城里玩时，结识了一位姑娘，把人家肚子搞大了。这姑娘是个孤儿，在福利院长大，从小就没有家。陈渔答应要跟那姑娘在城里安置一个家，于是更卖力地跟秦海生出海打鱼。结果那姑娘难产，生陈明启的时候死在了产房里。伤心不已的陈渔带着陈明启回到了村里，因为要照顾孩子，他就没有和秦海生继续出海了，而是在村里开店，做生意，做了十三年，然后用之前打鱼攒的钱和开小店赚的钱，于五年前盘下了石光民宿。

石光民宿本是村里另一户人家搞的，结果没搞几年，那家人的儿子在外头做生意发了财，就要爸妈把民宿卖了，去城里头享清福。陈渔就这么接手了民宿，之后他还给民宿做了几次翻新。

“秦海生还帮忙砌过墙呢。”沈歌说道。

高卿佐若有所思地颔首，喃喃道：“所以两人并不是不欢而散？”

“他们应该没有什么矛盾吧……不然也不可能当朋友这么多年。秦晓雅不是说前阵子陈渔还和她爸一起喝酒吗？不过……”

“不过什么？”

“不过阿奇打听到，秦海生生前喜欢赌博。”

“阿奇？”听到另一位同事的名字，高卿佐皱起眉道，“他也负责这个案子吗？”

“阿奇没参与这案子，但秦海生的死已经成了村里人茶余饭后的谈资，他在自家饭局上听到大伯说去城里头玩的时候，看到过秦海生赌博。”

“那阿奇他大伯……”

“他大伯是个老赌鬼了，输得一无所有了，仍死性不改。”

“这么说，秦海生的死跟赌博有关？”高卿佐问。

“这很难说。”沈歌解释道，“我们通过阿奇的大伯和城里的警方找到了秦海生时常去赌博的地方。那开赌坊的头头被抓后，我给他看了秦海生的照片，他立刻认出了他。他说秦海生的确在他们那儿输了好几次钱，也赊了好几次账，每次赊账都是几千上万的，但很快就还上了。”

“会不会是他又输了钱，发现这次还不上了，所以自杀了？”宋澄这时开口问道。

“我们抓的那个开赌坊的人说，秦海生现在在他们那里没有欠钱，但不能保证他没有去别的地方赌博，然后欠债。”沈歌耸耸肩，“所以我才说，秦海生的死是否跟赌博有关，很难说。”

“几千上万的债，秦海生之前都还了。如果他真的是因为赌博欠债而自杀，说明这一次他欠的钱数额巨大。现在秦海生已经死了，债主会不会去找秦晓雅要债？”高卿佐脸上闪过一丝担忧。

沈歌拍了拍他的肩膀，说：“所以，你可要护好人家。”

见沈歌要走，宋澄喊住了他：“等等，还有一件事。”

沈歌一眯眼，道：“是砒霜的事？”

“对，砒霜现在可不好搞啊。无论秦海生是自杀还是他杀，这毒药是从哪里搞来的？”

“这一点，我们会继续跟进的。”沈歌点了根烟，道，“话说回来，你们查陆秋的案子查得怎么样了？”

18

没入大海

宋澄和高卿佐这边，陆秋的案子迟迟没有进展。而沈歌那边，秦海生喝的那瓶酒里的砒霜，也一直没能找到源头。

由于具有较强的毒性，砒霜属于管控物品，一般难以在药店买到。海野村这个小地方，更是没有药店敢卖这种药。而且这附近没有化学试剂厂可以制作砒霜，所以沈歌调查到后来也没了头绪。他跟宋澄说，或许这砒霜是下毒之人自己提取出来的。

虽然的确有这个可能，但要提取三氧化二砷，得有砷黄矿物，很难想象这里有谁有这玩意儿，还掌握了提取的技术。所以砒霜溯源的方法似乎行不通。同时，他们也调查了酒的生产商，希望从顾客的购买记录里找线索。但他们发现，那瓶酒的生产年份久远，原来的厂家都已经倒闭了。

看沈歌犯难，宋澄转移话题，问："你这腿好全活了没？"

"好是好了，"一提到自己的腿摔伤的事，沈歌反倒更恼了，"妈的，这个老塞真能躲，咱兄弟们至今没逮到他。"

"看来他的反侦查意识很高啊。"

"能不高嘛，他应该知道，自己搞那些黑色产业得坐好几年牢，所以才这么拼了命地东躲西藏。"

听到沈歌这么说，一直跟着宋澄的高卿佐道：“你们说，陆秋的死会不会跟老塞有关系，所以他才躲得这么急？”

宋澄转头看着高卿佐，沈歌也饶有兴致地一挑眉，露出疑惑的表情。

高卿佐道：“之前宋哥推测老塞那边有隐藏式摄像头的视频备份……虽然是为了诈一诈陈渔，但也不能说完全没有这可能。如果陈渔的确安装了隐藏式摄像头在陆秋入住的房间里，那么老塞那边说不定也看到了。他这样一个愿意为钱铤而走险的人，会不会拿视频去威胁陆秋，然后失手把人给杀了？”

“听起来，你们都还不确定陈渔有没有安装过隐藏式摄像头啊。”沈歌没有接高卿佐的话，反而转向宋澄，问，“你们没去石光民宿的房间里再查查？”

“陆秋的尸体被捞上来后，我们就第一时间去了石光民宿，仔细检查了他入住的房间。若真有隐藏式摄像头，我们还能发现不了？”宋澄无奈地说道，“就算我们当时疏忽了，没发现隐藏式摄像头，现在再去查也已经晚了。陆秋的事情闹得这么大，石光民宿被这么多人注意到，陈渔就算安装过隐藏式摄像头，也早偷偷拆了。”

“哎，看来还是得把希望寄托在老塞身上？”

“至少老塞这边也是一条线索，死马当活马医吧。”

“也是，没准儿真像小高所言，老塞才是杀了陆秋的那个人。”沈歌耸耸肩，道，“毕竟有时候，案子总是往我们意想不到的方向发展。”

宋澄和高卿佐那时没想到，沈歌后面的这句话会一语成谶。

当时，沈歌说完这句话就离开了。

待他走后，宋澄问高卿佐秦晓雅那边的情况如何。最近几日，他都让高卿佐多留意一下秦晓雅。

宋澄一是担心万一秦海生真如沈歌猜测的那样，欠了巨额债款，会有债主缠上秦晓雅；二是担心他们还未查明砒霜的来源，那藏在暗处的凶手会对秦晓雅也下毒手。

秦晓雅现在住在叔叔家，每天沉溺于亲人离世的悲伤之中，不再出门，星空民宿的兼职也停了。不知道这突如其来的变故，会不会影响她出国留学。

“出国留学要不少钱吧？”宋澄问。

高卿佐答道：“是啊。她告诉我，她爸说过给她留了一笔钱留学，但是沈歌那边却查到，他的银行卡里并没有多少存款，可能钱都拿去赌了吧。”

“他自己手头没什么钱，女儿还要去留学，他却还去赌博？”

“可能他想靠赌博赢点儿晓雅的学费吧。”高卿佐叹了口气，“不过赌博这事，他对晓雅倒是隐瞒得滴水不漏。直到现在，晓雅才知道他去城里不只是卖鱼货，还去赌了钱。”

“秦晓雅知道这件事后有什么反应？”

“她一开始很吃惊，但是后来就一直哭。”高卿佐用双手抹了几下脸，苦恼道，“说实话，我也不知道怎么安慰她。”

“这种时候可能也不需要什么安慰的话。”宋澄拍拍他的肩膀，说，“让时间来冲淡这件事对她心理的影响吧。”

高卿佐点了点头。

谁料当晚，秦晓雅那边就出了事。

当天晚上，高卿佐回到家，边吃着鱼面边刷着视频。很快，他就刷到了当地电视台的账号，上面更新了今日的一条新闻，说是隔壁县发现了一名逃犯，警察在山里缉拿他，最终将他逮捕归案。报道里出现了逃犯的脸，高卿佐觉得有点儿像老塞，就截图下来发给了沈歌。

沈歌很快回复了语音消息，说：“大数据真是牛啊。你家宋哥刚刚截图发给我，你就跟上了。但这家伙不是老塞，只是长得有点儿像老塞罢了。可能坏人长得都有点儿相似。妈的，一提到这个老塞，老子就来气！”

高卿佐赶紧安慰道：“别人能逮到人，我们肯定也能，只是需要一点儿时间。”

刚回完微信，他就接到了秦晓雅的电话。

他心里一惊，赶紧接起来，问：“怎么了？”

秦晓雅在电话里带着哭腔说：“我爸好像真的在外面欠了不少钱，刚刚有人来我叔叔家要债。我们不敢开门，他们就朝我叔叔家泼了油漆……”

“他们现在人呢？”

“我不知道他们还在不在，我们不敢开门。”

“好，你们先别开门，我这就过来！”

高卿佐丢下吃了一半的鱼面，抓过搭在椅背上的外套，一边念叨着“我就回家吃个饭的工夫……”，一边趿上鞋出了门。

他联系了警局值班的同事，一行人一起来到了秦晓雅叔叔家。

果然如秦晓雅所说，讨债的人将一桶红油漆泼在了她叔叔家的门上，一片如血般的深红。

好在那群人见他们家死活不开门，暂时离开了。

“你们有看到他们长什么样子吗？”高卿佐让秦晓雅打开门后，问她和她的叔叔。

她叔叔先是摇了摇头，而后又想起了什么，眼睛一亮，道：“不过我们家安了监控。”

“哦？”高卿佐退到门外，仰头一瞧，果然看到了屋檐下的监控。

“我们家能看到海上日落，之前就有游客翻墙进来拍照，所以安装了监控。”秦晓雅的叔叔解释着，掏出了手机，翻出了监控的软件。他在秦晓雅的帮助下，找到了半个小时前的视频。

“终于有个有用的监控了。”高卿佐一边浏览视频，一边忍不住吐槽道。

然后他看到，来讨债泼油漆的人有三个。他们是同样的打扮，都剃着圆寸，脖子上都文着文身。这在海野村可不多见。

于是高卿佐让秦晓雅他们放心，说他们会尽快逮到这三个人的。

事实也是如此。高卿佐和值班的同事很快在一家烧烤店里找到了这三个人。

三个人都很年轻，被带到警局的时候，各个脸上带着无奈。他们说他们来讨债，只是为了完成工作。秦海生在城里赌博，问他们的老板借了八万块钱，结果输了个精光。他口口声声答应 11 月中旬就还清，结果他们老板迟迟没等到他。老板这才派他们来海野村要钱。

他们抵达海野村后才发现秦海生死了。他们不知所措地给老板打电话。老板骂他们白痴，说秦海生还有个女儿，父债子偿。

于是他们多方打听，得知秦晓雅现在住在她叔叔家，便上门去讨债。但对方大概是早有心理准备，死活不开门，他们没办法，只能泼一桶油漆，企图先唬一唬对方。说不定他们一怕，就主动还钱了。

年轻人说："警察叔叔，我们不过是苦命打工人，上门讨债也实属无奈之举啊。"

高卿佐留意到他们脖子上的文身此刻被他们的汗给晕染开来了。

看来那并不是真正的文身，而是文身贴罢了。他们以此来虚张声势，就像用油漆来吓唬别人一样。

高卿佐无奈地笑笑，又没好气地挠了挠额头。

但他知道，他们现在终于能确定一件事了，那就是秦海生的的确确在外头欠了不少钱。

可这跟他的死又有什么关系呢？

高卿佐从审讯室出来，准备把今晚的事发微信告诉宋澄。结果就在他刚掏出手机的时候，他在警局门口看到了一个熟悉的身影。

"陈……明启？"高卿佐眉头一蹙。

只见陈明启孤身一人站在门口，脸上闪过一丝犹豫，眼神也变得茫然。

"怎么了？"高卿佐上前一步。

陈明启像是终于回过神来似的，轻轻"啊"了一声。

"没什么……"他的声音如风般飘过。

高卿佐打量着眼前的少年，觉得奇怪："没什么事你来警局？"

陈明启却不回他的问话，而是往后退了一步。接着他猛地转身，一溜烟跑了。

"喂……"这猝不及防的动作让高卿佐吓了一跳。他看着少年飞奔离开的背影，嘀咕了一句："莫名其妙。"

他把目光落回到自己的手机上，找到宋澄的微信，把秦海生欠债的事告诉了他。

他们聊天聊到一半时，高卿佐突然感到了一丝不安。他眉头紧皱，察觉到了不对劲。

陈明启深夜来警局，肯定是有什么事。但是在看到自己的时候，他突然退却了！

高卿佐猛地抬起头，望向陈明启落荒而逃的方向。

如果他要回家或是回石光民宿应该从左边走，为什么他刚刚却从右边离开？那边有什么？

高卿佐想起那边的沙滩与大海……心中的不安，此时已经不能再用“一丝”来形容了。

高卿佐赶紧把手机往口袋里一塞，追了出去。警局的大门口，已经没有了陈明启的身影。高卿佐立刻掏了掏自己的口袋，发现摩托车的钥匙没带在身上。他大骂一句“该死”，来不及多想，就迈开步子朝陈明启离开的方向追了过去。

秋夜的风刮在他的脸上，划过他的耳畔，灌进他的衣领，高卿佐却没工夫理会这深秋的凉意。他奋力冲进黑暗，气喘吁吁地飞奔到海边。

夜色里，只有月光微弱地照着海面。

海面之上，海浪一阵又一阵地卷过来，声响盖过了风声。

高卿佐抚摸着因为剧烈奔跑而起伏着的胸膛，走向沙滩。

沙滩隐在夜色之中，空旷得令人心悸。

高卿佐沿着沙滩一路向前走，都没看到人影。

会不会是自己想错了？就在他脑子里冒出这个想法，准备往回走的时候，他的余光扫到了被月光照亮的海面。

只见一个身影正朝着大海走去，海浪吞噬了他膝盖以下的身体。

“陈明启？”高卿佐大喊道。

但他的声音快速地被风吹散了。

高卿佐心里一急，一咬牙，跳进海里，朝那身影奔去。

海水漫上膝盖，是刺骨的寒冷。接着，又是一阵海浪袭来。高卿佐差点儿被这浪潮击倒。

但不远处的那个人影仿佛因为坚定了没入大海的决心，身子只是轻轻摇晃了一下，就继续朝前走去。

“陈明启，你在干什么？你有什么想不开的啊？”高卿佐稳住自己的身子，深一脚、浅一脚地逆浪狂奔。

终于，在海水没过腰身之前，高卿佐拉住了陈明启的衣领。

“跟我回去！人生没什么坎是过不去的！”高卿佐冷得直发抖，却仍用尽力气大声地喊道。

陈明启转过身来，悲伤地看着高卿佐。

他犹豫了片刻，张开了嘴：“人是我杀的。”

“什么？”海风把陈明启的话带跑，高卿佐皱着眉大声地问道。

“人是我杀的！”陈明启咆哮起来。

这下，即使风声再大，高卿佐也听清楚了。他错愕地站在原地，手却依旧死死地抓着陈明启。

此刻，高卿佐明明听到了浪声、风声、陈明启的哭声，但他就是感觉天地突然变得好安静，安静得让他浑身起鸡皮疙瘩。

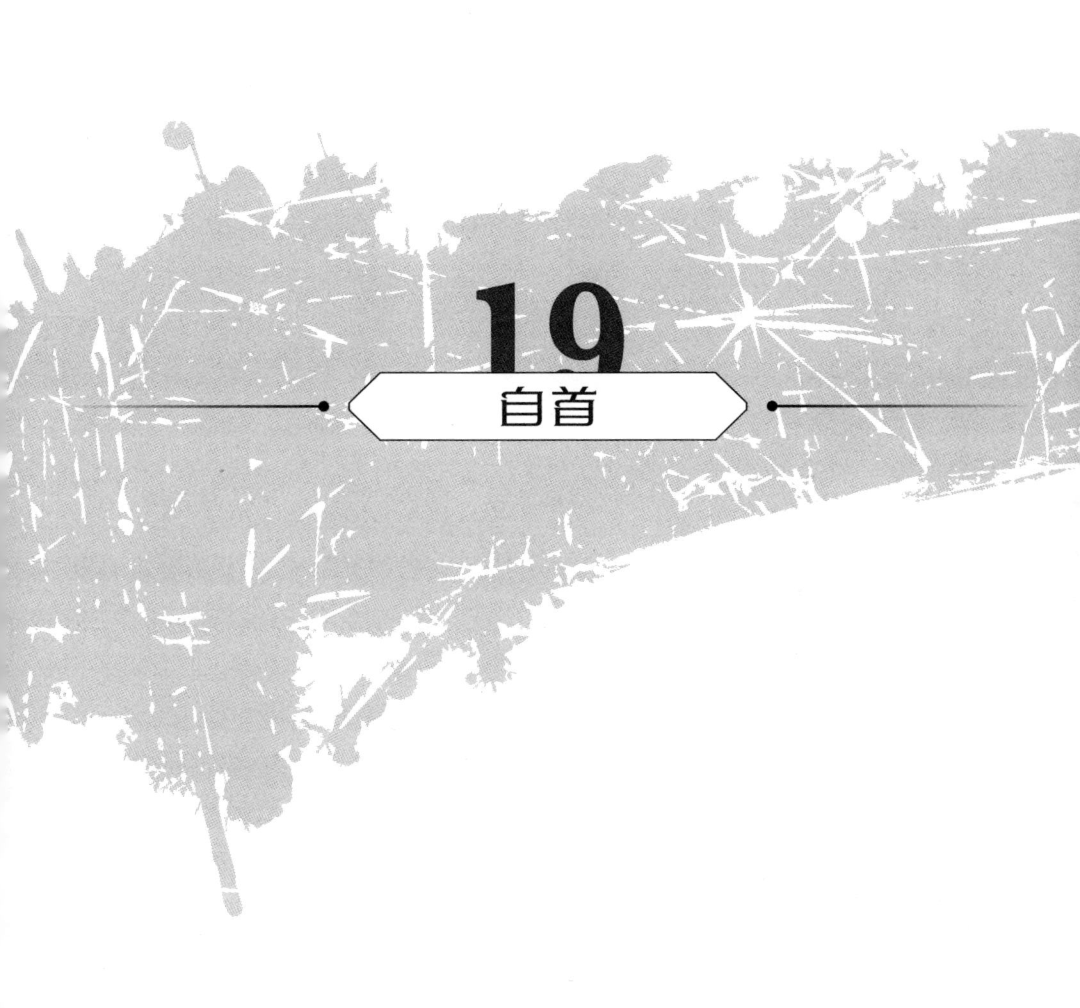

19

自首

审讯室里，陈明启低垂着脑袋，坐在宋澄和高卿佐的面前。

他被海水打湿的衣服已经换了下来，身上穿着的是高卿佐放在局里的备用衣物。

当高卿佐把他从海里拖回到岸上后，两个人在冷风中止不住地发抖。高卿佐一边抖，一边给值班的同事打电话。没过多久，同事赶到现场，扣押了陈明启，同时把高卿佐接了回去。宋澄也从家里赶了过来。他想要提审陈明启，但失神的陈明启即使换上了干净的衣服，喝了他递过去的姜茶，也抖得止不住。

宋澄明白他的这种颤抖是一种来自心底的惧怕。见陈明启一时半会儿冷静不下来，宋澄也没强硬地立刻提审他。最后，他只是叫人把他带到了看守所。

陈明启在看守所里迷迷糊糊地睡了一觉，第二天醒来，只觉得恍惚。但昨夜恐惧的情绪散去了一些，他也冷静了下来。

他对看守的警察说："可以了，我要自首。"

于是宋澄和高卿佐将他带到了审讯室里。

"你说'人是我杀的'，你杀了谁？"

陈明启小心翼翼地吐出两个字："陆秋。"

宋澄虽有心理准备，但仍激动地握紧了十指交叉的手。陆秋的案子一天不破，舆论的压力就会死死压在宋澄肩头一天。现在，走入死胡同的案子终于有了眉目，他偷偷地舒了一口气。

这口气舒完，他微微调整了一下身子，对着陈明启问道："你为什么杀陆秋？"

"他说要曝光我们民宿……"陈明启舔了舔嘴唇，压着声音说道，"因为我威胁了他。"

"所以，你们民宿其实安装过隐藏式摄像头吧？"宋澄立马抓住了重点。

果不其然，陈明启点了点头。

陈明启说，去找老塞买隐藏式摄像头的人其实不是他的父亲陈渔，而是他自己。

"为什么用你爸的身份证？"宋澄问他。

陈明启答道："我听说老塞不太愿意把那些东西卖给我们未成年人。"

这事宋澄和高卿佐听沈歌谈起过。老塞之所以要记买家的身份证，是为了达成一种制约——我有你的信息，你不准把我供出去，不然我迟早要去找你，收拾你。这足以见得老塞的"细心"。

而他不愿意卖东西给未成年人，不是为了保护未成年人，而是因为他觉得未成年人不靠谱。他们不像成年人一样总是有顾虑，做事喜欢计较得失，且爱瞻前顾后。未成年人因为心智不成熟，更容易鲁莽行事，最后把他带进沟里。

所以，陈明启为了买隐藏式摄像头，用了他父亲陈渔的身份证。

宋澄低头看了一眼手头的资料，发现陈明启的确要到十二月底才满十八周岁。

他不禁皱眉，道："老塞有那么傻吗？你这年轻的身板，他看不出来？他会认你爸的身份证？"

"我那天特意晚上去找他，戴了帽子和口罩。"陈明启咬了一下嘴唇，道，"但是正如你说的，他不傻，他一眼就察觉到我有问题，一把把我的帽子和口罩摘了。"

“没成年？”当时老塞邪笑一声，夺过了他准备收回去的身份证，瞧了一眼，“陈渔……嗯，跟你长得挺像。所以，你是拿你爸的身份证来买货的？”

陈明启窘迫得不知该说什么。

老塞把身份证丢到陈明启手里，道：“我不做你们这些小兔崽子的生意。”

“我十二月份就成年了。”陈明启说。

“现在才十月，不还有两个月吗？”

“只差两个月而已。”

老塞嗤笑道：“那你两个月之后再来。”

见陈明启犹豫着不说话，老塞好奇地问道：“所以你来买什么？”

“想买几个隐藏式摄像头。”

“嚯，我还以为你来找我买违禁药呢。隐藏式摄像头这东西，两个月等不了？”

“不是等不了，只是我好不容易下定决心来找你，不想就这么空手回去。”

“那我不管，反正我的规矩就是不卖东西给未成年人。”老塞嬉笑道，“爷这是在保护你哟。”

“别假惺惺了。”陈明启终于忍不住嚷道，“这笔钱你爱赚不赚！”

他把一万块钱拍在了老塞的面前。

老塞没想到这个刚刚还唯唯诺诺的小兔崽子，突然变了个性子，不禁对他刮目相看。

“这些钱该不会是什么黑钱吧？”老塞点着那一沓钞票，问道。

陈明启说：“这是我自己攒的积蓄，你就说摄像头卖不卖吧？”

“你买过去要干吗？”

“还能干吗？”陈明启俯身拿过了老塞手里的那叠钱，“你不愿意卖就算了。要不是怕在网上留下痕迹，我才不会特地来找你买这些东西。”

陈明启拿着钱就准备走。

老塞此时却眼珠子一转，叫住了他：“等一等！”

他走过来，夺过陈明启手里的钱，道："谁会跟钱过不去？"

"所以你卖吗？"

"既然你买的不是违禁药，只是摄像头……"老塞从他那脏兮兮的仓库里翻出一个盒子，"喏，我就剩这些了。"

陈明启感觉那些隐藏式摄像头已经在老塞手里很久了，也不知道还能不能用、好不好用。但最终，他还是接过了那个盒子。

"不过你得留个照片。"说着，老塞掏出手机，对着陈明启拍了一张照。

陈明启拿手去挡脸，但老塞咧嘴一笑，又从他手里抽走了他爸陈渔的身份证，也用手机拍了下来。

"身份证号我可是会转记到账本上的。你要是敢乱说话，我可不会放过你们父子俩。"老塞威胁陈明启。

陈明启面无表情地盯了他一会儿，什么话都没说就离开了。

他觉得花一万块买这些摄像头不值，但他又想，到时候将客人的隐私视频发到网上卖，这钱肯定很快就能收回来。

"那你为什么急需钱？"审讯室里，高卿佐忍不住问道。

"因为……民宿快撑不下去了。"陈明启悲伤地说，"本来石光民宿有别的前台，还有打扫客房的阿姨和负责客人餐食的厨师。但因为这几年旅游行业不景气，这些员工都被遣散了。现在，我和我爸一人要身兼数职，所以才会导致前台时常空着。今年旅游行业相对好一点，来海野村旅游的人多了一些，但是仍不能填补之前的亏空，所以我就动了歪脑筋……"

"原来如此。"宋澄忽然像是想到什么似的，坐直了身体，"所以你们民宿的监控坏了，是因为那些隐藏式摄像头吧？"

闻言，高卿佐不明所以地转过头看向宋澄。同时，他的余光瞟到陈明启点了点头。

高卿佐想起他们在案发后第一次去石光民宿的场景。

他和宋澄提出要看看民宿的监控，但是陈明启露出了尴尬的神色。

他说他们民宿所有监控的线路，在之前的雷雨天气里都断掉了。

但现在看来，这不过是谎言。

“我不太熟悉那些摄像头的安装方法，老塞甚至没给我使用手册，我就趁每天打扫房间的时候，在房间里瞎琢磨。结果隐藏式摄像头是安装好了，却不知怎么把串在一起的原有监控给损坏了。”陈明启解释道，“我爸问我怎么回事，我只能撒谎说可能是因为之前的雷雨天气。你们来问我的时候，我也只能这么说了。”

“那安装完隐藏式摄像头后，你有拍到顾客的视频传到网上售卖吗？”宋澄问道。

陈明启重新低下了头，不知道如何回答这个问题。

于是宋澄和高卿佐就明白，他肯定试过贩卖他人的隐私视频了。

果不其然，隔了一会儿，陈明启承认道：“我没想到，那些视频并不太能赚钱……但聊胜于无嘛，我总不能就这么快放弃。所以，我就继续开着那些摄像头……”

“直到陆秋来入住？”

陈明启点点头，告诉宋澄和高卿佐，陆秋在网上订下他们民宿的时候，他以为对方不过是与明星同名的普通人。直到陆秋来到前台办理入住手续，摘下口罩录入身份信息时，他才意识到对方是一首歌能在网上获得百万点赞的明星。

他一开始只是单纯地为见到明星而激动，但后来他却发现了他的秘密。

陈明启知道那个女人叫连西娅，她办理入住手续的时候，他还想，连西娅像是电视剧里才会出现的名字。

一开始，他还以为对方是陆秋的私生饭。因为陆秋入住之后，他时常在入住区的观景区台阶上看到她。不仅如此，她还时不时地望着陆秋入住的那个房间。于是，他还特地提醒了一下陆秋，谁知陆秋并没有什么特别反应。

这令陈明启心生疑窦。与此同时，一个猜测从他心里冒了出来——那女人该不会是陆秋的情人吧？

陈明启觉得自己这个猜想很合理。一个当红的明星，突然在旅游淡季出现在小众旅游地，还能干吗？当然是与情人约会啊！那那个来找他，跟他在阳台吵架的棕发女人又是谁？她跟陆秋又有什么关系？

陈明启脑子里冒出了许多疑问。但很快，他就不再在乎什么棕发女人了。

因为 11 月 2 日，陆秋入住后的第二天晚上，他出现在了连西娅的房间里。

他们果然是认识的！这个女人果然是陆秋的情人！他们第一天之所以没立刻住到一起，是为了观察旁人有没有发现他们吧？

陈明启兴奋地盯着手机软件里隐藏式摄像头录下的画面，按下了视频的保存键。

“后来你就拿着保存下来的视频去威胁了陆秋？”宋澄再次强调了这件事。

陈明启咬了咬嘴唇，缓缓地点了点头。

他承认，他虽然录了陆秋和连西娅的亲热视频，但是不敢发到网上去。毕竟以陆秋的身份，这种视频发到网上，肯定会引来很多人“吃瓜”，其传播速度将是爆炸级的。到了那个时候，他这个始作俑者很可能会被警方盯上。所以，他决定不把这个视频出售，而是以此来要挟陆秋。

于是 11 月 3 日晚上，陈明启趁陆秋回观海之韵时，将自己录了视频的事告诉了陆秋。他希望陆秋能够花钱买下那个视频。

陆秋起初对这件事很是震惊与愤怒，但他最后还是说，他要先冷静冷静，考虑一下。

因为当时连西娅还没离开海野村，他怕她一个女孩子知道自己私密的视频被录下来后会崩溃，搞得鸡犬不宁，所以他与陈明启约定，等连西娅走后，再好好谈谈。

陈明启第一次勒索他人，自己心里也忐忑的，听陆秋这么提议，他没多想就点头答应了。

两人的这场对话，开始得猝不及防，结束得也猝不及防。等陆秋走后，陈明启还觉得恍惚，自己刚才真的勒索了他吗？

第二天醒来，这种不真实感更为强烈。但是他发现，连西娅一大早就独自一人退房离开了，陆秋也主动找到他，说要聊聊视频的事。陈明启这才确认，自己已经成了一个勒索犯。事已至此，他无法再退缩了。为了钱，为了这间民宿，他要错到底了。

因为白天民宿时常会有人走动，海野村也会有游客来来回回，所以他们约在了深夜聊这件事。

11 月 4 日晚上，陈明启跟父亲陈渔交接班后就离开了民宿。

然后，他独自来到了海野村海边的一个海角处，等候陆秋。

等了许久，陆秋才按照约定摸了过来。

他用手机照明，艰难地踩上海边凹凸不平的海石，一点点地靠近陈明启。

海风呼呼地吹，吹得两人头发凌乱。

“为什么约在这里聊？”陆秋不悦地问陈明启。

陈明启解释道：“这里没人会注意到我们。”

陆秋关掉了手机的手电筒功能，转头看了一眼身后的海野村，“呵”了一声，说：“这里的确够隐秘的。”

陈明启看着月光下陆秋那张冷峻的脸，一时有些没来由地惧怕。

但他告诫自己，现在他是掌握秘密的那个人，他可以将他玩弄于股掌之中。

所以他不自觉地清了清喉咙，壮着胆子说道：“你考虑得怎么样了？要不要买我手头这个视频？”

说着，他举起了手机，里面正在播放陆秋与连西娅赤身亲吻的画面。

陆秋只瞄了一眼他的手机，就笑道：“我来的路上还在想，要不要花钱买下这个视频。但当我走到这里，我又突然改变了主意。”

陈明启惊讶地瞪大了眼睛。

“你小子第一次干这种事情吧？约我来这么偏僻的地方，是多怕被人发现自己在干坏事啊！”陆秋大笑道，“不过我能理解你，毕竟人都害怕自己那些龌龊的事情被别人发现。但有一点希望你能明白，你勒索我是龌龊的。但我和连西娅的事可不是什么龌龊的事！我是单身，她也是单身，我们两情相悦有何不可呢？”

“可你是明星，你不怕你那些粉丝看到这个视频吗？”

“我快要奔三的年纪，跟人谈个恋爱，粉丝也能理解吧？”

“你不怕你们在床上那点儿事被人看个精光？”陈明启急切地反问道。

陆秋却气定神闲地说：“这传出去的确丢脸。但这只会让大众同情我吧？我可是被偷拍的受害者啊。”

“不！大众只会看你热闹，笑话你！”陈明启倒是一针见血。

但陆秋依旧不慌不忙地道：“哦，的确有这个可能。但你觉得，大众到时候只会看我一个人的热闹，笑话我一个人吗？”

“你什么意思？”

“你自己也知道的吧，你要是敢把我的视频公布出去，你的人生也就毁了。大众到时候不仅会看你锒铛入狱的热闹，还会笑话你、唾弃你！你毁不毁得了我的人生，我不确定，我唯一能确定的是，如果你真的把视频发出去，你的人生就毁了。”

陈明启呆立在海石之上，风吹得他皮肤紧绷，寒意四起。

他有些后悔勒索陆秋了。他不过是个涉世未深的毛头小子，怎敌得过这个在娱乐圈混了十年的人呢？

陈明启紧张地想要扭转局面，但那一刻，他脑袋一片空白，什么也说不出口。

于是陆秋胜券在握地笑了笑，说：“你把视频删了吧，我就当什么都没发生过。”

陈明启看着他脸上的笑，不知为何突然生气起来。

“不，视频我是不会删的！如果你不花钱买下它，我就把它放到网上去！我才不会被你唬住！你们这些明星最怕的就是没了名声！”

陆秋显然没想到眼前这个年轻人冥顽不灵，脸上闪过一丝惊讶与烦躁。

“你要发是吧？行，我现在就曝光你，曝光你们的民宿！我看是谁先完蛋！”

陆秋嚷着，掏出了手机，“我就不信你那渣像素的偷拍视频能毁了我！而且你别忘了，我是艺人，背后有得是团队帮我左右舆论的风向，最后死的肯定是你们！”

后来陈明启想，陆秋当时不过是想再吓唬吓唬他，让他求饶，主动删除视频。

但是当时，被惊恐裹挟的陈明启没有意识到这一点。

他只是害怕他真的用一条微博，毁了他们家苦苦支撑了多年的民宿。

于是，惊慌失措的他抄起了脚边尖锐的石头，朝着陆秋的脑袋狠狠地砸了过去……

“总之，事情就是这样的……我砸死了陆秋，然后把他的尸体推到了海里。他的手机当时掉在了海石上，我也捡起来丢进海里了……但我没想到，第二天傍晚，他的尸体就被发现了……这样也好，我就不用向你们报假警，说发现住客失踪了。”

陈明启断断续续地说完，将头埋在了自己的手掌里，发出呜咽的声音。

不知过了多久，审讯室才重新安静下来。

宋澄俯身问陈明启：“那秦叔呢？就是你爸的朋友，秦海生。他的死跟你有关系吗？”

陈明启沉默了半晌，还是应道：“是的，秦叔也是我害死的。”

“你！”高卿佐怒不可遏地拍了一下桌子，吓了陈明启一跳。

宋澄赶紧拍了拍高卿佐的手，让他不要这么激动，但转头就问陈明启：“你为什么杀了秦海生？”

“因为那天晚上，他看到我杀了陆秋。”

“他看到你杀了陆秋？”高卿佐惊讶地道，“那他为什么不报警？”

“因为他以为自己掌握了秘密，就可以来勒索我！”

“又是勒索？！”高卿佐不可思议地张了张嘴巴。但他也知道，人性的弱点总是相似的。

秦海生因为赌博，欠了一屁股的债，而他的女儿秦晓雅又要出国留学，他需要很多钱。当他发现陈明启杀了陆秋后，他想勒索对方来填补自己资金上的窟窿也就成了顺理成章的事。

“但你甚至都还未成年，你能有多少钱可以被他勒索啊？”宋澄皱着眉，打量着陈明启。

陈明启换了个姿势，低声道：“是啊，我根本给不出那么多钱。所以，他就让我去偷我爸的钱……可我爸哪儿有那么多钱！”

“所以你就毒杀了他？”

陈明启抠着手指，默不作声。

“回答我！”宋澄厉声道。

陈明启这才抬起头，说：“是的。秦叔威胁我要我给他钱的时候，我真的想把他砸死，就像砸死陆秋一样。但那时我还处于‘居然有人看到我杀了陆秋’的慌张中，所以我答应了他，让他给我一点儿时间。但是，我不可能去偷我爸的钱……再说了，即使偷了我爸的钱，也无法凑到他想要的金额，所以我只能想办法杀了他。”

“毒死他的那瓶红酒是你送的？”

“是的，因为民宿的酒都是我在进货。所以我特地买了一瓶红酒，跟秦叔说是商家送的，转送给了他。”

“为了放毒药，你开过这瓶红酒吧？”

“我明白你想问什么。”陈明启摸了一下鼻子，“我开了这瓶红酒，又换了一枚新的软木塞塞进去。秦叔之前没喝过什么高档红酒，看不太出来这瓶酒开过。就算他发现这瓶酒开过，也没关系，我就说正是因为商家今天不小心开了这瓶酒，所以才转送给了我。但我不太会喝酒，也不想让我爸这个喝酒喝到手抖的家伙继续喝酒，所以选择转送给他。如果他介意，丢掉就是了。但事实上，秦叔根本没有注意到这酒开过，还以为是全新的酒，就不假思索地收下了。”

“他勒索了你，你却还给他送酒，他不怀疑里面有猫腻吗？”高卿佐问。

“正是因为勒索了我，他才心安理得地收下了那瓶酒吧。他以为我是在讨好他呢。”

“你在酒里下的是什么毒？”宋澄再次明知故问。

“砒霜。”陈明启如实地回答道。

“砒霜现在可不好买，你从哪里搞到这玩意儿的？”

陈明启又沉默了一会儿，最后不情愿似的说道：“是……从我爸那里偷来的。”

“从你爸那里偷来的？”

“我爸在我出生那一年，想过自杀。”陈明启淡淡地说道，“那砒霜就是他准备自杀用的。”

陈明启说，他的父亲陈渔很爱他的母亲。他的母亲是个孤儿，所以从小就渴望拥有自己的家庭。遇到陈渔之后，她感觉自己终于能实现这个梦想了。因为陈渔不仅给她送花，陪她看电影，而且还信誓旦旦地告诉她，他会搬到城里跟她一起生活。

然而，陈明启的出现让这一切画上了句号。

那个正准备走向幸福的女人，死在了产房里。

她用自己的命生下了陈明启。

得知这个消息的陈渔悲痛万分。之后的日子里，他更是陷入了无尽的悲伤之中。这种失去爱人的心碎感，甚至盖过了他获得新生命的喜悦。

陈渔后悔自己闯进陈明启母亲的生活里。如果不是他让她怀孕，或许她就不会死。或许她会有不一样的人生，遇到更能让她幸福的人，顺利地诞下新生命，组建和和美美的三口之家。

所以，他也憎恨那个总动不动哭闹的新生命。

如果不是他，他心爱的那个女人就不会死……

种种解不开的心结，让陈渔郁郁寡欢，最后竟萌生了轻生的念头。终于有一天，他买来了砒霜，想要带着儿子一起去追寻那位已经离去的女人。

他准备趁着孩子睡觉的时候，给他喂下毒药，但是孩子像是有所感应似的，忽然睁开了眼。

那双与他心爱之人一模一样的明亮眼睛，如同神启，让陈渔一个激灵。

它们就这么闪亮亮地盯着他看，仿佛在问他：你要干什么？

陈渔愣了愣，然后突然哭了起来。

他抱起肉嘟嘟的孩子，让他靠在自己的肩头。

他喃喃地说："我给你取个名字好不好？"

孩子听不懂他的话，自顾自地开始吮吸自己的手指头。

陈渔轻轻拍打着他的背，一边在房间里踱步，一边思考。

终于，陈渔停下了脚步，换了个姿势，把孩子举到了自己的面前。

"明启，怎么样？陈明启？"他含着泪，看着面前的孩子。

那双明亮的眼睛，懵懂地望着他。

陈渔慢慢地笑起来。

"就叫你陈明启，就叫你陈明启。"他开心地自语。

而被举在半空中的陈明启，似乎被眼前这个神神道道的父亲吓坏了，发出充满生命力的啼哭声。

但这一次，陈渔却不觉得这哭声让人心烦。就在刚刚，他忽然改变了主意，他决定不去寻短见了。

他要让那双明亮的眼睛，一次次地在这人间开合。

于是他收起了那包砒霜，将它放进了陈明启母亲的遗物里，带回了海野村。

当年他之所以没有扔掉砒霜，是因为他想用它提醒自己，失去心爱之人时，他曾如此痛彻心扉。他以后一定要好好照顾她留下来的小孩。

而陈明启之所以知道这些故事，是因为在他很小的时候，喝醉酒的陈渔就曾将这一切告诉过他。

所以，当他决定毒杀秦海生的时候，他选择从父亲那里偷来那包砒霜，实施他的杀人计划。

因为砒霜是无机毒药，化学性质稳定，加上一直被陈渔小心地收藏着，所以即使时隔了近十八年，它也依旧有效。

就这样，陈明启成功地毒杀了秦海生。

“既然你已经解决掉了看到你杀害陆秋的人，你为什么突然来自首？”宋澄目光如炬，语气冰冷地问道。

“因为我害怕。”陈明启颤抖着说，“砸死陆秋后，我每天都惶惶不安。因为人们很关注这个新闻，也有很多人来海野村‘凑热闹’‘吃瓜’，而你们警方更是时不时来民宿问询……那种终有一天要被逮捕的恐慌让我彻夜睡不着觉。但那时，我还存有侥幸心理，以为我自己做得神不知鬼不觉。我没想到，秦叔会看到这一切，还拿这事来勒索我。”

“秦叔勒索你的时候，你为什么不干脆自首？”高卿佐略带愤怒地问道。

“我不知道……”陈明启慌乱地摇着头，“我那时仿佛鬼上身一般，脑子里只有一个念头，那就是杀了秦叔！我告诉自己，我一定不会被发现的，我一定不会被发现的……但就算我再怎么安慰自己，心里还是很害怕。你们来民宿查酒的时候，那种紧张到发蒙的感觉几乎要了我的命，甚至在门口偷听都差点儿被你们撞破……”

宋澄想起那天去石光民宿仓库查酒的情景。

果然，陈明启在仓库门口，并不是因为客人点了酒，而是在偷听。

宋澄一边回忆，一边听陈明启继续说道：“你们走后，我整个人都魂不守舍了。我知道，我又犯了一个大错。即使你们那天没有查出真相，之后你们也会把我揪出来的。所以我萌生了自首的念头。毕竟我还未成年，自首还可以宽大处理……对吧？”

他那个小心翼翼的“对吧”，让面前的两个人再次沉默了一会儿。

宋澄和高卿佐没有回答他，而是问他：“那你为什么又准备跳海自杀？”

“在看到高警官的那一刹那，我又害怕了。我清楚地知道，我自己将要面对怎样的人生。我杀了两个人，一定会坐很多年的牢，等被放出来后，我也不可能有什么光明的未来。我是个有污点的人，哪儿会有什么美好的未来啊！一想到之后要面临的种种，我就想我干脆死了算了。这样，陆秋的粉丝、秦叔的家人，他们也能狠狠地出一口恶气。”

“少来吧！”高卿佐握紧了拳头，青筋如蛇缠在他的手臂上，他嚷道，“别说的好像真的是你自己悔过才来自首的！杀了陆秋后，你说你心怀愧疚我尚且可以一信。可下毒杀害秦叔，你肯定是做过长时间的心理建设的。你现在来跟我说害怕，说悔恨，你觉得可信吗？”

“我是真的后悔了！”

“我猜是你爸发现了你杀人，逼你来自首的吧？”高卿佐说出了自己的推测，“我们几次三番地登门调查陆秋被杀一案，还提到了隐藏式摄像头，你爸肯定对你有所怀疑吧？加上秦海生死于砒霜中毒，你爸只要一翻自己的东西，就知道这毒是你下的。识破了这一切，你爸才会逼你来自首吧？毕竟自首说不定会有从轻处罚的可能性。”

陈明启眉头紧皱，却瞪着眼睛死死地盯着高卿佐。

高卿佐继续怒视着他：“你没想过像杀陆秋、杀秦叔一样杀了你爸，因为对方是生父，所以下不去手？”

“高卿佐。”宋澄在一旁敲了敲桌子，提醒他注意说话的方式。

但高卿佐在气头上，只管自己嚷道：“陈明启，你少蒙我说跳海是想要一了百了算了。你演这场苦肉计，不过是为了让我们觉得你诚心忏悔，之后方便你减刑罢了！”

陈明启震惊地看了一会儿高卿佐，然后又低下了头。

“我没有。”他低声呢喃，“我没有……”

他的声音越来越小，越来越小，最终消失在审讯室里。

20 心生疑窦

陆秋的案子拖了这么久，终于有了眉目，高卿佐感觉自己身上的担子陡然被卸了下去。之后，只要走完流程，就能向社会发布案件的调查结果，也就不用再被网友每天追着问，变着花样地嘲讽他们的办事效率了。虽然他至今仍不知道如何安慰失去至亲的秦晓雅，但案件的侦破或多或少会抚慰她的心吧。

高卿佐一边想着，一边和宋澄开着摩托车往山腰之上的石光民宿驶去。

高卿佐本想直接去陈明启家，因为儿子出了这么大的事，他觉得陈渔肯定没心思再打理民宿。但路过陈家时，他发现陈家的大门紧闭，门口依旧挂着“游客勿进”的牌子。他知道，这一次又是宋澄猜对了。陈渔并没有因为陈明启的自首而备受打击，放弃自家的民宿。

事实上他也的确不可能立刻撒手不管。虽然陆秋死讯的热度已经下来了，但仍有零星的游客慕名前来。

宋澄和高卿佐抵达石光民宿的时候，陈渔刚帮一对情侣办完入住手续。

宋澄他们在院子里等了一会儿，等那对情侣离开前台进入入住区后，他们才进去。

看到两张熟悉的面孔，陈渔立刻收起了面对顾客时的笑容。他沉着脸，叹了一口气。

“之后，不会再有人来我这间民宿了吧？”他环顾了一下自己的民宿，语气哀伤。

宋澄他们没有回答他的话。因为他们知道,他不是在提问,而是在自言自语。

陈渔凄凉地扯了扯嘴角，问：“明启都自首了，你们两位还有什么要问的吗？”

高卿佐向他解释，他们这一次来其实是有些事情想确认一下，比如陈渔是什么时候发现陈明启犯下了杀人的罪行的。

听到这个提问，陈渔伸出微微颤抖的手，拧开了一直放在前台的水杯。

他并不是真的想喝水，只是他一时间不知道该做出什么样的动作，所以只能喝水。

待他慢吞吞地喝完水，他才像是有勇气开口似的说：“我发现他有问题，是在你们来问隐藏式摄像头的事时。”

陈渔说，当他们来民宿向他问隐藏式摄像头的事时，他整个人都是蒙的。他根本不认识什么老塞，也没有买过隐藏式摄像头，但警察却证据确凿似的说老塞留下了他的信息。就在他准备矢口否认时，他突然想到了民宿离奇坏掉的所有监控。

陈明启说可能是因为雷电把线路烧坏了，他虽然对此保持怀疑，但也没怎么把这事放在心上。因为民宿亏损，他不想再花一笔维修费，于是就让监控一直坏着。然而，面对仿佛胸有成竹的警察，陈渔突然想到了一种可能性。

会不会是陈明启用他的身份购买了隐藏式摄像头？会不会是他在安装隐藏式摄像头的时候，把其他监控的线路搞坏了？他为什么要买这些东西？还有……

眼前这两个警察之前不是在调查陆秋的案子吗，为什么又来问隐藏式摄像头的事？该不会陆秋的死跟隐藏式摄像头有关，跟陈明启有关吧？

陈渔感觉自己早已迟钝的脑子，在那一刻飞速地运转起来。然后，他决定把隐藏式摄像头的事揽到自己的身上。

那个时候，他还只是对陈明启抱有怀疑。他根本不敢去想象，自己的儿子会杀人。但是后来，老秦死了。而且据老秦的至亲——秦晓雅的叔叔透露，他是死于砒霜中毒！听到这个消息的陈渔，心都凉了一大截。

他告诉自己，不可能的，他的儿子绝对不可能杀人的，但是他又很难忽略“砒霜”这两字。因为他的家里，就藏着当年他准备自杀用的砒霜。

在经历了难熬的心理斗争之后，陈渔终于还是鼓起勇气，翻开了陈明启母亲的遗物。

然后，他发现陈明启果然动了那包砒霜！

“到了这个时候，我知道，我已经不能再欺骗自己了。”陈渔痛心疾首地说，“我想了很久，最后还是劝他去自首。毕竟，他下个月才成年，他还是未成年人……他不会被判死刑的，对吧？他还有机会的，对吧？”

说着说着，眼泪从陈渔的眼角流出，滑过他脸上的皱纹，落在他手里紧握的水杯上。

宋澄他们无法给他一个答案，因为陈明启的未来得看之后法庭的裁决。所以，他们照例又问了几个问题后就离开了石光民宿。

走出院子，高卿佐注意到宋澄紧蹙着眉头，不禁疑惑地问道：“怎么了？”

宋澄挠了挠鼻子，说：“我总感觉哪里不对。”

“什么？”

宋澄没有回答他，似乎还在思考问题出在哪里。

直到来到摩托车旁，准备戴头盔的时候，宋澄才再次开口：“刚才陈渔说，我们当时问他隐藏式摄像头的事时，他是临时编谎话，把责任全揽在自己身上的吧？”

“是啊。”

“可是他当时是怎么跟我们解释买隐藏式摄像头要干吗的？”

“他说是为了拍顾客的隐私视频，拿到网上去卖。但后来又担心自己这一行为被曝光而作罢。”

“对啊，这就是我觉得奇怪的地方。”

“哪里奇怪？”

“因为陈明启买隐藏式摄像头就是为了拍顾客的隐私视频拿到网上去卖。”

“你是说，他们买隐藏式摄像头的理由是一样的，所以奇怪？”

宋澄点点头，说：“或许陈明启买隐藏式摄像头是为了满足自己的偷窥欲呢？毕竟他正值青春期，对性处于好奇阶段……又或许，陈明启买隐藏式摄像头是为了别的目的……怎么刚好，陈渔当时乱编的谎话跟后来陈明启和我们说的理由一模一样呢？”

“宋哥，你会不会想太多了？”高卿佐挠挠头，说，“酒店、民宿偷拍顾客隐私拿到网上卖的事屡见不鲜。陈明启正是因为知道有这种事，才买了隐藏式摄像头。陈渔应该也看过这类新闻吧。他当时能联想到这些，也是很正常的呀。”

“是这样嘛……”宋澄感觉自己被高卿佐说服了，于是戴上了头盔，跨上了摩托车。

在离开石光民宿之前，他转头看了一眼坐在前台的陈渔。

而此刻，坐在前台的陈渔，心里一个激灵。

他刚刚一直注视着两位警察离开。

但他们一直在门口聊着什么。

他们聊什么聊这么久呢？该不会他们不相信我刚刚说的那些话吧？可我应该演得还行啊……

面对宋澄突然转头看来的目光，陈渔紧紧地抓住手上的水杯，让自己保持镇定。

好在最后，宋澄和高卿佐还是骑着摩托车消失在了民宿门口。

待他们的身影彻底不见，陈渔这才松懈下来，长长地舒了一口气。

离开石光民宿后，宋澄和高卿佐去了一趟秦晓雅的叔叔家。彼时，秦晓雅正跟叔叔在处理门上的油漆。

见到警察，秦晓雅的叔叔立刻招呼他们进屋喝茶。宋澄摆手拒绝了，直说要再和秦晓雅聊聊。

叔叔点点头，自己进了里屋，留下三人在院子里。

秦晓雅擦着额头上的汗，开口问道："我爸的事有进展了吗？"

她的预感很准，但宋澄只是告诉她："我们这次来是想问问，11 月 4 日晚上到第二天凌晨 3 点，你爸有出过门吗？"

"11 月 4 日？"秦晓雅不明所以地皱起眉头。

"就是陆秋，那个明星的尸体被发现的前一天。"高卿佐说。

"这……我记不得了。"秦晓雅略显惊讶地问道，"我爸的事跟那个明星的死有关？"

宋澄没有回答她的问题，只是说："你再回想看看。或者……你爸平时有晚上出去的习惯吗？"他换了个问法，"比如他之前是否喜欢在晚上出门溜达，或者因为欠了赌债，深夜还出去打工？"

"没有。我爸没有晚上出去溜达的习惯，除非他去找朋友喝酒，但是即便是去喝酒，他也总是在 10 点之前就会回家。而我也没发现他晚上出去打过工……"秦晓雅不无悲伤地说，"但也可能是我没留意。我从来不知道他还欠债，更没留意过他晚上会干什么。我一直以为，他就是在家睡觉。"

秦晓雅说，在陆秋的死讯被爆出之前，她都是一个人下班回家的。她经常发现，她回家时，在一楼客厅看电视的父亲已经开始打盹了。每每这个时候，她就会叫醒他，让他去卧室睡。然后，他们就会一前一后地上二楼，各自回房。

虽然秦晓雅回忆不起来 11 月 4 日晚上的情景是如何的，但她推测，那天晚上父亲也是在等她回家后，和她一起上了楼，各自回房睡觉。至于他之后有没有出去，她真的不清楚。

宋澄问她："如果你父亲那天深夜真的出了门，你觉得他会去干什么？或者，他可能因为什么理由出门？"

秦晓雅思索片刻，摇了摇头，表示不知道。

"我想不出他为什么会在那么晚出门。或许，他真的像你们说的那样，偷偷背着我在做夜工还债？”

问话到这里又卡住了。

宋澄说他们会再去调查调查，高卿佐则又安慰了秦晓雅几句，两人便离开了。

骑着摩托车回局里的路上，宋澄和高卿佐遇到卖炸鱼的小摊，于是停下来买了一份炸鱼。他们倚在摩托车上，吃着热气腾腾的炸鱼充饥。

高卿佐咬碎鱼骨头，说："宋哥，你似乎对陈明启的供词持有怀疑？”

“是啊。”宋澄看着远处的大海，说，“陈明启说他在深夜把陆秋约到了海边的一个角落聊勒索的事。但那时，秦海生竟然恰巧在那附近，并且还目睹了他杀害陆秋的过程，有这么巧的事？”

“但这也不是不可能的吧。我有时候也会突然脑子一抽，深夜跑出去溜达。或者，他也可能是因为别的原因到了那个海边。”

“比如说？”

“比如，他发现自己难以还上累累的欠债，想要自杀，所以深夜去了海边？”高卿佐推测道，“原本想要自杀的他，偶然间看到陈明启杀了陆秋，于是他认为自己可以用这个秘密勒索凶手，填补自己经济上的窟窿，所以放弃了自杀的念头。”

“你之前还说他为了秦晓雅是绝对不会自杀的。”

高卿佐愣了一下，又吁出一口气，对宋澄说："宋哥，现在案件已经挺明了的了。陈明启也承认是自己杀了陆秋和秦叔，至于秦叔为什么那天晚上出现在海边，其实也没有那么重要吧？”

“可我总觉得哪里怪怪的。”

高卿佐笑笑，说："第六感？”

宋澄也跟着笑了一下，但没有接话。

两个人默默地吹着海风，吃完了手中的炸鱼。

“但愿我感觉错了。”宋澄说完，将手中的塑料袋扔进了旁边的垃圾桶里。

这些日子，因为陆秋的案子，他倍感压力和疲惫。他其实也想早点儿了结这起案子，可心里那种奇怪的怀疑的感觉，却一直萦绕在心头。

是因为凶手的自首让案子破得过于顺利，带来了心理落差吗？

宋澄跨上摩托车，迎着风一直向前开，想甩掉这种奇怪的感觉。

但回到局里，他发现自己心里还打着结。

这结导致他拖延起陆秋案的结案报告。

陈明启自首后的第三天，领导终于忍不住来催他，说：“你也得看看现在网上的舆论。咱们宣传部门天天被骂，就等你的报告出来了好发通告呢。”

宋澄说，正是因为陆秋的死被无数人关注着，所以这通告得慎之又慎。不然到时候出了差错，之后的舆论压力可能会比现在还要大得多。

领导被他这话给劝住了。但其实宋澄自己心里也在打鼓，他这么拖下去也不是个办法。可他总感觉，他们应该再等一等。

高卿佐问他：“我们再等一等什么？”

宋澄也说不出个所以然来。

或许，自己真的应该把结案报告赶紧交上去？他在心里纠结。

就在宋澄又抓耳挠腮了两天后，事情忽然出现了转机。

因为脚伤养好的沈歌重新开始追查买卖违法药品、电子设备的老塞。这天，他们终于在一间破旅馆里，逮到了逃窜多日的老塞。

宋澄之前拜托过沈歌，如果逮到老塞，要先问他，是不是把一批隐藏式摄像头卖给了未成年人陈明启。

所以很快，沈歌就给宋澄带回了答案。

“没有。老塞说，他从没把隐藏式摄像头卖给什么未成年人过。”沈歌掏出手机，上面有一张照片，“老塞当时交易那批摄像头的时候拍了买家的照片。你看，这人是谁？”

宋澄和高卿佐凑到沈歌的手机旁，低头一看，发现照片里的人是陈渔。

21 撒谎的人

“为什么要撒谎？”审讯室里，宋澄冷冷地问陈明启，“明明是你爸买的隐藏式摄像头，为什么你要说是你买的？”

一旁的高卿佐此时也将一张打印的照片举了起来，说：“这是老塞当时拍下的买家照。”

陈明启看着照片，沉默了一会儿。

“我……”他想了想，承认道，“是的，是我爸买的隐藏式摄像头。后来，这件事被我知道了，我就用它拍下视频威胁了陆秋……”

高卿佐一拍桌子，打断了陈明启的谎言。

“别再瞎编了！你爸自己都招了。是他买的隐藏式摄像头，他威胁了陆秋，又失手杀了他！”

“不！你们别诓我了！”陈明启吼道，“一切都是我做的！”

“你为什么还要包庇他？”宋澄没有高卿佐那么激动，反倒是平静地问陈明启。

陈明启愣了一下。

“我没有包庇他，我……”

“陈明启，你有大好的未来，你的青春不应该被耗在监狱里！”高卿佐道，“你的自首，你的包庇，是不是你爸逼你的？”

陈明启久久不说话。

高卿佐继续说下去：“我之前听闻过一些父母为子女顶罪的故事。而子女为父母顶罪，倒是不多见。因为一般父母都不忍自己无辜的孩子遭受牢狱之灾。但你爸对你的感情不一样，是吗？”

陈明启激动起来：“你什么意思？”

“你爸恨你，因为你的出生害死了你的母亲——他心爱的女人！所以他才会舍得在自己犯事之后，让你顶罪。他是不是说，这次你的顶罪就是还债？”

陈明启的目光盯着某处，失神地沉默着。

高卿佐说：“我之前猜你要跳海自杀是在演戏，但现在看来，你当时想去死的心情也不难理解。被自己的父亲逼迫去承担自己本就没犯下的罪行，所以冒出一了百了的念头，这也合情合理。”

这时，陈明启终于重新抬起头来。

他凄然一笑，坚持说道：“不，这一切都是我做的，都是我做的……”

“陈明启，你无须为你母亲的离世自责，你也不用抱着什么赎罪的心帮你父亲顶罪。”宋澄叹了口气，说，“你觉得我们刚刚在诓你，但事实是，你爸陈渔真的已经向我们坦白了一切。”

在沈歌带来老塞的证词之后，宋澄和高卿佐就找到了陈渔，将他带回了局里。

面对问询，陈渔很快就交代，的确是他想要救民宿，向老塞买了隐藏式摄像头。他想拿顾客的隐私视频去网上售卖，牟取暴利。但事实上，普通人的视频根本卖不了几个钱。直到陆秋来到了石光民宿。

11 月 1 日，儿子陈明启告诉他，有个叫陆秋的明星入住了他们家的民宿。

起先，陈渔是不认识这个受年轻人追捧的明星的，他也没有想过拍摄他的隐私视频拿到网上售卖。因为他知道，以陆秋的身份和影响力，偷拍的事情一旦被大众知道，自己和民宿就完蛋了。

令陈渔没想到的是，第二天晚上，陆秋竟来到了一个女人的房间里！而他安装在那个房间的隐藏式摄像头，拍到了他们在床上翻云覆雨的画面。

陈渔几乎是“顺理成章”地想到，自己可以拿这个秘密去勒索陆秋。

他去网上随便一搜就知道，很多明星为了压下自己的负面新闻，愿意支付高额的“封口费”。那笔数额巨大的封口费，可比他卖几百个普通人的隐私视频要赚得多!

巨大的利益诱惑着他，使他心生贪念。

于是他拿着视频，勒索了陆秋。但是陆秋却没能像他预想的那样妥协，他们在深夜的海边发生了口角，而他失手杀死了陆秋，又将他抛尸于海中。

但令陈渔惊讶的是，自己杀害陆秋的过程居然被他的老友秦海生看到了。

他们曾一起出海打过鱼。陈渔还救过秦海生的命。虽然后来他们没有在一起工作，但这么多年来，两人一直是朋友。

所以当秦海生告诉陈渔他目睹了一切，陈渔还以为秦海生是为了报答他当年的救命之恩，才把这个秘密瞒下来，而不是早早地捅到警方和大众面前。

可惜很快，秦海生就打破了陈渔对“友谊”的幻想。

秦海生用这个秘密，勒索了陈渔。

因为他在外头欠了赌债，而他的女儿秦晓雅也需要一大笔钱出国留学。

陈渔对老友的勒索很是震惊。他没有想到，自己没勒索到钱还杀了人，最后竟又兜兜转转变成了被勒索的对象。

他震惊地颤抖着，提醒秦海生：“当年我可是救过你的命啊！”

“老陈，已经过去二十年了，当年的事就别提了吧。我也是没办法，才来问你‘借’这笔钱的。”秦海生把“借”字加重了。但陈渔知道，这钱必定是有借无还。

“如果我不借呢？”陈渔问。

“那你就等着坐牢吧！”昔日的友人冷酷地说出这句话，陈渔只得在心里无声地叹息。

“我知道了……”他说，“但现在我手头也没有那么多钱，你给我一点儿时间……”

秦海生说：“行，我给你点儿时间，但一定要在我孩子留学之前，把这笔钱借给我。”

陈渔当时点了点头，算是答应下来。但其实在那一刻，他心里就开始谋划起杀死秦海生这个凶案唯一的目击者。

警方之所以难查到这瓶红酒的线索，是因为这瓶酒是他很早之前在网上买的。当时，海野村的酒业不发达，他为了满足顾客的需求，只能去网上买酒。在进货的时候，他给自己留了几瓶价格不菲的红酒，想等着有喜事的时候喝。

但他人生中的喜事并不多，所以隔了多年，他手头还剩一瓶。

陈渔还特地查过，当时购买这瓶酒的网店如今已经关店了，甚至生产这瓶酒的厂家也因为经营不善而倒闭了。所以，他才决定在这瓶酒里放入他当年准备用来殉情的砒霜，以此来毒杀秦海生。这样警方追查起来难度比较大，很可能查不到他身上。

接着，他要担心的就是秦海生是否会收下这瓶酒，是否会喝掉这瓶酒。

于是他决定让自己的儿子陈明启去送这瓶酒。

他告诉陈明启，他想托秦海生办点儿事，所以想用这瓶酒先去讨好一下他。

“但是你不要告诉他，这酒是我让你送的。你就说是进货的商家送你的，但瓶口有损坏的痕迹，怕顾客不要，就转送给了他。”陈渔吩咐陈明启。

“啊？那他不会问我为什么不留着给你喝吗？”陈明启问。

陈渔想了一会儿，说：“如果他这么问，你就回答说是你不想让我再喝酒了，因为喝酒对我身体不好。”

“好吧。”陈明启答应下来。第二天，陈明启在外进完货，回海野村的时候，特地去了一趟秦家，按照陈渔的吩咐把酒送给了秦海生。

秦海生特地问了一句：“这酒是谁让送的？”

陈明启说这酒就是他自己拿来送他的。

秦海生想了想，最后还是收下了酒。

得知秦海生收下酒之后，陈渔忽然提心吊胆起来。他很怕秦海生多一个心眼，在喝之前用别的方法发现了酒里有毒。这样，这计划就功亏一篑了。他非但没有毒死目击者，而且很可能惹怒他，让他立刻报警。

但好在，跟他一样贪杯的秦海生，在面对美酒时丧失了思考能力。他不疑有他地喝下了那瓶红酒，把自己送上了黄泉路。

秦海生的死讯很快传遍了海野村。

陈明启不敢相信地问陈渔："爸，是你在酒里下了毒？"

陈渔早已做好准备似的点点头，承认了。

"为什么啊？！"陈明启压低声音，震惊地问道。

"因为……我杀了陆秋。"

"什么？"

"我说，我杀了陆秋，但是被你秦叔看到了。他威胁我，想要勒索我，所以我只能杀了他。"陈渔声音冷淡地说出这些话，令面前的陈明启瞪大了双眼。

"怎么会……怎么会这样……"陈渔仍然不敢相信，"爸，你为什么要杀陆秋啊？"

于是陈渔把自己杀害陆秋的原因和过程，全部告诉了陈明启。

陈明启听完这一切后，猛地拉住了陈渔的手腕，规劝道:"爸，你去自首吧。我听说，自首能减刑……"

他的话还没说完，陈渔就甩开了他的手。他用这个举动回答了陈明启的规劝。

陈明启急了："爸！那两个警察几次三番地来到我们民宿，肯定是察觉到了你和陆秋的死有关，如果他们继续查下去，你觉得他们能查不出你的破绽吗？爸，你就听我一次，去自首吧。"

"开什么玩笑？我杀了两个人，就算不被判死刑，我这个岁数、这个体格去坐牢，刑期还没满就已经死在监狱里头了！"陈渔怒道。

“可是……你真的觉得警察不会发现这一切是你做的吗？”

“你给你秦叔送酒的时候，有人看到过你吗？知道是你送的红酒吗？”陈渔忽然问。

陈明启想了想，摇了摇头。

“没有。”他说，“那天秦叔他一个人在家，我过去也没看到路上有什么人。”

“那就好。”陈渔若有所思地点点头，“不过……那两个警察的确发现了隐藏式摄像头的事，他们来找过我。”

“什么？他们什么时候来找过你聊这事？”

“那天晚上我一个人值班的时候。”

“那说明他们开始怀疑你了呀！”陈明启激动起来，“爸，你就去自首吧，我们争取减刑，不然到时候被那两个警察……”

陈渔又打断了陈明启的话：“我说了，我是不会去坐牢的！”

“你觉得那两个警察会放过你吗？”陈明启掷地有声地质问道。

陈渔愣了愣，道:“是啊，他们是不会放过我的，我最后还是得死在监狱里。所以我们得想想办法。”

“除了自首，还能有什么办法？”

“对啊，除了自首，没有别的办法了。”陈渔抬起头，死死地看着陈明启，“但自首的人，可以不是我啊。”

“什么？”陈明启一下子没反应过来。

陈渔却颇为冷静地说：“你替我去自首吧。”

陈明启震惊地看着自己的父亲，不敢相信他会说出这个提议。

但是陈渔却告诉他，他下个月才成年，现在还是未成年人，肯定能够获得从轻处罚。而且，毒死秦海生的红酒就是他送给他的，他再怎么说也是参与了这场谋杀的，所以并不是什么局外人。最重要的是，陈明启的出生害死了他心爱的女人，他却还养了他十八年，他现在也应该报答他的养育之恩了。

陈明启一直知道，父亲对他的爱是带有恨意的。这么多年来，他时常向他灌输“如果不是你，你妈就不会死”的想法，所以陈明启心里一直怀有歉意。但他没想到，现在他要利用这负疚感逼他去顶罪。

陈明启想拒绝，却看到了父亲含泪的眼眸和颤抖的双手，以及他脸上的慌张。

他明白他的情绪为什么会突然起伏，他为什么会提出这么不合理的要求了。

因为他的父亲在害怕。

他是真的怕自己的余生都待在牢里，最后死在牢里。

面对父亲的恐惧，陈明启动了恻隐之心。

是啊，他现在还是未成年人，如果替父亲去自首，应该不会被判得很重吧。最重要的是，他的日子还很长，长到可以熬过刑期，重新开始。但父亲就不一样了……

思及此，带着对父亲的歉意，陈明启做出了决定。

“好，爸，我可以去自首。”他强忍着眼里的泪，说，“你把陆秋和秦叔的事情一五一十地告诉我吧。这罪，我帮你顶。但从今以后，我就不再欠你了。”

于是那天深夜，陈明启带着顶罪的决心，走进了警局。

但是，在看到高卿佐的那一刹那，他却害怕了。

陈渔害怕监狱的生活，他一个未满十八岁的男孩又怎能不惧怕呢？

那一刻，他几乎是落荒而逃。

他不知道该怎么处理自己现在的困境，所以想着干脆一了百了。他跑到了海边，冲进了浪潮之中。

但他没想到，高卿佐追了过来，在他被海浪吞噬之前，拉住了他。

他在派出所浑浑噩噩地度过了一晚。第二天醒来时，他的理智也跟着一点点地回来了。

既然他死不了，他就要履行自己的承诺，把父亲的罪揽在自己身上。于是他开始向宋澄和高卿佐撒谎……

但陈明启没想到，自己的谎言会因为老塞被捕而被戳穿。

最后，他依旧没能替陈渔成功顶罪。

“但你要记得，无论何时，你都不欠你爸什么。”陈明启离开审讯室之前，宋澄走到他身边，语重心长地说道。

陈明启回看了宋澄一眼，不知为何笑了笑。

“我知道了。”他最后淡淡地说道。

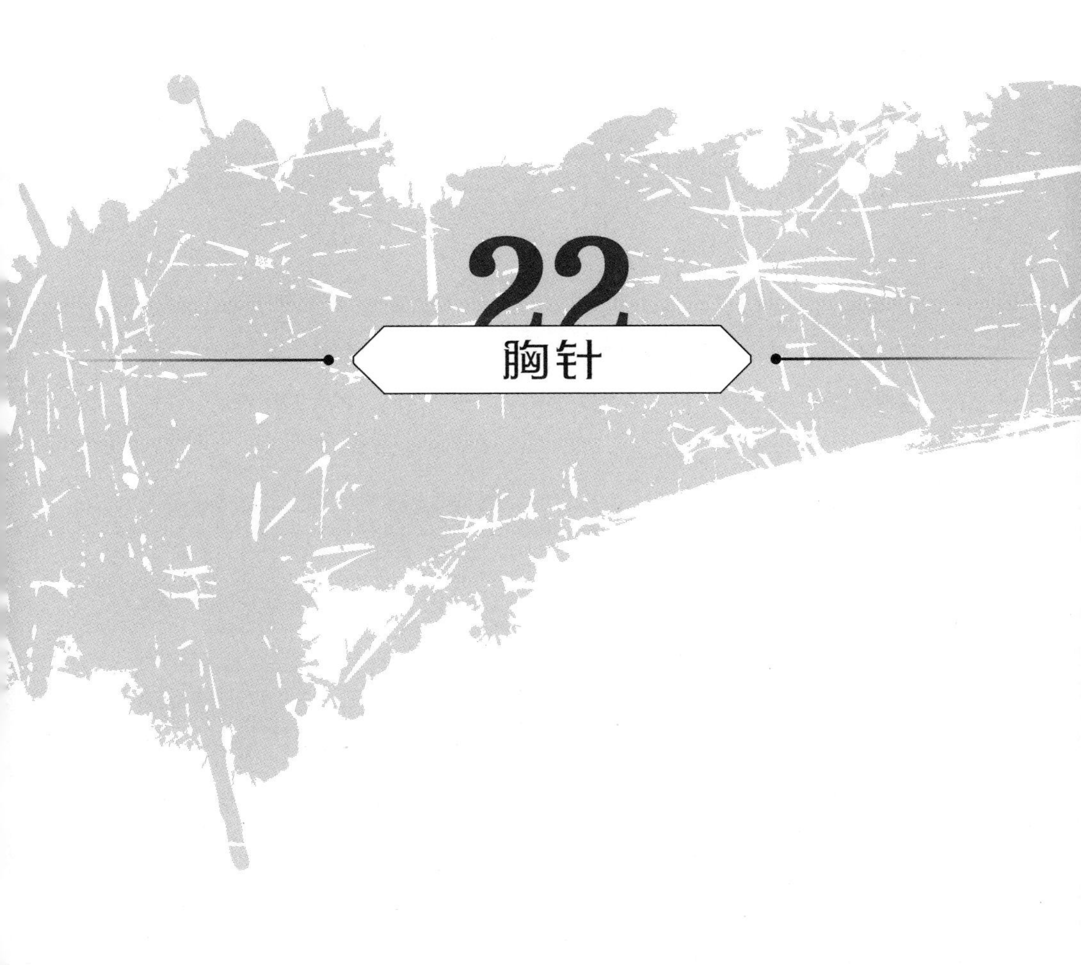

22

胸针

陈明启被取保候审，离开了看守所。

高卿佐送他回家，告诉他，他年纪还小，应该重新去学习，考个大学什么的。

陈明启站在自家大门前，对高卿佐绽开一个浅浅的微笑，说：“高警官，我正是因为脑子笨，读不进书，才跟父亲一起开民宿的。不过现在看来，这民宿是开不成了。”

他抬头望向不远处的石光民宿，只见那颇具文艺气息的民宿，如今已经大门紧闭了。

高卿佐看了一眼民宿，又看了一眼陈明启，说：“你也别太妄自菲薄，我曾经听曹冰说过，你在计算机方面有点儿天赋。”

陈明启想起很多年前，在海野村举办的程序员大会，那是他第一次见到身为程序员的曹冰。曹冰在台上讲有关黑客技术的话题，深深吸引了偷溜进来想蹭吃蹭喝的陈明启。那也是他第一次对计算机产生兴趣。后来曹冰来海野村开咖啡店，他还特别不识趣地问他为什么要转行。问完，他还要他教自己一点儿计算机技术。现在想来，那时的自己真是不识好歹，没有礼貌。

不过陈明启后来还是没有往计算机这条路发展，父亲看到曹冰在石光民宿下开了一家星空民宿，心里多少有点儿同行竞争的不悦，明里暗里让陈明启不要老是缠着曹冰。不仅如此，他还说："你学这东西有什么用？能考大学吗？"硬生生把陈明启问住了。

从过往里回过神来，陈明启终于回应高卿佐道："高考的考试科目，又不是计算机。"

高卿佐说："但自学也能成才嘛。"

陈明启垂下眼帘，隔了很久才又道："之后的事情，之后再说吧。"

高卿佐一时哑然。

然后他听到他又道："但无论如何，谢谢你，高警官，还有那位……宋警官。"

高卿佐点点头，说："以后有什么事，你也可以联系我们。"

"好的，我知道了。"陈明启说着，打开了自己家的大门，走了进去，又转身将门关上。

"游客勿进"的牌子因为他关门的力度，在门上晃了晃。

高卿佐盯着那牌子看了一会儿，转身离开。

陆秋和秦叔的案子终结，他和宋澄肩膀上的担子终于可以放下来了。

他一边想着，一边骑着摩托车驶过山间的马路。盘旋的山路上洒满了阳光，让他心情无比敞亮轻松。

但是回到局里，他却看到宋澄蹲在门口抽烟。

"宋哥，结案报告交了？"高卿佐问。

"还没呢。"

"你说你来负责写这次的结案报告，但你咋又拖着呀？"高卿佐不解地走到他身旁坐下，"要不我来负责吧？"

"我在写那报告的时候，还有点儿东西没搞明白。"

"还有东西没搞明白？比如说？"

"比如，既然陈明启决定给陈渔顶罪，他们肯定串通过。他们就没有想过，老塞会被逮捕归案吗？在是谁买隐藏式摄像头这件事上，他们一开始就不应该谎称是陈明启去找老塞买的。"

“我们不是问过陈渔这个问题吗？陈渔想要全身而退，让陈明启一个人顶下所有罪，包括买隐藏式摄像头搞偷拍的事。”高卿佐回忆道，“他还说，他以为老塞是个绝顶聪明的人，应该不会被我们抓住，所以才让陈明启撒了那个谎。”

“他也太瞧得起老塞了吧。”宋澄皱着眉，抽了一口烟。

高卿佐挥走白烟，道：“可能罪犯都抱有侥幸心理吧。”

宋澄似乎没接受高卿佐的解释，他只是转了话头，道：“除了这件事，还有些事情也没搞清楚。”

“比如？”

“比如，陈渔被我们发现他才是买隐藏式摄像头的那个人后，他也可以谎称，自己的确买了隐藏式摄像头，也安装了摄像头。但之后，偷拍的视频被陈明启发现了。于是陈明启靠着那些视频，勒索了陆秋，杀害了陆秋，之后的事也都是陈明启做的。”宋澄弹了弹烟灰，落下一撮烟灰，“他怎么就这么快向我们承认，这一切其实是他所为呢？”

“宋哥，你这就有点儿钻牛角尖了吧。”高卿佐没好气地笑了，“陈渔这阵子肯定处于思想很紧绷的状态。当我们拿着老塞提供的证据找到他时，他以为自己的诡计被识破了，只能如实招来了。”

“真的是这样吗？”宋澄喃喃道，手里的烟又抖落了一点儿烟灰。

高卿佐叹了口气，说：“宋哥，陈明启自首的时候，你就觉得他不是凶手，后来，你的预感的确应验了，我们等到了老塞的证据，抓到了陈渔。那你现在是想说，陈渔也不是凶手吗？如果陈明启不是，陈渔也不是，那到底谁才是？”

宋澄摇了摇头，有些烦躁地说：“我本来也以为，这个案子就这么结了。但不知道为什么，我在整理报告的时候，那种‘哪里不对劲’的感觉又从我心里头长了出来。于是我脑子里又有很多问题不敢确定，比如，陆秋那天晚上拍流星雨的相机，为什么没有记录下流星雨的画面？真的是陆秋忘了按录制键吗？又比如，连西娅说她送了陆秋一枚定制的胸针，陆秋塞到了裤子口袋里，为什么他裤子口袋里没有这枚胸针，遗物里也没有？真的是他被抛尸海中时，掉进海里了吗？”

“宋哥，你看，你的疑问后面都有猜想，这些猜想又都解释得通你的那些疑问。所以我觉得，你心里那股不对劲的感觉，可能并不是因为这案子还有疑点，而是因为你害怕这案子结束，我们官方要发通告。官方通告一发，这案子就盖棺论定了。但你害怕自己万一出了差错，到时候网友会骂死你，所以你迟迟不敢结案。”

“我也这么觉得。”不知何时，沈歌抽着烟出现在了他们后头。他蹲在宋澄的另一边，却越过宋澄跟高卿佐说话。

“你宋哥还让我去调查陈明启的母亲呢。老天爷，都多少年前的事情了，陈渔都不愿意回忆，也不愿意告诉我她叫什么，我又能上哪儿去找？而且陈渔当年肯定是想等孩子出生了再领结婚证，所以他的户口本上至今都只有陈明启一个亲属，我走官方渠道根本找不到什么线索。而非官方的，我找村民问了个遍，每个人都说不清楚陈渔的事，只知道有一天他突然带回了个婴儿。”沈歌拿自己的肩膀顶了顶宋澄的肩膀，“你说，你调查陈明启的母亲又能干什么？”

宋澄不知道怎么回答沈歌，只能低着头抽烟。

沈歌又越过他跟高卿佐说：“你宋哥就是这样，很相信他自己的直觉。以前，他靠这种直觉破了不少案，所以他让我查什么我就查什么，但这次，我看他真的是想太多了。”沈歌揶揄地看了一眼宋澄，“不过我也能理解，毕竟这次的案子关注的人多嘛，压力也的确大。但该结的案子还是得早点儿结啊。”他拍拍宋澄的肩膀，“我可是等着吃庆功宴呢。”

宋澄笑了，说：“行，今晚就请你们吃烧烤。但案子的报告，我得再想想。”

其实沈歌也不贪那一顿烧烤，只是上头的领导见催不动宋澄，就让他来催催。为了完成领导的任务，他也只能上阵了。

可惜，宋澄还是那副态度，说要慢慢来的事，他一定会慢慢来，说要再想想的事，他必是真的要再想想。

沈歌叹了口气，说：“行吧，行吧，我能赚一顿烧烤也不错。”

那天晚上，宋澄在海边的一家烧烤摊，请高卿佐和沈歌搓了一顿。

吃饱喝足，宋澄说要去散散步。高卿佐和沈歌说：“你散步就散步，往那海角里走干吗？”

宋澄这才发现，他领着两人正朝陈渔指认杀害陆秋的海角走去。

“再去那边看看吧。”他和走在身旁的两人说道。

高卿佐点点头，沈歌则说：“走呗，走呗，我刚才的确吃得有点儿多了。”

于是三个人一路走到了那个海角。

那边是一大片凹凸不平的海石，走在上头，一不留神就可能崴脚。三个人踏上去都得小心翼翼。不过，不得不承认，这里算是相当隐蔽的地方。他们身后有崖壁，面前有大海，只有旁边的一条小路通向沙滩。

“陈渔说不方便在民宿勒索陆秋，所以把他约到了这里，”宋澄忽然开口，讲的又是案子的事，“但怎么就那么巧，被秦海生看到了呢？秦海生为什么深夜还在这里呢？”

“宋哥，你怎么还在纠结这个问题啊？”高卿佐惊讶道。

宋澄听到他语气里的抱怨，无奈地笑了笑。

他怕自己这次真的太钻牛角尖了。

秦海生深夜为什么会在这里目睹陈渔杀害陆秋，根本不重要。

陆秋的相机为什么没拍到流星雨也不重要。

连西娅送给陆秋的胸针为什么不见了，更不重要。

陈渔已经认罪，真相已经揭开，他们可以发官方通告了，这才重要！

宋澄仰起头，望向海上的月亮。月亮将圆未圆，就像他现在的心境一样。

或许高卿佐和沈歌说得对，自己应该放下那莫名其妙的不对劲的感觉，把这个案子结了。毕竟，月亮马上也要圆了。

宋澄投降般地朝着大海舒了一口气，然后裹了裹外套，跟两位同伴说：“我们回去吧。”

他决定，明天就把结案报告交上去。

可即使在海边下定了决心，那天晚上宋澄也失眠了。

他躺在床上辗转反侧，仍无法抛掉脑海里的种种疑问和顾虑。终于，他赌气似的从床头摸出手机，解锁。手机屏幕的光，微微照亮他烦躁的脸。

刷短视频，总是最能分散人的注意力。那些搞笑的段子、热闹的直播带货，还有精彩的影视解说，都能让他不再胡思乱想，脑袋空空如也。说不定，他还可以借着这些没有营养的东西安然入睡。

宋澄木着脸，不停地把视频往下翻，往下翻，往下翻。

突然，他在一条视频前停了下来。

视频的主角是一个当初来海野村蹭陆秋死讯热度的中年大叔。

在陆秋死讯还频繁上热搜的日子，他拍摄的海野村的视频，获得了不少点赞。

但宋澄刚刚刷到的这一条，是这几天才发的。

"之前去海野村，在山崖的石缝里捡到了这枚胸针，做得还挺标致的，之前忘了发，现在发出来问问，是不是哪位游客弄丢的？如果这东西是你的，可以私信你牛哥我。不然，我就给我闺女戴了。"

视频里出现了胸针的正面，那是一枚圆形的胸针，中间雕刻着一枚六芒星，六芒星上还点缀着晶莹的碎钻，跟连西娅给宋澄他们看的照片里的胸针是一样的。

宋澄心里一惊，翻身坐了起来。

那条视频没什么热度，只有十几个点赞，没有评论。

这个叫牛哥的网友，也没有把胸针的背面拍出来。

于是宋澄点开了私信，问他："你好，这胸针背面是不是刻着什么字？"

很快，同为熬夜党的牛哥给宋澄回复了消息。

"你说说看，后面刻着什么字？"

"是不是 Siya Lian？"

"答对了。这东西是你的？"牛哥热络地说，"我故意没拍背面，就为了等真正的主人过来认领呢。”

宋澄一直觉得大数据很神奇，但他没想到自己会靠它找到新的线索。

莫非是因为自己之前拿连西娅提供的胸针的图片，在手机里搜索过，所以大数据才如此精准地推送了牛哥这次的视频吗？

这种技术上的事，宋澄想不明白，也没空想明白。

现在，他正激动地问牛哥：“能给我具体讲讲，你是在哪里捡到这枚胸针的吗？”

23

峰回路转

石光民宿所在的那座山四周，绵延着好几座山，其中一座叫顶风山。

顶风山有一个人迹罕至的观景台，建在西面的山崖之上。说是观景台，其实这里并没有被认真修整过。它的地上全是凹凸不平的乱石，只在最外侧围了一排围栏而已。

这个小小的观景台起初是被游客发现的。因为山崖下面就是大海，所以有人会好奇地跑到崖边向下俯瞰，或者坐在崖边拍照。为了防止出现意外，这原始的山崖边就被围上了及腰的围栏。

据网友牛哥说，他当时想要蹭陆秋死讯的热度做网红，所以来到了海野村。为了拍视频的素材，他开始在这些山上瞎逛，偶然间发现了这顶风山风景独好，西面山崖之上又有这么一个观景台。

虽然他有点儿恐高，但还是走到了围栏边，往下看了一眼。底下是波涛汹涌的大海，好不壮观。

他本想举起手机拍一个视频，却发现自己的手机已经没电关机了。

就在他悻悻地准备回去给手机充电时，他的余光瞥到地上有什么东西闪了一下。

人类对于闪光物的注意力瞬间让他停住了脚步，然后他循着闪光，在靠近围栏的石缝里找到了那枚刻有连西娅英文名的胸针。

连西娅送给陆秋的胸针，为什么会出现在这里?

宋澄带着高卿佐来到了山崖之上。

迎着海风，他们站到了围栏边，向下望去，底下的海此刻正翻涌着浪花。

他们站在那里看了一会儿，心中的推测已经成形。

在这一系列的调查过程中，宋澄和高卿佐多少了解到了陆秋的性格。他善于拿捏他人，维护自己在大众面前的形象。所以，他应该不会轻易丢掉连西娅送给他的胸针。因为这枚胸针在他与连西娅之后的感情中，很可能派上用场。

他应该也没有心情在被勒索后，还游逛到这山崖之上，留下这枚胸针。

那么，还有一种可能……

那就是，陆秋并不是像陈渔说的那样，是在海边被他杀害后抛尸海中的。他的尸体很可能是在这观景台上，被人抛进海里的。而在这个过程中，胸针从他的裤子口袋里掉了出来，凶手却没有发现。

宋澄赶紧找人去调附近的监控，但很快，不好的消息传来，附近虽然有零星几个监控，却在前阵子因为雷电的关系损坏了。

于是他们又找到之前的侦查组，询问是否曾在这观景台上做过采样。

侦查组的同事说，他们曾在海野村大范围地进行过侦查，想要寻找陆秋落水的地方，这观景台也在他们调查的范围内。只是，他们调查到此处，是在网友牛哥拾到胸针之后。

他们没有发现胸针，但详细地在观景台、围栏处做过采样……

“有没有发现血迹之类的？”宋澄赶紧问道。

对方却给出了否定的回答。

“没有，我们没有在那里发现血迹。”

尽管如此，宋澄心里那种强烈的预感还是没有减弱。

“宋哥,你还是觉得陆秋的尸体是从这山崖之上被人抛下去的？”高卿佐问。

“不然怎么解释胸针会出现在这里呢？”

“如果这里是抛尸现场，那么凶手……”

高卿佐的话没说完，宋澄就点点头，道：“这排围栏的高度足足有 1.2 米，而陆秋的体重大概是 145 斤左右，所以陈渔很难在这里完成抛尸的动作，因为……”

“因为他的手经常抖，而且使不上力气！”高卿佐立马回想起之前去石光民宿调查线索时，听到的陈明启与陈渔的对话。

“你喝酒都伤了神经，手都没力气了，开始抖了。”当时陈明启说过这样的话。

而陈渔旋即往陈明启头上拍了一巴掌，道：“你这臭小子，我哪里手抖！我让你搬货，是为了让你锻炼臂力。”

陈渔现在连搬货的力气都没有，更别说让他抱着 145 斤的尸体，并将他翻过围栏丢到海里，且不留一点儿痕迹了。

“会不会是他在这里跟陆秋发生了口角，他用石头砸死了陆秋，然后陆秋直接翻身落入了海中？”高卿佐猜测道，“或者，他用什么办法让陆秋的尸体在围栏边呈现站立的状态，然后再把他推下去。”

高卿佐说着说着，也觉得这样的猜测没有什么用。

如果陈渔能够把陆秋的尸体从围栏处成功地抛下海，他为什么不在之前审讯时直接承认这件事，而要撒谎说自己在海边的海角处杀了陆秋呢？

因为……

“他是在包庇那个可以做到把陆秋的尸体抱起来，然后从围栏上抛下去的人！”宋澄的眼里闪现出愤怒。

“他要包庇谁？陈明启吗？”高卿佐不解，“那他为什么之前又让陈明启顶罪呢？”

“他可能跟我们玩了一个诡计。”宋澄说道，“他让凶手扮演成被冤枉的人，从而消除我们对他的怀疑。”

高卿佐努力理解着宋澄的话。

宋澄继续分析道：“我们假设一种可能：陆秋和秦海生都是陈明启杀的。

他发现了陈渔一直在用隐藏式摄像头拍住客的视频。所以后来，他拿着陆秋的隐私视频去勒索了陆秋，却失手杀了他。于是他把陆秋的尸体带到山崖之上，将他翻过围栏丢下了海。结果这件事被秦海生给看到了。于是他以讨好秦海生为由,用红酒毒杀了秦海生。因为秦海生的死,陈渔发现了自己儿子的所作所为，但是他不想让自己的儿子坐牢，于是萌生了替他顶罪的想法。可如果他直接自首，把责任都揽在自己身上，我们会冒出什么猜想呢？”

高卿佐思考了一下，说：“或许我们会怀疑陈渔自首是在替儿子顶罪，最后反而咬着陈明启不放？”

“没错。父母替子女顶罪的案子大家不是没听说过。陈渔可能担心，我们在面对他突然的自首时会心生疑虑,所以决定干脆让陈明启先来自首。”宋澄说，“他肯定跟陈明启串通过。所以，他留下了一个能把我们的目光最终转移到他身上的破绽。”

“你是说老塞？”

“是的。”宋澄点点头，“陈渔之前解释说，他之所以让陈明启撒谎，说是他去找老塞买了隐藏式摄像头，是因为他想让陈明启把所有罪责揽在身上。而且他觉得老塞很聪明，肯定不会被我们逮住。但事实上，陈渔是在赌，赌我们一定能抓住老塞。只要我们抓住老塞，就会发现陈明启在撒谎。然后，我们就会把注意力转移到陈渔身上。”

“怪不得我们拿着老塞提供的照片找到他、提审他后，他很快就供出是他逼迫陈明启顶罪的。”

“陈渔设计了这么一环，让我们以为是他逼迫儿子替自己顶罪，就是为了引导我们认为陈明启是被冤枉的，是无辜的。要不是我偶然刷到了那枚胸针的视频，或许我们之后真的不会再把注意力放在陈明启身上。”宋澄说。

“他之所以把抛尸现场定为海边的海角，也是因为他知道，在陈明启真正的抛尸地点，他是无法完成抛尸动作的？”

宋澄点了点头。

高卿佐仍感到有些惊讶："所以陈渔其实并不恨陈明启，反而是因为太爱陈明启，所以才想出这么迂回的顶罪的诡计？"

宋澄再次点了点头，却又忽然皱起了眉。

"其实在刚才的推理里，还有不合理的地方。"他说，"假定秦海生勒索了陈明启，那陈明启后来用红酒讨好秦海生时，秦海生真的就毫无顾虑地把那瓶酒喝了？"

"宋哥，你的意思是……"

"也许秦海生勒索了陈明启，但酒是陈渔给的。他并不是单纯的顶罪者，而是参与了毒杀案的帮凶。"宋澄低着头思索着，"又或者，这酒的确是陈明启给秦海生的，但秦海生勒索的人不是陈明启，而是陈渔？"

"啊？"高卿佐听得一头雾水，"宋哥，你把我彻底说糊涂了。"

宋澄没有理会高卿佐，而是自顾自地嘟哝着。

"话说回来，如果陈渔一开始就替陈明启顶罪，我们即使对他的自首有所怀疑，留意起陈明启，那又如何呢？没有这枚偶然发现的胸针，我们可能戳不穿陈渔的谎言啊……还有，秦海生真的目睹了陈明启抛尸的过程吗？他为什么会深夜去顶风山？"

宋澄的声音很低，高卿佐没听清楚，于是急急地追问了一句："宋哥，你说什么？"

宋澄抬起头，却答非所问道："我们先去把陈明启带回来！"

在去陈明启家的路上，宋澄和高卿佐碰到了那个打捞上陆秋尸体的村民刘全金。

对方拦住他们的警车时，还以为他有什么事要他们帮忙。

但刘全金只是神秘兮兮地凑近他们，问："是不是陆秋的案子有进展了？听说老陈家的民宿都关了？老陈这几天人也不见了……"

"谁告诉你的？"高卿佐不悦地问。

刘全金嘿嘿一笑，说："明眼人都晓得了的。而且，听说你们去顶风山西面搞过调查……”

“这你也知道？”

“我家隔壁的老贾，昨天上山的时候看到你们在那里围着围栏搞检查。”

听刘全金这么说，宋澄的心就提起来了。

村里的闲话总是传得很快，万一陈明启提早听到点儿风声，跑路了可就麻烦了。

“让大家别瞎猜，别瞎传了，陆秋的案子我们还在调查中。”宋澄赶紧嘱咐刘全金，“我看你之前一直在搞直播，现在还在搞吗？”

“还在搞的，就是没什么人看了。”

“你可不许给我在直播间里瞎说话。”

“我哪儿会在直播间里瞎说话，我都懂的，我都懂的。”刘全金谄媚地一笑。

见他还要说什么，宋澄和高卿佐赶紧说自己还有事要忙，重新启动了警车。

虽然侦查组没有在山崖上发现陆秋的血迹，但宋澄和高卿佐还是觉得他们由胸针展开的推理是有道理的。如果抛尸地点真的在那里，陈渔就不是凶手，他的儿子陈明启就变得十分可疑。

他们决定谎称在山崖上发现了陆秋的血迹，以此诈一诈陈明启，看看这个年轻人会不会露出马脚。

结果等他们赶到陈明启家后发现，陈明启并不在家。他们敲了数次门，也没等到有人来应门。

宋澄心里不免担心起来。

“这家伙该不会听到风声跑了吧？”高卿佐也担心起来。

他的话音刚落，就看到不远处的山路上，出现了陈明启的身影。

陈明启大概是去山上摘橘子了。此刻，他手里提着一只装满了橘子的篮子，远远地愣在那里。

“陈明启。”高卿佐叫他的名字。

只见陈明启浑身一激灵，突然扔下了篮子，转身就跑。他大概像刘全金一样，听说了警方调查顶风山西面山崖围栏的事。他或许存有侥幸心理，以为警方再怎么调查也不会查到什么。可现在，在看到两个警察再次找上门后，他猜测自己暴露了。因为他们这次不是骑摩托车来的，而是开警车来的！

惊慌失措的陈明启落荒而逃。

他不逃还好，这做贼心虚的一逃，犹如不打自招。

宋澄和高卿佐看到他突然跑了起来，赶紧追了上去，大喊："站住！"

可陈明启根本不听。

他窜进树林，飞快地朝深处跑去。

宋澄和高卿佐这次来带回陈明启，还叫了其他同事。刚刚他们在警车上待命，现在看到嫌疑人逃跑，也跟着跳了下来。

一行人踩过陈明启丢掉的橘子，跟着冲进树林。茂密的树林里阴郁一片，只有几束阳光穿过树叶的缝隙射下来，为他们勾勒出陈明启狼狈的身影。

"你跑不掉的！"高卿佐在树林里大吼，惊动几只鸟鸣叫着飞离树梢。

陈明启依旧没有停下脚步。他如同一只迷航的鸟，在树林里乱窜。

宋澄在心里暗暗感叹，真不愧是年轻人，那奔跑的速度连高卿佐都逊色三分。

就在宋澄和高卿佐感觉自己的胸腔快要炸裂的时候，陈明启忽然摔倒在地。

他刚刚跑得太快，没有注意地上凸起的树根，被它结实地绊了一跤。

高卿佐见状，立刻冲了过去，压住了被摔蒙的陈明启。

陈明启不甘心自己就这么被抓住，奋力地反抗着，甚至趁高卿佐不注意，挣脱他的手，用自己的指甲抓伤了他的脸。

"我不能被抓住！我不能被抓住！"他的力气大得吓人。要不是宋澄和其他同事及时赶到，给他铐上手铐，高卿佐都感觉自己下一秒就要被他推翻在地。

一行人把失魂落魄的陈明启带回了警局。

在回去的警车上，陈明启仍止不住地失神呢喃："我不能被抓住……我不能被抓住……"

后来，他甚至像一个犯错的小孩一样呜呜呜地哭了出来。

“对不起……对不起……”他的呢喃变成了道歉。

他是在向谁道歉呢？

被砸死的陆秋，被毒死的秦海生，还是替他顶罪的陈渔？

宋澄看着这个突然颓唐下来的少年，眼里流露出一丝惋惜。

但令他和高卿佐没想到的是，自从下了警车之后，陈明启就闭上了嘴巴，再也不愿意说任何一个字了。

“没有用的，陈明启，我们已经知道是你杀害了陆秋，并将他的尸体从山崖上抛到了海里。”高卿佐想以此让陈明启开口说话。

但面对审讯，这一次的陈明启似乎铁了心，只是直勾勾地盯着宋澄和高卿佐。

他眼里露出一股坚毅，像在坚守什么秘密。

这个年轻人如此倔强，宋澄和高卿佐一时间也想不出别的办法撬开他的嘴，只好让他自己再好好思考思考，事到如今到底还有没有隐瞒的必要。与此同时，他们再次提审了陈渔。

“我们已经逮捕了你的儿子陈明启。”宋澄开门见山，跟陈渔如实说道。

陈渔惊讶地瞪大了眼睛，困惑地嚷道：“为什么？就因为我逼他撒谎顶罪吗？”

“你别再说谎了。”高卿佐冷笑道，“陆秋是陈明启杀的，尸体也是他抛的，对吧？”

“你们在说什么……”

“我们调查发现，陆秋被抛尸的地点，其实是顶风山靠海的山崖上。那里有一排围栏，我们在上面检测到了陆秋的血迹。”宋澄本来想用来诈陈明启的话，最终却用在了陈渔身上。

陈渔茫然地张了张嘴，似乎在努力思索辩解的话。

宋澄道：“你也别再跟我们瞎编了。你的手根本抱不起 145 斤的人，更别说把他翻过 1.2 米高的围栏扔到海里了。你正是因为知道这一点，所以才向我们谎称是在海边杀了陆秋的，不是吗？”

此刻，陈渔不仅双手微微颤抖，连整个身体也颤抖起来。

“也难为你了，为了替儿子顶罪，且不让我们对你儿子有过多的怀疑，设计了这么一个弯弯绕绕的顶罪诡计。”高卿佐不无揶揄地说，“可惜，天网恢恢，疏而不漏啊。”

“怎么会这样……”陈渔魂不守舍地问道，“明启现在在哪儿？”

“你还是不信我们逮捕了他吗？”宋澄亮出了他们执法的视频。

视频里，陈明启铐着手铐，从树林里被带了出来。

陈渔看完视频，伤心地将脸埋在了双掌之中。

“还是失败了呀……还是失败了呀……”他的眼泪从指缝间流了出来，滴落在审讯椅上。

“现在，你可以告诉我们所有事情的真相了吗？”待陈渔激动的情绪略有平复，宋澄问道。

陈渔擦了擦眼泪，抬起头来，悲痛地看着宋澄。

“不是明启杀的，那个明星不是明启杀的……”陈渔呜咽道。

高卿佐没想到，到了这个时候，他还要为陈明启狡辩，不禁怒道：“你以为现在撒谎有用吗？”

“真的，那个明星不是明启杀的……”

他说得真诚，让坐在高卿佐身旁的宋澄心里一惊，皱起了眉头。

“那是谁杀的？”

“是我老婆杀的，但她也不是故意的……”

宋澄和高卿佐一时间没听明白陈渔的话，面面相觑。

“你老婆……不是死了吗？”宋澄皱眉问道。

陈渔又将脸埋在了自己的双掌中，止不住地哭起来。因为他知道，为了儿子，他要把自己保守了多年的秘密公布于众了。

而这头，宋澄已经从惊讶中冷静了下来。

他回想起之前，自己也曾对陈明启的母亲有所疑虑。那时他只是凭着某种直觉托沈歌去调查，但沈歌调查了一圈回来怎么说的呢？

宋澄回想起沈歌那天蹲在他旁边抽烟时说的话——

“老天爷，都多少年前的事情了，陈渔都不愿意回忆，也不愿意告诉我她叫什么，我又能上哪儿去找？而且陈渔当年肯定是想等孩子出生了再领结婚证，所以他的户口本上至今都只有陈明启一个亲属，我走官方渠道根本找不到什么线索。而非官方的，我找村民问了个遍，每个人都说不清楚陈渔的事，只知道有一天他突然带回了个婴儿。”

宋澄恍然大悟。

他一边暗骂自己怎么没早点儿想到这里的疑点，一边开口道：“所以根本没有什么城里的姑娘，没有什么难产而死的女人，对吗？”宋澄的眼里泛出的寒光。

陈渔虽然仍将脸埋在双掌之中，但宋澄和高卿佐都看到他点了点头。

“那么，那个生了陈明启，又被你称作老婆，据你说还杀了陆秋的女人，她到底是谁？她现在在哪里？”

陈渔隔了许久才又抬起头。

他像是终于下定了决心，坦白道：“我老婆叫凤南鹃，她现在在我家地窖里。”

“地窖”二字，让宋澄想起了陆秋的老同学曹冰。当年，他刚来海野村开咖啡店的时候，丢过一批咖啡豆。当时，他就是在窃贼家的地窖里，帮曹冰找到了那批豆子。海野村的村民房子的构造都差不多，所以陈渔家有地窖也不稀奇。但他没想到，这一次，地窖里藏着的不是被偷走的咖啡豆，而是一个活生生的人！

宋澄一边整理着自己的思绪，一边听陈渔讲起二十年前的故事……

24 秘密之人

二十年前，陈渔三十五岁，仍是个光棍。他的父母在他十岁的时候出海打鱼死在了海上，所以也没人催他结婚，帮他张罗相亲。他自己对婚姻也没有特别大的兴趣，他曾对好友秦海生说过，他已经做好了打一辈子光棍的准备。

但若说他对女人、对家庭丝毫没有想法，也是不现实的。有时候，和秦海生打鱼归来，看到在码头等候的秦海生的妻子小裴，他也会羡慕地想，自己这辈子是否也有机会拥有一段感情？

不过他这个人的确不善于与他人建立情感。那份对秦海生的羡慕，往往在一瞬之间诞生，又在一瞬之间消失。等他再冒出结婚的想法，则是因为村里头的傻子结婚了。

村里头的傻子与陈渔同岁，儿时发烧烧坏了脑子，变成了个痴呆，所以大家便都叫他傻子。即便如此，他家里人还是帮他物色了个姑娘，硬是拿着厚厚的彩礼，将对方娶进了门。

自从傻子结婚后，村里的人时常会有意无意地揶揄陈渔。

“你说你呀，怎么连个傻子都不如？”

“是男人，就随便睡个姑娘，把她娶回家。”

一群中年人坐在一起，说着粗鄙下流的话，发出刺耳的笑声。

从小失去父母的陈渔，听惯了各种揶揄、嘲笑，也学会了独自隐忍。所以现在，听村里头的人这么说，他也不跟他们争辩。只是在他心里，或多或少也萌生了一股莫名的不愿服输的劲。

但偷偷相了几次亲都失败后，他又打消了结婚的念头。

“啥结不结婚的，打鱼最重要。”

他和秦海生照例开船出海捕鱼，决心这次一定要捕一网大的。

然而就在这一天，他们在海上救起了一个女人。

一开始，是秦海生先发现有个女人抓着一块浮木漂在海上的。他吓了一跳，赶紧叫来陈渔，指着那女人，害怕地问：“那该不会是个死人吧？”

陈渔定睛一瞧，发现那人的确一动不动地漂在海上，心里也害怕起来。

但他还是壮着胆子，将船开到了那女人的身旁。他们朝女人叫了几声，但女人没有回应，也不知是虚脱了，还是真的死了。但就算是尸体，他也要将她捞上来，就当是做件好事积积功德。

想着，陈渔套上救生衣，在腰间拴上一根绳，让秦海生拉着自己，然后跳进了海中。

那时他还能称得上年轻力壮，所以很快就将那女人拖上了船。

在海里，他根本来不及管那女人是死是活。等回到了船上，他和秦海生才发现，那女人还有一口气。她只是虚弱，并没有死去！

于是他们将女人平放在甲板上。陈渔从自己的水壶里倒出一杯盖的水给她喝下，然后又把自己准备吃的一罐八宝粥打开来，小心翼翼地一勺一勺往她嘴里送。然而喂完这些，女人依旧一动不动。

陈渔担忧起来，催着秦海生赶紧开船回去。

结果在半路上，女人醒了。

她缓缓地撑开颤抖的眼帘，茫然地看着凑过来一脸担忧的陈渔和秦海生。

“你们是谁？”她干燥到脱皮的嘴唇轻启，问道。

“我们是救你的人。”陈渔道。

“我现在是在哪儿？”她越过陈渔的脸，看向空荡荡的天空。

“我们现在还在海上，但我们马上就会回去了。”陈渔跟她解释。

忽然，女人颤抖起来，用尽力气嚷道：“不，我不回去！我不回去……”

陈渔看着她激动地抱着自己，奋力地摇头，着实吓了一跳。

“你别激动，别激动。”陈渔努力安抚她的情绪，却发现她胳膊上青一块紫一块的。

“你身上的伤是怎么回事？你为什么会掉在海里？”秦海生也注意到了她身上的伤，忍不住问她。

但女人只是不停地摇头，不停地嚷嚷着：“我不回去！我不回去……”

“好，好，我们不回去。”为了稳住她的情绪，陈渔这么说道。

这时，力气耗尽的女人终于再次昏睡了过去。

“呃……我们怎么办？”陈渔转过头问秦海生。

秦海生耸耸肩：“还能怎么办？当然是把她带回去啊！”

“要不我们再等一等，等她恢复一点儿，问问她为什么不想回岸上去？”想到自己刚刚向她许下的承诺，陈渔挠了挠头，询问秦海生的意见。

“这要等到什么时候啊？”秦海生看了一眼天色，撇了撇嘴。

但陈渔坚持再等等，于是他们又在海上漫无目的地漂了一会儿。可直到太阳落山，女人也没有再醒来。

“我疯了听你的话再等等！”秦海生终于忍不住骂道，决定回家。

陈渔知道自己再怎么想遵守诺言也没办法了，只能任由秦海生把船往回开。

回到海野村时，天已经黑了。虽然时间不到晚上九点，但村子里已经漆黑一片，家家户户都已经睡了。

码头上，只有秦海生的妻子小裴打着手电筒，在等秦海生回家。

见到秦海生和陈渔摸着黑回来，她长长地松了一口气。

“秦海生，你们要吓死我啊！这么晚才回来！”还未等船靠岸，小裴的骂声已经从岸上传来了，“叫你们不要跑太远捕鱼，你们怎么就是不听！我差点儿都要去报海警了！”

以往听到小裴这样骂，秦海生会挠挠头，朝她露出一个讨好的笑脸。

但今天，小裴发现秦海生并没有这么做。

“怎么了？”待他们的船靠近，小裴举起手电筒，朝着船里照去。

然后她的手顿在半空中。手电筒的光，直直地照在甲板上的女人脸上。

“她是谁？”

秦海生赶紧跟她解释：“我们在海上救了一个女人。”

“我们要报警吗？”小裴问。

陈渔却叫住了她：“等一等！报警，警察就会送她回家……”

“那不挺好的嘛？”小裴疑惑道。

“但她可能不想回去。”陈渔把女人胳膊上的伤，以及她短暂苏醒时叫嚷的话告诉了小裴。

小裴随即跳到船上，命令道：“你们两个男人给我转过去！”

陈渔和秦海生听从她的指挥，背过身去。小裴这才打着手电筒俯下身，撩开了女人的衣服。

密密麻麻的伤痕让小裴心惊胆战。

“你觉得她身上的伤是怎么回事？”背着身的陈渔问小裴。

小裴没有回答陈渔。她沉默了一会儿，提议道：“要不，咱先把她送到你家去？”

“啊？”陈渔惊讶道，“为什么是我家？”

“你家就你一个人住啊！”秦海生替小裴说，“我家还有我爸妈呢……”

“呃……要不还是报警吧？”陈渔小心翼翼地问。

“不能报警！”小裴坚定地说，“她说了她不想回去，万一警察把她送回去怎么办？”

忽然转换了立场的两人，僵在码头。

陈渔说：“警察又不一定会把她送回去……”

"可是……"小裴刚要说出自己的顾虑，就被秦海生打断了。

"好了，不要吵了。我们扔硬币决定，正面是报警，反面是先让她住陈渔家里去。"说着，秦海生从口袋里掏出一枚硬币，扔到了空中。

陈渔和小裴一起看着秦海生接住硬币，夹在手中。

"是什么？"他们凑近秦海生。

秦海生打开压着硬币的手。

是反面。

就是这枚硬币的反面，改变了无数人的命运。

在秦海生和小裴的协助下，陈渔将女人带到了自己家落脚。

昏睡了两天后，女人终于醒了过来。

但很快，陈渔就发现她的精神状态有问题。她有时会发疯，咒骂陈渔是狗东西，说"你要是再出现在我面前，我就杀了你"。甚至，她还会乱砸陈渔家的东西。好在他家坐落在山腰，且是独栋的房子，所以没人听到女人乱砸东西的动静。

而她不发疯的时候，则又似常人一般。她告诉陈渔，她叫凤南鹃，今年三十岁，结过婚。但是她的丈夫是个酒鬼，一喝酒就将她打得遍体鳞伤。甚至在她怀孕的时候，他也对她下了毒手，导致她肚子里的孩子流掉了。

说到孩子,凤南鹃哭了。她说:"都怪我没有保护好自己的孩子,都怪我……"

她的哭声惹人心痛，陈渔不知如何安慰，只能默默地陪在她身边。

凤南鹃哭累了，就自顾自地睡去了。

陈渔端详着她的脸庞，心疼地叹了一口气，给她盖上了被子。然后，他回到了隔壁的房间，打起了地铺。因为家里唯一的一张床，给了凤南鹃。

翌日，凤南鹃再次醒来，却又变成了疯子。她又开始嘶吼骂人，把陈渔家的锅碗瓢盆砸得噼里啪啦响。

恰好这时秦海生和小裴带着吃的上门，看到了发疯的凤南鹃。他们合力把她绑了起来。

"要不我们还是报警吧？这个女人是个疯子。"秦海生提议道。

"你们都给我去死！你们都给我去死！"被绑住的凤南鹃继续叫嚷着。

小裴听了也害怕起来："她怎么会这样啊……"

被凤南鹃抓伤的陈渔无奈地说："她也挺可怜的。可能是孩子被老公打没了，所以精神出了问题。"他指了指自己的脑袋，"她这里时好时坏的。"

突然，凤南鹃又叫了起来。这次不是咒骂，而是哀求。

"不要送我回去，他杀了我的孩子，也会杀了我的……不要送我回去……"披头散发的凤南鹃吼完，靠着绑住她的床腿，昏昏地睡去。

"她不发疯的时候，还是挺好一人的。"陈渔不知为何替她辩解似的说道。

"她也真是可怜。"小裴悲悯地看着发完疯的凤南鹃，走到她面前，帮她整理了一下头发。

"老陈，你觉得接下来该怎么办？她这情况，一直住在你家也不是办法。"秦海生这时开了口。

"其实我倒还好……"陈渔低声说完，忽然转移了话题，"有个东西，我要给你们看看。"

说着，陈渔去抽屉拿出了一包白色粉末状的东西。

"小裴之前不是给凤南鹃换衣服嘛……她换完衣服后，我发现地上掉着这么一包东西。"

"欸？是从她衣服里掉出来的吗？"小裴拿着那包东西打量，说，"我当时给她换衣服，累了个半死，没注意到。"

陈渔点点头，说："我不知道这是什么东西，感觉像是……"

"毒品？"小裴震惊地说。

"那我们得立刻报警啊！"秦海生嚷道。

"不，不要报警，那不是吸毒用的毒品。"不知何时，短暂昏过去的凤南鹃醒了，她看着面前的三个人，急急地解释道，"那是我原本想用来自杀的砒霜。"

面对重新恢复理智的凤南鹃，陈渔三人面面相觑。

“不要把我还活着的事情告诉别人好吗？求求你们……”

凤南鹃哀求着，说出了她坠海的原因。

为了逃离暴力的丈夫，凤南鹃出逃过几次，但都被他找了回来。起初，丈夫发誓不会再打她，可是没过多久，丈夫就忘了自己曾经许下的诺言，反而变本加厉地殴打她。所以后来，凤南鹃冒出了自杀的念头。她偷偷收集了半年，搞来这么一包砒霜，决定让自己一次毙命。但是当她准备把砒霜倒进水里给自己灌下时，她又犹豫了。

她想起自己小时候读过的《洗冤集录》，里面记载：砒霜中毒，尸口眼多开，面紫黯或青色，唇紫黑，手足指甲俱青黯，口眼耳鼻间有血出。她之前怎么没想起这些事呢？大概是她那时太想死了，早不管自己会不会死得体面了。但在真正面临死亡的这个时刻，她犹豫了。她想体面地离开人世，不想让别人看见自己狼狈的样子。

于是她把砒霜收进了自己的口袋，离开了家。

这一次她逃走，就不会回来了。因为她死了，那残忍的丈夫就不可能再把她带回家了。

“所以，你是自己跳进海里的？”陈渔问她。

“是的。我想，海这么大，没人再会找到我。”凤南鹃说，“但我没想到，人到了濒死那一刻，身体是控制不住想要求救的。我跳进海里之后，脑子里只有一个想法，就是想要游回海面上去。我拼命地往上游，恰巧抓到了一根浮木。但即便如此，我也回不到岸上了，我被海浪卷着，在海上漂了很久很久……之后的事情，我就记不清了……”

“你能活下来，说明你命不该绝。”小裴坐下来，帮她松绑，安慰她。

凤南鹃看着绑着自己的绳子，凄然笑了。

“我刚刚是又发病了吗？”

陈渔和秦海生互看一眼，不知道怎么回答她。

“对不起。”凤南鹃不无悲伤地说，“我控制不住自己。”

“没关系的，你会好起来的。”小裴颇为乐观地安慰道。

凤南鹃愣愣地看着她，似乎不敢相信她说的话。

然后，她又乞求道：“所以，能不能不要送我回去，能不能不要让别人知道我还活着？”

“可你一直住在老陈家也不是办法啊。”秦海生为难地抓抓头发，看着妻子小裴。

小裴也露出一脸无奈的表情。

凤南鹃立刻道：“我可以在家里帮忙烧饭、做菜、洗衣服的，只要我不被带回去，我什么都可以做，只要你们……不打我。”

她说得如此可怜，让小裴眼里泛出怜悯的泪光。

凤南鹃继续道：“我知道，我有时候精神不太正常……如果我发病，你们就把我绑起来……对不起……”

小裴看了秦海生一眼，秦海生又看了陈渔一眼。

只见陈渔盯着凤南鹃，叹了口气，说：“反正我们不能让她又被带回去挨打。至于她要不要藏在我家，我……我倒是无所谓家里多一个人。”

于是，陈渔、秦海生和小裴，拥有了一个共同的秘密。那就是，在陈渔家里藏着一个不能被外人知晓，还活着的“已死之人”。

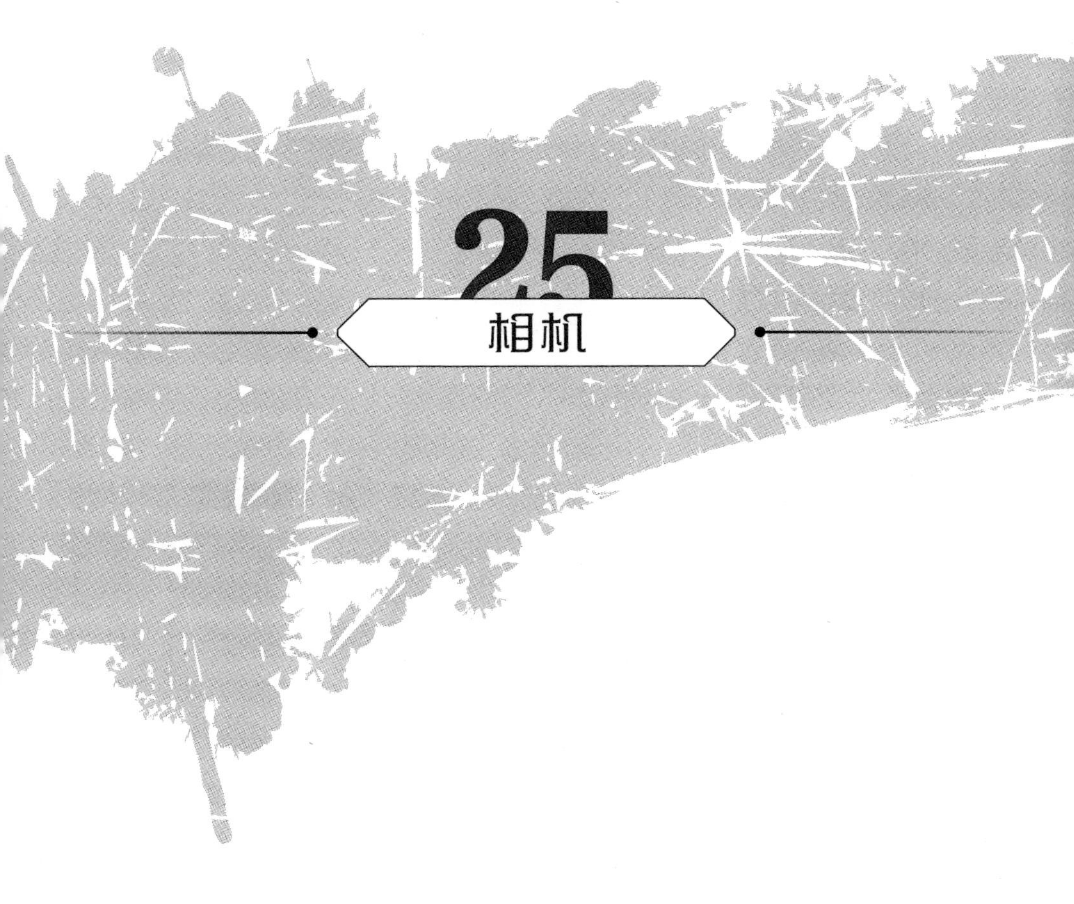

25 相机

起初，秦海生不觉得陈渔能把这么一个大活人藏住。但陈渔没什么亲友，家又在半山腰，所以整整一个月都没人发现海野村里多了一个女人。与此同时，陈渔在秦海生和小裴的帮助下，偷偷改造了自家的地窖，把它建成了可以住人的地下室。凤南鹃就住在那里。

陈渔依旧要跟秦海生出海打鱼，每每这个时候，凤南鹃就会让陈渔把地窖锁起来，防止她在发疯的时候不知不觉地逃出去，从而暴露了自己的行踪。

而陈渔回来之后，会拉上家里全部的窗帘，让凤南鹃出来。

凤南鹃做得一手好面，所以即使陈渔回家再饿，仍会耐心地等她把面煮好，端到自己面前。

她在履行自己的承诺,替他洗衣做饭。陈渔也在履行自己的诺言,庇护着她。

日子在不知不觉间过去，凤南鹃藏在海野村的事，依旧无人知晓。

但时间总还是让一些事情发生了变化。比如陈渔和凤南鹃之间，就随着时间的推移有了越来越深的羁绊。

虽然发疯时的凤南鹃依旧会乱骂陈渔，可清醒时的她却爱上了这个一直给予她尊重的男人。

于是在没有领证，也无法领证的情况下，陈渔和凤南鹃结成了夫妻。

没关系，一纸婚书有时比不上一场自由的爱情。

陈渔告诉凤南鹃，他会好好地爱她一辈子，保护她一辈子。

要说陈渔没有动过把自己与凤南鹃的爱情昭告于世的念头，也是不现实的。

可很快，这念头就被他打消了。因为他听村民说，最近有人来海野村找人。

那一刻，他慌了。他害怕凤南鹃被带回去，害怕自己好不容易拥有的爱情烟消云散。于是那几夜，他躺在地窖里，躺在凤南鹃身边彻夜难眠。

后来陈渔才得知，来海野村的人，已经找到了他要找的人。对方并不是凤南鹃的丈夫。这让他松了一口气,也更坚定了他的想法:他一定要把凤南鹃藏好。

随着日历一页一页地被撕掉，凤南鹃的肚子也一天天地大了起来。

怀孕的凤南鹃，比以往更容易发病，完全变成了一个疯子。

陈渔吓坏了，不知道该怎么办。还是小裴懂得，那是因为凤南鹃害怕命运再次给她一记重拳。

曾经流产的经历让凤南鹃惴惴不安，所以才会那么容易发病。

“这可怎么办？”众人不知所措。

最后是小裴想出了办法。她请来一尊铜制的观音像，送到了凤南鹃的家里。

“南鹃，观音菩萨会保佑你的，你一定可以顺利生下肚子里的孩子，只要你每天虔诚祈祷。”小裴温柔地对凤南鹃说，“我的孩子，就是这么求来的。”

彼时，小裴刚生下秦晓雅。成功者都这么说，凤南鹃自然信她的话。

这观音像如同一颗定心丸，让凤南鹃安下心来。

她每天都定时跪在观音菩萨面前祈祷，不再焦虑难安，发病的次数也减少了许多。

但她的朋友们有别的烦恼。

秦海生问陈渔怎么办。凤南鹃可以藏起来，但孩子总不可能一直藏着吧？他要成长，要上学，还要拥有自己的人生……

陈渔一想到孩子的未来，也犯了难。于是，两个大老爷们又把目光投向了小裴。

温柔的小裴，聪明的小裴，总有办法的小裴，这次也有法子吧？

小裴轻轻摇晃着襁褓里的秦晓雅，看着丈夫和朋友，说道："好吧，我的确有一个办法。等南鹃生下孩子后，我们先把你和孩子偷偷送到城里，你在城里待几天，然后再回来给其他村民编故事。"

"编故事？"秦海生和陈渔异口同声地问。

"哎呀，你们两个男人真是榆木脑袋！"小裴说，"老陈就说他在城里头跟一个姑娘好了，结果人家难产死了。这不就能解释孩子是怎么来的了吗？虽然村里头的人都爱嚼舌根，但管他们呢！我们最重要的就是让这孩子光明正大地长大。"

"那生孩子的事怎么办？"

小裴干练地说："就让我来接生咯。欸欸欸，我说老陈，你这怀疑的眼神是怎么回事？晓雅也是我自己在家生的。"

小裴说，秦晓雅出生的那天，秦海生和陈渔都出了海。

结果，他们在海上收网时，在家里的小裴羊水破了。她想叫住在家里的婆婆，但婆婆和公公去山里摘橘子去了。痛得走不了路的小裴心一横，自己洗了一把剪刀，放在了身边。她一个人生下了秦晓雅，并剪掉了她身上的脐带。

听她说完自己的经历，陈渔将信将疑地点点头，决定等凤南鹃生孩子的时候，就找小裴来接生。

一切安排妥当，秦海生又将陈渔拉到了一旁。

"我说，南鹃她……"秦海生点了点自己的脑袋，"她这里有点儿问题，会不会遗传给孩子啊？"

其实这也是陈渔担心的事。但经过长时间的心理斗争，他已经做出了抉择。

"就算孩子脑子有问题，我也认了。"他表现出做父亲的决心，坚定地说。

后来，他也常常跪在观音像面前祈祷：南鹃生下的孩子，可一定要健健康康的啊。

也许是精诚所至，几个月后，凤南鹃生下了一个健康的小孩。

凤南鹃给他取了一个好听的名字：陈明启。

她希望自己躲在地窖里，忍受黑暗，把自己活成一个秘密时，从她身体里诞生的孩子，能开启光明的人生。这才是陈明启名字真正的由来。

之后他们开始担心，越来越大的陈明启，会将母亲藏在家中的事情告诉别人。所以早早地，陈渔就告诫他，一定要守住这个秘密，并且训练他守口如瓶的技能。所以陈明启从小就给人一种少年老成的错觉，连秦晓雅都不愿意跟他玩。

“我爸妈不让我去你家玩。”因为小裴不希望再多一个人知道凤南鹃这个秘密，所以自秦晓雅有记忆开始，她就不允许秦晓雅跟着她和秦海生去陈家。后来，秦晓雅也总是找这个借口来拒绝陈明启找她玩的请求。但事实上，她是因为察觉到陈明启心事重重的，才故意躲避他的。

陈渔非常担心有一天，陈明启会爆发，把家中的秘密曝光出来。

毕竟一个未成年的孩子，充满了不可知的风险。

但令陈渔吃惊的是，陈明启一直细心地保守着母亲的秘密。他比陈渔想象的更爱他的母亲。

这当然不只是陈渔的功劳。凤南鹃是一个读过《洗冤集录》，能取好听名字的女人，清醒时的她比陈渔更有本事。尽管她的本事与才华敌不过前夫的拳头，却能让陈明启佩服得五体投地，甘愿为她守护一切。

而在陈明启成长的日子里，陈渔的工作也有了变化。

他不再跟秦海生出海，而是做起了小生意。后来，随着海野村旅游业的发展，他又开了一家叫石光的民宿，搞起了旅游业。

民宿装修的时候，秦海生还来帮过忙，顺便带来了满满一筐橘子。他说这橘子是小裴和秦晓雅上山摘的，因为知道凤南鹃喜欢吃，便拿了一份过来。

那时，秦海生提到小裴和女儿，脸上还洋溢着幸福。

谁知后来，小裴被病魔夺去了生命。

听说小裴病重，凤南鹃一直很担心，甚至还因此发过一次病。因为小裴这个果敢善良的女人是她的恩人，也是她最重要的朋友，她舍不得她离开。但再舍不得，小裴最后还是走了。凤南鹃没有见到她最后一面。

凤南鹃听陈渔说，小裴入土的那天，送葬的队伍会经过他们家，于是她就央求陈渔，在那天把院子的大门打开，她会在窗帘后面偷偷目送小裴最后一程。

陈渔思索了良久，答应了。

送葬那天，一行人路过陈家时，同行的刘全金还问陈渔："老陈，你出来咋不锁门啊？"

陈渔不说话，默默地跟上队伍，把一脸疑惑的刘全金甩在了身后。

他知道，此刻凤南鹃一定在家里，拉开窗帘的一角，默默注视着送葬的队伍上山。他甚至能想象出她泪流满面的悲伤样子。

送葬结束后，心情沉重的陈渔和大伙一起下山。他本该先回秦家去的，却在半路发现自家的院子里闯进了一男一女两个年轻人。

"喂！你们在我家干吗？"陈渔心里一惊，冲进自家院子，大声地呵斥道。

两个像是情侣的年轻人被吓了一跳。

"啊，对不起……"给女生拍照的男生指指陈家院子外的海景，说道，"我们只是觉得这个角度看风景好，想在这里拍下照。"

但陈渔没给他们好脸色，继续嚷道："不行不行，都给我出去！"

"叔叔，我们就拍一张，就拍一张，我今天还没出图呢。"女生恳求着。

"说不行就不行！谁允许你们进来的？！"

"大门又没关。"女生努着嘴道。

"大门没关就可以随便进来吗？真搞不懂你们这帮年轻人在想什么，都给我出去，出去！"

情侣被暴怒的陈渔吓到，嘟囔着："就这破地方还想搞旅游啊！"两人气呼呼地离开了陈家的院子。

虽然对方不经过同意就进入人家院子的确不对，但陈渔这突然变得暴躁的脾气，也着实吓坏了其他村民。

“行了，老陈，你自己也是开民宿，吃旅游业这碗饭的。”刘全金安慰陈渔，“下次出门咱就把院子大门关上呗。”

“对啊对啊，干吗对游客发那么大的火。上次有游客翻墙到我家拍照，我还送了他们两个橘子呢。”另一位村民也劝道。

他们不知道，陈渔的暴躁来自对凤南鹃暴露的担忧。

他害怕因为今天的事，家里的秘密被人发现了。

于是他赶紧锁上了院子的大门。

从此之后，他家的大门上就多了“游客勿进”的告示牌。

后来，其他村民也有样学样，就连给游客送橘子的那位村民，也给自家的大门挂上了类似的牌子。不然他家院子里的橘树，早就被人薅秃了。

而除了这一个小插曲之外，小裴的离世还带来了别的改变。

失去小裴的秦海生开始迷恋上了赌博。

很难说他是为了化解失去妻子的悲痛，还是单纯因为没有了妻子的管束，才去赌博的。

总之，赌博的冲动在他的体内泛滥。

赌博带来的刺激感，狠狠攫住了秦海生的心。赢一次，输两次，赢两次，输三次……他根本没有注意到，自己是“十赌九输”里那个“九”中的一员。他只是天天妄想，终有一天，他会成为那胜利的“一”。

他借贷赌博，输了钱还不上，是不敢跟女儿秦晓雅讲的。

但他的好友陈渔知道这件事。因为秦海生后来开始向陈渔借钱。

借了两次后，陈渔就问出了他赌博的事。

陈渔当然规劝过他，让他不要沉迷于这种虚假的一夜暴富的美梦中，而是踏踏实实地工作，把秦晓雅培养好。

秦海生借钱时满口答应下来，借到钱后却把陈渔的话抛诸脑后。

几次三番后，陈渔终于决定拒绝他。

“之前借给你钱，我就没想过要回来。毕竟你和小裴帮了我那么多。但海生啊，你也不能一直执迷不悟下去，一直问我借吧。我开民宿你也知道的，赚不了几个钱，你一直问我要，我真的给不了。”

秦海生习惯了顺利地从陈渔手中拿到钱，听到他这样拒绝他，便立刻变了脸。

“你什么意思？我只是问你借钱，又不是说不还！”他嚷嚷起来，“你还记得我和小裴帮了你那么多忙啊！现在倒好，你自己开民宿当老板，有儿子，有女人，生活过得可滋润了，却来跟我说你没钱？只是几千块钱的事，你竟在这里跟我推三阻四！我真是看错了人，交错了朋友。”

“海生，我不是这个意思。你小声点儿。”陈渔安抚他道，“只是我最近手头真的紧，民宿明天还要进货呢。”

“得了，你不想借就直说不想借吧。”秦海生愤愤地看着陈渔。

陈渔咬了咬牙。他知道自己说出接下来的话，他和秦海生这么多年的感情就会完了，但他还是开口道：“是的，我不想借了。”

“行。”秦海生点点头，道，“那凤南鹛的事，我可不能保证村里其他人不会知道些什么。”

“你什么意思？”

“我没什么意思。”秦海生耸耸肩。

陈渔急道：“南鹛也是小裴一直想保护的人啊！”

“我知道。”秦海生冷漠地说，“但现在，小裴已经走了。”

说完，秦海生转身就要走。

陈渔赶紧叫住了他。

“海生，你容我再想想办法。”陈渔说，“你再给我几天时间，我把钱凑给你。”

秦海生转过头，看着陈渔，笑了笑。

“好，我等你。”他胜利般地说道。

古诗有云：“不识庐山真面目，只缘身在此山中。”

人有时无法看清自己身处何种困境，脚下是否有新的出路的。

很久之后，陈渔才意识到，从秦海生要挟自己的那天开始，他就变成了另一个凤南鹃。他逃不开、避不掉与秦海生的关系，只能任由他把着自己的秘密，不停地向自己出击。那无形的拳头一次次捶得陈渔喘不过气来。

“海生，我求你想想小裴，想想南鹃，别把我们的事说出去。”

“行行行，你再等我几天，我会把钱凑出来给你的。”

“真的没有钱了，真的没有了……”

“这是最后一次了，对吧？你再问我要，我也给不出了。”

“你去说吧，你就把我和南鹃的事说出去吧！我真的受不了了……”

“不，我错了。海生，我和南鹃好不容易有了现在的生活，你行行好，再给我几天时间，线上订房的钱过几天才能到账。”

他和秦海生说过多少次“这是最后一次了”呢？陈渔数不清了。

原本情同手足的兄弟，转眼之间变成了恶魔。陈渔感觉自己仿佛坠入了地狱之中。

但为了凤南鹃，他努力了二十年，他不想这么快就放弃。如果被别人知道，凤南鹃一直藏在自家地窖里，这件事一定会成为村里人茶余饭后的谈资。现在网络又那么发达，要是被人发到网上，凤南鹃曾经的家人岂不是会找上门来？再说了，他们的儿子陈明启肯定也会受到村民的指指点点，到时候整个家就完了……

为了保住自己好不容易建立起来的家庭，陈渔只能忍受着秦海生的勒索。

但最近几年，民宿的经营越来越艰难，账上的亏空加上秦海生的勒索，陈渔手头已经没有多少钱了。

陈明启虽然一直在质疑他，之前攒的钱都到哪里去了，他也没供出秦海生。

他不想让儿子参与这件事，但他的确要想想办法把亏空填上。

于是，他竟也开始动歪脑筋。

他看到网上有人说，偷拍视频能卖钱，于是找到了老塞，买下了那一批隐藏式摄像头。

那玩意儿没有说明书，他只能趁自己值班时，偷偷去空的客房里研究、安装。好不容易弄好了，结果把民宿里的监控全弄断线了。

算了算了，反正那监控一年也用不上几次，他就想拖一拖，等视频卖到钱后，再去修理。

11 月 1 日，陈明启说，他们民宿来了一个叫陆秋的明星，住在“观海之韵”客房。

他听到这个消息很开心，不是因为能偷拍到明星而开心，毕竟，他可不敢把明星的生活视频乱发到网上。他是为自家的民宿，终于也能标上“明星同款”而开心。

他幻想着明星效应能给石光民宿带来流量，他们的生意能好一些。

陈渔一边想着，一边在电脑上浏览这几日民宿的入住率，唉声叹气：“怎么用流星雨做噱头打广告，入住率也这么低啊。”

彼时是 11 月 2 日，新闻上说晚上会有狮子座流星雨。

当天晚上，陈渔值班。那个叫陆秋的明星，点了一瓶酒，在露台上边喝边捣鼓相机。

坐在前台的陈渔瞄了一眼露台，心情愉悦地想，他若是能拍个照片、视频什么的发到网上去，他们民宿到时候就可以借此来宣传了。

这时，他忽然想起，自己忘了清点今天仓库的货，于是站起了身。

透过露台的玻璃，陈渔看到陆秋抬起了头。

于是，他朝他礼貌地点了点头。

陆秋也微微一笑，颇有风度地回应他。

真是亲民的大明星啊。走进仓库的时候，陈渔心里还在这么想。

但等他回到前台时却发现，原本坐在露台上的陆秋不见了。

大概是喝完酒回房了吧？陈渔暗骂自己，年纪大了，事情的先后顺序都不会安排了。他怎么可以在客人喝酒的时候离开前台呢？他会不会因为没见到人，买不到酒，所以提早结束观星回房间了呢？

陈渔有些担心对方会在网上写下差评。

但他的思绪没在陆秋身上停留多久就被打断了。

有人推门进入了民宿。

他以为是客人，结果却发现是秦海生。

“你怎么来了？”陈渔原本的好心情瞬间烟消云散，因为他知道秦海生如今“无事不登三宝殿”。

“老陈啊，我是想再问你……”秦海生的话说到一半，从民宿的入住区跑出一个小孩。

这是在观景台看星星的三口之家的小孩。他似乎等流星等得不耐烦了，跑到了大堂里，抓了一本漫画书开始瞎翻。

秦海生看了小孩一眼。

陈渔赶紧从前台出来，说：“我们去露台说吧。”

秦海生点点头，随陈渔来到露台。露台的玻璃门因为要对抗海风，做得很厚，隔音效果也极佳，不必担心屋内的人听到对话。所以秦海生敞开了说：“老陈啊，我最近又欠了点儿钱。你看，能不能帮我再垫一垫？”

“上次你说了是最后一次了！”

“这次真的是最后一次了。”秦海生又一次耍赖。

“你别太过分了！”

“你就说你给不给嘛。”

“我给什么给？我自己都没钱……”

“你难道想让别人知道你家地窖里的秘密吗？”秦海生照例说出了威胁的话。

一听到他要把凤南鹃的事情讲出去，陈渔就没了辙。

“要多少？”他沉默许久，最终还是无奈地问。

秦海生用手比了个数字。

陈渔一愣：“这是千，还是万？”

“万。”

陈渔咋舌：“怎么欠这么多……”

“手气太差了。欸欸欸，其他的话就别说了，你就说这钱给不给吧？”

“再让我想想。”陈渔垂下眼帘。

秦海生知道，他这次也会帮自己这个“小忙”。于是他逼问道：“要多久？”

“总得等订房的钱到我手里吧？”

秦海生算了算与债主约定的时间，道：“月中之前是可以的吧？”

陈渔点了点头。

秦海生笑笑，说：“那我可等你咯？”

陈渔疲惫地吁出一口气，抬头看到一颗流星滑落下来。

他仰头看向天空，角度跟架在围栏外边的相机一模一样。

如果陈渔当时仔细点儿，其实能看到缠满藤蔓花草的围栏处，有八爪鱼支架的。

但那天晚上，他根本没心思仔细观察，更别说发现架在围栏外的陆秋的相机了。

于是，他与秦海生的对话，就这么被陆秋的相机录了下来。

26 阴差阳错

秦海生这次提出的数额让陈渔犯了难。他不知道自己为什么就像着了魔似的，一直顺应着秦海生，不停地掏钱。这样的行为是不是要终止了？这样的行为也该终止了吧？

陈渔愤恨不已，可是就在这个时候，他发现了陆秋的秘密。

他通过隐藏式摄像头，看到陆秋出现在了民宿的另一间房里。

订那个房间的女人有个令人印象深刻的名字——连西娅。

原来，这明星是来这里跟别人幽会的啊。要不然他怎么会无缘无故地跑到海野村这个犄角旮旯里来呢？陈渔当时如此猜测，浏览起隐藏式摄像头拍下的视频。

视频记录下陆秋和连西娅翻云覆雨的场景，那画面太香艳，让陈渔都心跳加速。如果把它放到网上，肯定会引起轩然大波。但他不会傻到把视频公布出去，不然到时候吃苦头的还是自己。

但他知道，自己可以拿这视频勒索陆秋。

就像秦海生勒索他一样。

一想到钱的事峰回路转，陈渔随即打消了与秦海生同归于尽的念头。

这一次，他也决定再拖一拖。他没有意识到，这么多年来，他最擅长的事情其实就是拖延，能过一天是一天。

于是，11 月 3 日深夜，本不该值班的他找了个借口，回到了民宿。他趁陆秋回自己房间取东西的时候，敲开了陆秋的门。

“我有一段视频，你应该会很感兴趣。”他发现自己勒索陆秋时的语气跟秦海生一样，在心里冷笑一声：果然，我们曾是情同手足的兄弟啊。

而这头，被勒索的陆秋露出愤怒的神情。

但后来陆秋还是冷静下来，说他要想一想，再给陈渔一个答复。

陈渔一边担心陆秋会报警，一边又觉得他能说出这话，说明钱的事情有戏。于是他就答应下来，等陆秋“想一想”。

11 月 4 日早上，陆秋的情人连西娅退房，离开了民宿。

陈渔以为陆秋会立即来找自己谈判，结果却一直没等到他来找他。

难道我自己要主动出击吗？陈渔不知道陆秋在搞什么，只能坐在前台抖着脚等待着。

时间一点点地过去，已到了晚上 7 点。

彼时，陈渔和陈明启刚在厨房里整理完餐具，回到了前台。

他们旋即看到了站在前台的陆秋。

“您好，有什么需要我们帮忙的吗？”陈明启看到陆秋，立刻堆起笑脸。

“哦，”陆秋从柜台直起身子，“我想买一瓶酒。”

“好的。没问题。”陈明启热络地招呼着，却被陈渔打断。

“明启，你先下班回家吧，我来服务客人。”今天晚上值班的陈渔这样说。

陈明启念及家里的母亲还在等他吃饭，便点了点头，离开了民宿。

陈渔摊开菜单，问：“你要哪种酒？”

陆秋看着菜单想了想，指了一款。

从始至终，他都没提起要跟陈渔买视频的事。

这让陈渔心里打鼓：这年轻人到底在想什么啊？

他忍不住开口，说：“那个……”

才蹦出两个字,就被陆秋抬手阻止了。陆秋看了一眼通往入住区的走廊,说:“现在还会有客人走动，等晚点儿再说吧。”

陈渔想了想也是，人家的身份在那里，谈事情的确要等不确定因素少一点儿才行。

怪不得他白天一整天都没来找自己。

陈渔心里的不安减少了一点儿。

待陆秋走后,他坐下来,狠狠地舒了口气,抓过了桌子上的保温杯喝起了水。

陈渔没想到，那天晚上他会昏睡过去。

后来他才意识到，那天晚上，自己的水杯里被陆秋投了磨碎的安眠药。

陆秋睡眠不好，不是靠酒精来入眠，就是靠安眠药来入眠。他随身带着的东西帮他迷晕了陈渔。

接着，陆秋趁陈渔昏睡时，从他的衣服口袋里偷走了他家的钥匙。

因为今天白天，就在他为自己与连西娅的事被人偷拍而惶惶不安时，他想起了自己的相机。

那天，他去露台取相机的时候，随手快进了一下录下的视频，然后，他似乎听到了民宿老板的声音。他好像跟谁在吵架，当时陆秋并没有对此太过在意，现在为了确认这一点，他重新打开了自己的相机，翻到录流星雨的那个视频。

他将视频的音量调到最大，按倍速，一帧一帧地看过去，终于听到了民宿老板和一个陌生人的声音。

“老陈啊，我最近又欠了点儿钱。你看，能不能帮我再垫一垫？”

“上次你说了是最后一次了！”

“这次真的是最后一次了。”

“你别太过分了！”

“你就说你给不给嘛。”

“我给什么给？我自己都没钱……”

“你难道想让别人知道你家地窖里的秘密吗？”陌生的男人这样威胁民宿

的老板。

结果，民宿的老板竟然同意了对方的勒索。

地窖？秘密？

陆秋很快圈出了重点。

他来海野村，是因为自己的高中同学曹冰勒索他。他没有曹冰的把柄，只能认栽。但这股气一直憋在心头，他告诉自己，之后，他一定会让曹冰付出代价。就像当年，他协助吴泰羞辱他，他死也要把他带到器材室羞辱一番一样。

可现在倒好，曹冰勒索他的仇还没报，又来一个陌生人敲诈他，他怎么忍得了这口气呢？

一开始，陆秋是无助的。虽然怒火中烧，但为了自己的公众形象，他似乎也只能乖乖掏钱了。但现在，因为这个无意间拍下的视频，他有了别的想法。

他可不想成为一只一直被宰的羔羊。

于是睚眦必报的他，决定用地窖的秘密来威胁陈渔。

但视频里，陌生的男人说的话很模糊，陆秋无法判断所谓的“地窖的秘密”跟自己被偷拍的视频相比，哪个更有杀伤力，所以他决定自己去窥探一下陈渔的家，录下证据，形成制约。

第一天来海野村的晚上，陆秋去星晴咖啡店跟曹冰聊了封口费的事。回来的路上，他碰到了从家里出来，正在锁大门的陈明启。陈明启还提醒他注意私生饭的事。所以，陆秋知道陈家在哪儿，也知道他们家现在仍在用传统的钥匙。

为了搞到钥匙，陆秋磨碎了随身携带的安眠药，并趁着他与陈明启都在厨房忙碌的时候，来到前台，往陈渔喝的水杯里投下了安眠药。

果不其然，陈渔很快就在前台睡着了。

陆秋几乎称得上是大摇大摆地从熟睡的陈渔身上，找到了他们家的那串钥匙。

然后他拿着钥匙，在深夜小心翼翼地打开了陈家的大门。

大门发出了声响，却不足以惊动屋里的人。陆秋从打开的门缝里闪身进入，一路来到了门口。

不需几分钟，他就轻松地打开了陈家房子的门。

借着手机手电筒的光，他蹑手蹑脚地步入陈家，很快，他就在一楼找到了地上的一块木板。那一看就是地窖的门。

陆秋犹豫了片刻，还是打开了那道门。

旋即，往下延伸的台阶出现在陆秋面前。他又做了一会儿思想斗争，还是一咬牙，走了下去。

他发现，这地窖比想象的还要大得多。

他甚至不用手机的手电筒，就能看清里面的摆设，因为地窖中央亮着一盏昏黄的灯。

而灯光下的景象，让他吓了一跳，心脏猛地一缩！

一个上了年纪的女人被绑在床脚，坐在地上。她身体的周围散落着碎掉的碗、翻倒的椅子。

陆秋紧紧抓着差点儿被吓掉的手机，将摄像头对准了那个女人。

原来，陈家地窖里的秘密是这个！

陆秋脑海里闪过几部电影的画面。那些电影都讲述了被罪犯囚禁在地下室的人的故事。

以前，陆秋觉得那不过是电影里瞎编的玩意儿。但现在，类似的场景出现在了他面前，让他浑身起鸡皮疙瘩。

救人要紧。那一刻，正义感爆棚的陆秋疾步走到了女人身前。

“你还好吗？”他探了探女人的鼻息，发现她还活着，便道，“醒一醒，我救你出去！”

他伸手去解绑女人的绳子。还未解开呢，女人就醒了过来。

她瞪大了眼睛，大叫道：“你是谁？”

陆秋的心脏再次一抽，赶紧捂住了她的嘴。

“别出声，我是来救你的。”他说着仿若电影台词的话，催促女人道，“赶紧起来，跟我走。”

“我不走！我不走！你是谁？你给我滚出去！”女人扭动着头，挣脱陆秋的手，继续叫嚷道。

陆秋心急地再次捂住了女人的嘴。

“你是不是疯了！”陆秋低声呵斥完，喃喃道，“我懂了，你是不是被那个民宿老板给精神控制了，还是你得了斯德哥尔摩综合征，爱上了囚禁你的人？”

陆秋正不耐烦地说着，女人却张开了嘴，作势要咬他的手。

幸好陆秋眼疾手快抽了回来，才没被她咬到。

“阿姨，我好心来救你，你别乱发疯！我最后问你一次，你跟不跟我走？”

“我不走！我不走！你是谁？！你给我滚出去！”女人再次吼道。

“行吧，我跟疯子讲不明白。”他嘟囔道，“我去找警察救你。”

“什么？！”女人惊讶地问。

“我拍了视频，”陆秋晃了晃自己的手机，“我去报警，警察会来救你的。”

“不要！”女人疯狂地摇头，被绑在床脚的手也不停地挣扎着。

很快，她就挣脱了束缚她的绳子。因为她的儿子陈明启根本就没有将它们绑紧。

今天从民宿下班回家，陈明启就发现母亲又发病了。她乱砸东西，不仅砸碎了碗，踢翻了椅子，甚至把曾经用来祈福的观音像都给扔在了地上。他已习惯如何处理这种情况。于是他驾轻就熟地制服了发疯的母亲，把她绑到了床脚，让她冷静冷静。他没有绑得很紧，因为他可不想弄疼母亲。

她只是发病了，不是什么野兽。

但现在，挣脱绳子的凤南鹃变成了野兽。

“不能给别人看！不能给别人看！”她吼叫着，扑向了陆秋，企图夺走他手里的手机。

陆秋躲闪不及，手机被摔在地上。

“搞什么啊，疯女人！”陆秋赶紧捡起地上的手机，头也不回地往台阶处跑。

然而他口中的疯女人，拉住了他的衣角，猛地将他拉了回来。

“放开我！”陆秋大喊。

凤南鹃也大喊：“你不准走！”

就在纠缠之时，凤南鹃注意到了被陈明启收起来放在一旁的观音像，那铜制的观音像正慈悲地看着她。

凤南鹃不假思索地伸出手，搬起了观音像，砸向再次想要跑掉的陆秋。

砰！

她拿着观音像用力地朝陆秋的脑袋砸去。陆秋一个踉跄，摔倒在地，疼得根本爬不起来。

砰！砰！砰！

凤南鹃发疯似的连续朝陆秋的后脑勺猛击了几下。

陆秋瘫倒在地，头上流出了鲜血。他抽搐了几下，就趴在地上一动不动了。

凤南鹃茫然地举着观音像，死死地盯着死掉的陆秋，流出眼泪来。

为什么？为什么这个人会出现在这里？他是谁啊？我怎么就杀了他？

无数个疑问让凤南鹃晕头转向。然而下一秒，她注意到了地窖门口，又出现了一个人！

陈明启呆立在台阶上，捂住了自己的嘴巴。

不知过了多久，他才缓缓地喊出一声：“妈……”

陈明启很后悔自己听到动静没有立刻下楼。他还以为，那不过是母亲在发疯乱叫。

等他察觉到不对劲，赶来看母亲时，他发现为时已晚。

陆秋不知为何出现在了地窖里，并且被母亲给砸死了。

他赶紧给父亲陈渔打电话，但是陈渔一直没有接听。

现在该怎么办？

陈明启慌乱地看着躺在地上的陆秋，感觉自己的双手变得麻木，脑子里也变得麻木。

不知过了多久，他才走到地窖深处，拿来了毛巾，擦掉陆秋后脑勺上的血迹。

“明启，你要干什么？”凤南鹃紧张地问他。

陈明启咬了咬牙，说：“妈，你去睡吧，把今天的事忘掉……我来处理他。”

凤南鹃错愕地看着陈明启，只见他胳膊发力，青筋暴起，将陆秋的尸体扛到了自己的肩头。

这两年替父亲搬货练出来的力气，在今晚发挥了作用。

他寻来一双新的搬货用的手套，把陆秋的尸体搬进了停在院子里的车里。那车是他用来运货的，底下本就垫着垫子，所以即使沾到陆秋的血，他也只需把垫子抽掉即可。

然后，他发动了车子。

现在他有两个选择，一个是往下开，开去海边，把陆秋丢到海里。但他不确定，山脚下那零星的几个监控会不会拍到自己。所以他只能选择另一个方案。他知道山背面的路上监控安装在哪里，怎么避开，也知道隔壁的顶风山上虽有路，但鲜少有人前往，那边的监控更是少得可怜。而且听说，前些日子那些监控还因为雷击而损坏了。

所以他觉得可以将车开去顶风山，毁尸灭迹。他知道那边有一个凸出的山崖，底下就是茫茫大海。虽然围着栏杆，但他应该可以把陆秋抱起来，从那里丢下去。希望茫茫大海能把他的尸体带走。

分析完这一切，陈明启将车开了出去。他要翻过山头，去山的另一面。

路过自家的民宿时，他甚至还往里看了一眼。但是他没有看到父亲的踪影。因为那时，陈渔正趴在前台呼呼大睡。柜台遮住了他的身体。

见不到父亲，陈明启决定自己解决手头的麻烦。

他一边安慰自己“没事的，没事的”，一边将车开到了顶风山山崖之上。

陈明启四处张望，确定没人在这乌漆抹黑的夜来到这里后，他跳下车，从车里抱出了陆秋的尸体。

接着，他用尽全力将陆秋的尸体从围栏上抛了出去，丢进了海里。然后，他把陆秋的手机也一并丢了下去。

但他万万没想到，在自己精疲力竭地做这一切时，陆秋口袋里的六芒星胸针会掉出来。

他本该听到声响的，但当时他太过紧张，耳朵里一直嗡嗡作响。而且夜又那么暗，他根本没看到有什么东西落进了石堆缝里。

抛完尸后，陈明启回到了家，处理了车里的垫子和地窖里的血迹。

一切处理完，天还没亮。

陈明启冲了个澡，换了套衣服，向自家的民宿走去。

石光民宿里，陈渔刚刚睡醒。因为脑袋发涨，他只能撑着额头在前台缓缓。

他正在疑惑自己为什么睡得这么死，就看到儿子推门走了进来。

只见陈明启脸色凝重地将他的那一串钥匙，放到了他的面前。

“我的钥匙怎么在你那儿？”陈渔还没发现自己的钥匙被陆秋偷走了，不解地问道。

陈明启想了想，环顾四周后才压低声音，把陆秋偷走他钥匙，溜进他们家的事告诉了陈渔。

陆秋在进入地窖之前，把钥匙放在了入口处的地板上，所以陈明启才把它捡了回来。

陈渔木木地听着陈明启讲着他睡着时发生的事，只感觉天旋地转。

“你说……你妈她……把陆秋给杀了？”他的声音小到不能再小，声音里却满是惶恐。

“他为什么要偷你的钥匙，潜入我们家？”陈明启困惑道，“而且他是怎么知道我们家的秘密的啊？”

陈渔低头看着钥匙，头痛欲裂。

缓了好一会儿，他才把自己勒索陆秋的事告诉了陈明启。

“爸，你怎么可以这样？！”陈明启一边责怪父亲，一边快速地思考，“陆秋知道了我们家的秘密，所以他拿着手机去拍我们家的地窖，为的就是让你不敢再勒索他！”

陈渔想想也只有这一个理由。

而且他大概也猜到，陆秋是怎么偷走他的钥匙的了。

陈渔把目光投向自己的水杯，困惑道：“可是，他是怎么知道你妈的事的？”

“反正我从来没有透露过……”

“我也没有啊。”

“会不会是……秦叔？”陈明启猜测道，“可是秦叔又是怎么认识陆秋的？他又为什么要告诉陆秋我们家的事？”

“秦海生？”陈渔撑着脑袋，绞尽脑汁地思考。

他想起了流星雨那晚，秦海生来问他要钱的事。这是他们最近唯一一次提到地窖秘密。

与此同时，还有一个画面也浮现在他的脑海里。

那就是当晚陆秋坐在露台上边喝酒，边摆弄相机的画面。

可当时，他和秦海生在露台上说话的时候，并没有看到相机啊……

陈渔把这件事告诉陈明启，陈明启说：“陆秋会不会把相机架在了哪个角落拍流星雨，但是你们没注意到？”

“我不知道。”陈渔茫然道。

陈明启脸一沉，突然果断地说：“给我房卡。”

“什么？”陈渔还在发愣。

陈明启旋即走进柜台里，翻出了万能房卡，然后找来一副一次性的手套，疾步去了入住区。他借着还未亮的夜色，闪身进入了陆秋居住的“观海之韵”。

陆秋的东西还凌乱地堆放在房间里。

陈明启很快找到了他的相机。

他要确认，是不是流星雨那晚，他录到了父亲和秦叔的对话。

很快，他就在相机里翻到了一段时间很长的流星雨视频。

陈明启站在房间里，盯着相机的屏幕，以4倍速浏览着视频。不知为何，他感到燥热，额头已经渗出了汗，戴着一次性手套的手也变得黏黏的。

天快亮了，万一有游客醒了，会不会目睹他一大清早从陆秋房间里出来呢？

陈明启紧张得心跳加速。就在这时，他听到视频画面里传出了父亲的声音。

他赶紧将视频的 4 倍速调回 1 倍速。

他果然非常清晰地听到了父亲和秦叔那晚的对话。

“你难道想让别人知道你家地窖里的秘密吗？”

就是这么一句话，让陆秋发现了他们家的秘密。接着，他夜探地窖，发现了陈明启的母亲。他误以为母亲是被囚禁在家中的受害者，想要救她出去，结果母亲为了阻止秘密曝光，失手杀死了他。而她的儿子也成了整场命案的帮凶……

面对荒唐的命运，陈明启不禁哑然失笑。

“怎么会这样……”他呢喃着，拔掉了陆秋相机里的存储卡。

但是，如果就这么丢掉存储卡，警察肯定会有所怀疑。可他不能简单地把刚刚的视频删除，把存储卡留在那里。因为警察说不定有办法恢复里面的内容。

就在他惴惴不安之时，他忽然想到，春节的时候，他曾不顾父亲的反对，进了一批存储卡，里面恰好有与陆秋相机存储卡同品牌同规格的。

于是他果断地把陆秋相机里的存储卡塞到了自己的口袋里。确认入住区没有住客后，他回到了前台。

此时天色渐明，他让陈渔守着通往入住区的通道，防止有住客过来。

然后他用前台的电脑，将陆秋存储卡里除流星雨外的照片和视频，导到了新的存储卡里。之前他曾找曹冰学过一些计算机技术，知道用什么软件能够更改存储卡内文件的创建和修改的时间。所以没多久，陈明启就导完了视频，佯装整理房间，回到陆秋的房间，把新的存储卡塞进了相机。

一切处理完，陈明启并没有放下心来。万一警方查到了相机存储卡的事会怎么样？他们会不会来核对民宿的账单，确认他们家存储卡存货的数量？

陈明启犹豫了一下，决定趁着今天去进货，绕远路去把同规格的存储卡补上……

那一天，陈明启感觉自己无比疲累。

为了隐瞒母亲杀害陆秋的事，他和父亲苦思冥想，用尽了千方百计，企图将一个个可能被发现的漏洞填上。

不过他没想到，陆秋的尸体居然在当天傍晚就被人发现了。

从那时起，内心的惶恐、害怕、焦虑，时时刻刻侵蚀着陈明启和陈渔的心。

他们最怕的就是看到宋澄和高卿佐上门。

可偏偏，他们死咬着他们不放。

而令陈渔没想到的是，他们查到了他去找老塞买隐藏式摄像头的事。

该死的老塞！陈渔听到这个消息的时候，努力克制着自己的不安。

警方亮出了证据确凿，他只能承认，自己的确买了隐藏式摄像头，但是他悬崖勒马，早早把它们扔了。

他和陈明启的确处理了那批隐藏式摄像头，不过那是在陆秋死亡的那天下午。陈明启去买存储卡的时候，一并将这件事办妥了。

尽管如此，陈渔并没有放下心来。

他听宋澄说，老塞可能存有隐藏式摄像头拍摄下来的视频。这让陈渔暗骂不好，因为他从没想过这件事情。

但宋澄的推测是合理的。老塞那家伙爱赚黑钱，他很有可能真的存着那批摄像头拍下的视频。

虽然现在老塞跑了，但他之后大概率还是会被警方逮到的。

到了那个时候，警方就会发现，他一直在撒谎，也会怀疑陆秋的死跟他们有关。他们没人能全身而退。而凤南鹃的秘密也将会被公开。

杀死陆秋的凤南鹃会被判刑吗？可能不会，因为她本身精神就有问题。

但是，帮她处理尸体，抛尸的陈明启呢？

如果事情败露，那么他必定会受到惩罚。他明明有大好的未来……

就在陈渔焦躁不安之时，秦海生又找到了他。

“最近因为那个明星的事，你们民宿生意不错啊。”某天夜里，秦海生再次来到了石光民宿。

陈渔现在一看到秦海生就心烦，但是表面上也只是笑笑。

他知道他是来要钱的，于是开门见山地说：“你急什么，订房平台后天才结款，你到时候再来吧。”

“真的？”秦海生一挑眉，问。

陈渔不悦道：“骗你干吗？”

秦海生算了算时间，虽然马上要到债主逼着还债的最后期限，但应该还来得及。

于是他点了点头，说自己后天再来，就离开了民宿。

看着秦海生远去的背影，陈渔忽然冒出了一个念头。

他要让凤南鹃的秘密一直成为秘密。

他要让儿子不会因为抛尸而受到法律的制裁。

与此同时，他还要让他们不会像自己一样，被秦海生无止境地勒索。

于是第二天，他翻出了多年前凤南鹃带来的砒霜。

他查过了，这东西的毒性不会因为时间的流逝而消失。他要用它解决掉秦海生。

陈渔把砒霜下到红酒里，托陈明启送去。因为他怕自己送过去，秦海生会怀疑里面有猫腻。

起初，陈明启很疑惑，秦海生都勒索了他父亲，父亲为什么还要送给他酒喝。

陈渔撒谎道：“我不想和你秦叔因为钱的事闹那么僵，毕竟他多年前帮了你妈。但你不要告诉他这瓶酒是我送的，就说是你进货的时候商家送的。你不想让我喝酒，就想转送给他。”

“为什么？”

“哪有那么多为什么。让你这么做，你就这么做。”这时，陈渔摆出了身为父亲的威严。

搞不清楚父亲与秦海生之间感情的陈明启，虽然心有疑虑，最后还是照陈渔的吩咐去做了。由于陈渔擦拭过酒瓶，又把酒放在礼袋里，所以酒瓶上没有留下他的指纹。又因为陈明启进货、搬货、送货都戴着手套，所以礼袋上也没留下他的指纹。

很快，秦海生被毒死的消息就传了出来。

陈明启这才意识到，自己送的那瓶酒可能有问题。

他跑去质问父亲，秦海生是不是他毒死的。

陈渔早料到他会这么问，所以没有任何犹豫地承认了。

母亲已经杀了人，现在父亲又犯下了案子，陈明启感觉自己的世界快要塌了。

他难以置信地责问陈渔："为什么？你为什么要这么做？！"

陈渔却平静地告诉他，他这么做，是为了坚定自己的决心。

"决心？"陈明启不解。

"我已经想好了，"陈渔缓缓地说，"我会把所有事情都揽在身上的。陆秋是我杀的，你秦叔也是我杀的。"

"你想替我们顶罪？"陈明启吃惊地问。

陈渔凄然地笑了笑："给你秦叔的那瓶红酒里的毒是我下的，我本身就有罪。"

这就是他所说的决心。

因为他已经犯下了命案，所以他不会犹豫，不会逃走，他会走到那两个警察面前，告诉他们，一切都是他干的。

听到父亲如此坚决地说着顶罪的计划，陈明启眼里泛出泪来。

为什么会这样……为什么会这样……

他不停地在心里发问，但命运不会给他回答。

"明启，我希望你好好的，希望你妈也好好的。"陈渔拍了拍陈明启的肩膀，"如果民宿到时候开不下去了，你就把它卖了吧。之后，你好好找一份工作，找一个好女孩，一个可以接受我们家秘密的好女孩……”

陈明启咬着后槽牙，忍着泪，嗤笑道：“怎么会有人接受我们家的秘密啊……”

“对不起，明启，爸只能做到这里了。”陈渔也忍着泪。

“可是爸，即使你去替我们顶罪，你觉得那两个警察会相信吗？”

“啊？”

“你突然跑去自首，他们难道不会怀疑你是在顶罪吗？”

陈渔被陈明启的话点醒。

是啊，太顺利地破案，会不会让那两个警察觉得很可疑？他们会不会为了戳穿他的谎言，反倒留意起陈明启呢？如果他们仍缠着陈明启不放，会不会发现凤南鹛的存在呢？

陈渔犯了难。

就在这时，陈明启忽然想到了什么，说道：“我有一个办法。”

“什么办法？”

“我去自首。”

“不，我不会让你去自首的！你还有很长的人生路要走……我和你妈，不可能让你去坐牢的！”

“我知道。”陈明启说，“但只有我先去自首，你才能帮我们顶罪，而且警察也会放松对我的关注。”

“什么意思？”陈渔感觉自己脑子转不过弯来了。

但他面前的陈明启，眼里闪过一丝精光，说出了他的计划。

在这个计划里，他是被父亲逼迫顶罪的小孩，他说的话全是谎言。只要警方逮到老塞，这个谎言就能被戳穿，因为他会故意说，隐藏式摄像头是他去买的，而老塞肯定会告诉警方，买摄像头的人其实是陈渔。陈渔这个时候，佯装计划被揭穿，坦白一切，承担下罪责，或许能让警方更为信服。

而因为陈明启是未成年人，又是被人逼迫顶罪的，所以他虽会受到惩罚，但也不会太严重。他很快就可以回到家里，照顾地窖里的母亲，和她开始相依为命的新生活。

陈渔听了陈明启的计划，思索了许久，觉得可以一试。

于是他采买了不少生活用品和食物，带去了地窖，并且告诉了凤南鹃，他和儿子的计划。

“我说过，我会保护你一辈子的。”陈渔跟凤南鹃说，他最后会被警方逮捕，承担起所有的责任。也许先进去顶罪的陈明启不会那么快被放出来，所以他给她准备了不少东西。之后的日子可能要辛苦她一下，好好地待在地窖里。他会像当年出去打鱼时那样，把地窖的门锁起来。这样，即使她发病了，也不会逃出去。

凤南鹃听到陈渔要去坐牢，忍不住哭了起来。

“让我去坐牢吧，让我去坐牢吧，那个人是我杀的啊……”

“你冷静一点儿！”陈渔抱住颤抖的凤南鹃，自己也颤抖起来，“为了明启，我们只能这么做！”

凤南鹃知道他说得对。为了儿子，他们必须这么做。

所以最后，她只是紧紧地抱着陈渔，感受他给予她的最后的温存。

第二天晚上，陈渔和陈明启就开始了他们的顶罪计划。

但他们没料到，再怎么精心设计的诡计，仍有漏洞……

27 落钩之时

听完陈渔的讲述，高卿佐发现自己之前有一件事情猜对了。那天晚上，陈明启来自首，却最终落荒而逃想要去跳海自杀，的确是他演的苦肉计。

而宋澄也确定，自己一直以来的怀疑都不是错觉。比如，他一直很疑惑，为什么陈渔要和陆秋约在海边的海角里谈勒索的事，而秦海生为什么又恰巧目睹了他杀害陆秋的过程。事实上，案发现场并不在海角，秦海生也从未目睹过什么命案。

陈渔和陈明启的谎言，最终还是被一一戳穿了。

后来，警方在陈家地窖里，发现了陆秋的血迹，也找到了藏了二十年的凤南鹃。

他们本以为她会很瘦弱，但事实上，她被照顾得很好。她的身子并没有因为少接触阳光而有过多病症。后来，据凤南鹃自己说，她并不总是待在地窖里。不发病的日子，即使是旅游旺季的白天，她也会拉上窗帘，在屋子里活动。若遇到旅游淡季，她甚至还会大胆地拉开对着大海的那面窗户，让阳光洒落在自己的身上。

她说，她喜欢现在这样的生活。

在这个房子里，她不会被殴打，反倒会被细心地呵护起来。

而且，她有自己的爱人和孩子，她觉得自己可以一辈子在这里慢慢地老去。

“可惜啊可惜！”她对着宋澄和高卿佐露出悲伤的神情，“那个孩子突然跑到地窖，说要带我出去。我是后来才知道，他是误会了，出于好心才这么做的。可是那个时候我发病了，我以为他要毁了我的生活……对不起啊，对不起……”

宋澄看着面前慢条斯理说着这些话的凤南鹃，想起了他们当时去陈家打开地窖时的场景。

那个时候，凤南鹃孤独地坐在地窖里，苦苦地等待陈明启摘橘子回来。

但她没想到，最后等来的却是警察。

看到警察的那一刹那，她突然发疯似的开始尖叫。

“你们是谁？我不要走！我不要走！”

她的尖叫声震耳欲聋，听得人心惊胆战。

而知道母亲被警方发现后，陈明启也就没有理由再保持缄默了。他知道，他和父亲的计划失败了，他们所有人都要接受惩罚。

所以最后，他也交代了所有的事情。

三个人的供词形成了完整的证据链，警方也在地窖里发现了留有凤南鹃指纹和陆秋血迹的观音像。发生在海野村的两起凶杀案，终于迎来了真相。

宋澄和高卿佐后来还去调查了凤南鹃曾经的家庭。他们发现，她曾经的丈夫已经去世了。在凤南鹃失踪之后，她的丈夫曾经四处找寻过她。但他从始至终没有来过海野村。后来，他放弃了寻找，重新跟一个女人组建了家庭。但是他酒后家暴的习惯并没有因为新的恋情而有所改变。结果他没料到，这一次，女人起来反抗，一刀刺死了他。

事情是几年前发生的。如果陈渔留意过这条新闻，或者调查过凤南鹃曾经的丈夫，或许一切都会不一样。

但就算陈渔知道了这件事，他也会把凤南鹃的秘密吞在肚子里吧。

因为他努力保守着这个秘密二十年，这个秘密已经成了他生活的一部分，也成了他生命的一部分。

宋澄和高卿佐一边整理案件资料，一边唏嘘不已。

没过多久，官方在网上通报了陆秋案件的调查结果。这则通告果然在网上掀起了热烈的讨论。

但身处海野村的宋澄和高卿佐，这一次并没有打开手机，目睹这场来自大众的喧嚣。

彼时，他们坐在星晴咖啡店，各自点了一杯之前最爱喝的咖啡。

这是他们最后一次在这里喝咖啡了。星晴咖啡店的老板、陆秋的高中同学曹冰，要为自己的勒索行为付出代价。他的牢狱之灾免不了，咖啡店更是开不下去了。现在，只有之前的员工在替他做最后收尾的工作。

宋澄不免哀叹了一声。他没想到，这家店竟是以这样的方式结束营业。

而坐在他面前的高卿佐，此时正缓慢地搅动着吸管，似乎在思考着什么。

终于，他开口道："宋哥，陆秋真的是出于正义感，才在发现凤南鹃之后，企图救她出去的吗？可是，他一开始的目的不就是为了掌握陈渔的秘密，以达到自己的目的，实现他与陈渔的彼此制衡吗？"

"那你觉得他为什么在误会凤南鹃是受害者后，要救她出去？"宋澄反问道。

"根据我们之前了解到的陆秋的性格，我觉得他可能是为了自己。"

"哦？怎么说？"宋澄饶有兴致地看着高卿佐。

"陆秋想要离开原先的公司，不与经纪人苏珊妮继续合作，所以他一直在谋划怎么打造独立之后的个人形象，以求在苏珊妮爆他黑料、打压他时，能够屹立不倒。"高卿佐回忆着之前的调查，说，"他来到海野村，是为了不让自己高中时期霸凌同学的视频曝光。这时，他用钱封住了曹冰的口，以此来维护自己的形象。"

宋澄点点头，让他继续说下去。

"与连西娅最初遇见时，陆秋主动关心她，也是为了打造一个良好的人设。后来，他被陈渔威胁，却铤而走险去挖陈渔的秘密，更是为了不让自己被偷拍的事曝光。”

“所以呢？”

“所以，说不定陆秋当时救凤南鹃，也是为了树立自己的形象。”高卿佐推测，看到被绑在地窖里的凤南鹃时，陆秋立刻误会她是被囚禁在这里的受害者。然后，他可能想到，如果他能救出她，那么他肯定会变成英雄。

不仅如此，他还可以立即报警。这么大的案件，警方肯定会十分重视，他们参与此事，可以及时逮捕陈渔。他与连西娅的视频或许就不会被发到网上。

至于他为什么会半夜潜入别人家里，他可以谎称是因为知道了陈家地窖里囚禁着一个人，所以去见义勇为。

面对英雄的叙述时，人们应该可以忽略掉他在救人这件事情上小小的瑕疵。

“但他没想到，凤南鹃并不是被囚禁在那里的。她也根本不想被他救出去。”高卿佐吸了一口咖啡，结束了自己的推测，问宋澄，“宋哥，你觉得这个推理合理吗？”

“听上去很合理。”宋澄笑了笑，“但这其实不重要了吧。因为，陆秋也的确有可能只是出于正义感才去救凤南鹃的。或许，他并没有想那么多。”

“是这样吗？”

宋澄看着咖啡店外因热搜而又赶来海野村纪念陆秋的粉丝们，淡淡地说：“有这个可能，不是吗？”

“是啊，毕竟人性都是复杂的。”高卿佐顺着宋澄的目光看向那些聚集到海野村的青春的脸庞，说道，“或许陆秋当时真的只是想当英雄。”

“对了，”宋澄转开话题，问道，“秦晓雅那边怎么样了？”

“晓雅啊……她叔叔人很好，凑了点儿钱把秦海生的债给还了，还帮晓雅出了留学的费用。她自己也说，她会在国外勤工俭学。”

“这么说，她还是决定出国了？”

“嗯。”高卿佐说着，把目光转到窗外，眺望起远处的大海。

波光粼粼的海面之上，有不知名的鸟展翅掠过，飞向遥远的苍穹，宛若一架远航的飞机……

时间不知不觉间进入冬季。

陆秋案件调查结果公布后，海野村曾迎来了新的热度。但此时，这热度也已经被冰冷的海风吹散了。

旅游淡季的海野村，游客骤减，但除了石光民宿和星空民宿外，没有一家民宿暂停营业。他们怀抱着希望，等待着下一位走进民宿大门的客人。

而海野村的村民刘全金，此刻正如往常一样，坐在海边，支起鱼竿等待鱼儿上钩。

前些日子，他因为陆秋当了一阵子“网红”，每天开直播与网友唠嗑。现在，随着陆秋死亡案的翻篇，他直播间的人数越来越少了，他也就渐渐地对直播失去了兴趣，回到了海边。

可他总觉得自己的心境已经发生了变化。

他发现自己已经静不下心来享受这钓鱼的过程了。

“那我为什么现在又坐在这里呢？”他盯着平静的海面，在心里问自己。

很快，他就找到了答案。

因为这里是他热闹的网红生涯的开端。他多希望，自己能在这里再发现一具大明星的尸体，这样，他就能重新成为万众瞩目的焦点。

刘全金被自己内心的想法吓了一跳。他赶紧拍打着自己的脸，让自己醒过来。

这时，鱼竿忽然动了动。

刘全金的心也动了动。

他赶紧收起鱼竿，却发现，这次他钓上来的不是什么名牌鞋，而是一条普普通通的鱼。

鱼被鱼钩钩着嘴，被鱼线吊在半空中。它不停地甩动着尾巴，挣扎着。

刘全金出神地盯着这条鱼，感觉自己的嘴也生疼。

那一刻，他忽然察觉到，自己的嘴里其实也已被钩上了一枚鱼钩……

另一座城市，冯梦和同学坐在体育馆里。

耀眼的灯光在她们眼前的舞台上流转，同学奋力地叫着偶像的名字。

冯梦不理解同学为什么喜欢这个偶像，就像同学不理解她为什么喜欢陆秋一样。

想到陆秋，前些日子在海野村发生的事又浮现在冯梦的脑海中。她现在想来仍觉得不可思议，为什么自己在那时竟做出如此疯狂的事——跟着所谓的朋友去找偶像的尸体？

于是她顺势又想起那位“姐姐”。

自从从海野村回来后，冯梦就再也没有联系过颜芝。虽然两人都保留着彼此的联系方式，但是她们都默契地不再找对方聊天。冯梦只能从她的朋友圈了解她最新的动态。她发现，颜芝似乎有了新的偶像，每天跟着新偶像在各个机场跑来跑去……

“想什么呢！”同学的话让冯梦回过神来。

演唱会已经开始了，她机械地挥动着同学递给她的荧光棒，然后看到同学的偶像帅气地在舞台上登场。

一瞬间，音乐声包裹着她，呐喊声席卷着她，绚烂的灯光萦绕着她……

在这样的氛围中，冯梦一点点地被舞台上的那个人吸引了注意力。

她渐渐忘掉了颜芝，忘掉了向坡下冲去的车子，忘掉了海野村的那两个警察，也忘掉了陆秋……

原本她是被同学拉来散心看的这场演唱会，但到了后面，她发现自己脸上不自觉地露出了笑容。

“帅吧？”同学得意地撞了撞她的肩膀。

冯梦用一种“我终于懂你了”的表情向同学点点头。

同学开心地笑起来：“欢迎入坑！”

演唱会的音乐声太大了，冯梦没有听清她的话，但她立刻跟着鼓点，用力地挥起了荧光棒。

接着，她听到自己声嘶力竭的呐喊声。

但她喊的，已不是陆秋的名字。

（全文完）

吞密的秘人

Someone who hides secrets

作者
郑星

封面绘图
鱼鬼

封面设计
杨小娟

内文版式
周沫

图片总监
杨小娟

责任编辑
罗长敏

出版社
中国致公出版社

总出品
湖北知音动漫有限公司

制作出品
知音动漫图书•漫客小说绘

官方微博
https://weibo.com/xiaoshuohui

平台支持

图书在版编目（CIP）数据

吞秘密的人 / 郑星著. -- 北京 ： 中国致公出版社，
2024.4

ISBN 978-7-5145-2196-2

Ⅰ. ①吞… Ⅱ. ①郑… Ⅲ. ①推理小说－中国－当代
Ⅳ. ①I247.5

中国国家版本馆CIP数据核字(2023)第231355号

吞秘密的人 / 郑星 著

TUN MIMI DE REN

出　版	中国致公出版社 （北京市朝阳区八里庄西里 100 号住邦 2000 大厦 1 号楼西区 21 层）
出　品	湖北知音动漫有限公司 （武汉市东湖路 179 号）
发　行	中国致公出版社（010-66121708）
作品企划	知音动漫图书・漫客小说绘
责任编辑	罗长敏
责任校对	魏志军
装帧设计	杨小娟 周 沫
责任印制	程 磊
印　刷	武汉鑫兢诚印刷有限公司
版　次	2024 年 4 月第 1 版
印　次	2024 年 4 月第 1 次印刷
开　本	880 mm×1230 mm　1/32
印　张	8.5
字　数	220 千字
书　号	ISBN 978-7-5145-2196-2
定　价	45.80 元